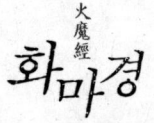

火魔經
화마경

FANTASTIC ORIENTAL HEROES

허담 新무협 판타지 소설

화마경 1

허담 新무협 판타지 소설

초판 1쇄 찍은 날 § 2010년 8월 18일
초판 1쇄 펴낸 날 § 2010년 8월 26일

지은이 § 허담
펴낸이 § 서경석

편집팀장 § 서지현
편집 § 박우진 · 주소영

펴낸곳 § 도서출판 청어람
등록번호 § 제1081-1-89호
등록일자 § 1999. 5. 31
어람번호 § 제2-1967호

주소 § 경기도 부천시 원미구 심곡2동 163-2 서경B/D 3F (우) 420-822
전화 § 032-656-4452 팩스 § 032-656-4453
http://www.chungeoram.com
E-mail § chungeoram@chungeoram.com

ISBN 978-89-251-2264-9 04810
ISBN 978-89-251-2263-2 (세트)

FANTASTIC ORIENTAL HEROES

허담 新무협 판타지 소설

화마경

火魔經

1

대호채(大虎砦)

도서출판 청람

目次

序   7

제1장   산적(山賊)   15

제2장   마효(魔梟)   39

제3장   불의 동굴[火洞]   71

제4장   신공(神功), 혹은 마공(魔功)   103

제5장   변화(變化)   135

제6장   무공을 쓰다   165

제7장   마효의 덫   197

제8장   유수(流水)   229

제9장   용호채   263

제10장   하산(下山)   291

序

까마득한 산 아래 펼쳐진 협곡의 초지를 산에서 시작된 여러 갈래의 물줄기들이 하나로 모여 뱀처럼 흘러갔다. 산 정상에는 북쪽에서 불어오는 한풍을 이기지 못해 바닥에 바짝 엎드린 관목들이 남쪽으로 머리를 두고 자라 있었다.

성(城)은 창끝처럼 날카롭게 솟은 고봉(高俸) 위에 있었다. 원형의 성(城)은 성이라 부르기에 민망할 정도로 작았다. 이쪽 끝에서 저쪽 끝까지의 거리가 채 이십여 장도 되지 않았으니 성이 아니라 탑(塔)이라 불리도 될 지경이었다. 그나마도 성벽 곳곳이 허물어져 산봉우리를 기어 넘는 한풍이 시도 때도 없이 제집처럼 스며들어 왔다 되돌아나갔다.

고성(古城) 위에는 성벽을 따라 일정한 간격을 두고 다섯 개의 첨탑(尖塔)이 서 있었다. 그 다섯 개의 첨탑 위, 특이한 복색을 한 다섯 명의 기이한 노인이 각기 하나씩의 첨탑을 차지한 채 북풍에 옷깃을 휘날리며 올라 있었다.

"그만합시다."

문득 오 인의 노인 중 북쪽의 첨탑에 올라 있던 노인이 들고 있던 검을 첨탑에 꽂아 넣으며 말했다. 검은 단단한 화강암으로 만들어진 첨탑을 두부처럼 파고들어 가 검신의 중앙까지 깊숙이 꽂혀들었다.

"클클, 나 갈매특도 선경주(仙經主)의 말씀에 동의하오. 이러다간 조화성을 열기 전에 우리 모두 동패구사를 하고 말 것이오."

남서쪽 첨탑에 올라 있던 노인이 가슴 어림에 올리고 있던 두 손을 첨탑 위에 내려놓으며 말했다. 그러자 그의 손이 닿은 곳에서 녹색 연무가 일어나더니 첨탑에 깊은 손자국을 만들었다.

"끙, 결국 이번 회합에서도 조화신경(造化神經)의 주인을 정하지 못하는 것인가!"

북동쪽에 위치한 첨탑에 올라 있던 노인이 자신의 도를 첨탑 깊이 꽂아 넣으며 탄식을 흘렸다. 그러자 서쪽의 첨탑에 올라 있던 노인이 한 손으로 첨탑을 내려치며 소리쳤다.

"난 반대요! 다시 삼십 년을 기다리는 것은 어리석은 일이오! 그때가 되면 아마도 우리 중 몇은 이 조화성(造化城)에 오지 못할 것이오! 오늘 수백 년을 끌어온 이 지겨운 싸움의 끝을 봅시다!"

그러자 남쪽의 첨탑에 올라 있던 노인이 고개를 저으며 말했다.

"패경주(覇經主)께서는 여전히 힘이 넘치시는구려. 하지만 이 을보륵은 더 이상 싸울 힘이 없으니 이 싸움을 후일로 미루자는 선경주(仙經主)의 말씀에 동의하는 바이오."

마지막으로 입을 여 노인의 눈에선 맑고 푸른 정광(正光)이 은은하게 묻어나왔다. 그러자 패경주라 불린 노인이 투덜거리며 말했다.

"흥, 모두들 이렇게 일신의 안위만을 챙기니 조화신경의 주인이 수백 년 동안이나 정해지지 않은 것이오. 이러다간 아마도 영원히 조화성의 문을 열지 못할 것이오."

패경주의 말이 끝나자 가장 먼저 입을 열었던 노인이 차분한 목소리로 응대했다.

"조화 선인께서 말씀하시길 오직 천연(天緣)이 닿은 자만이 조화성의 문을 열 것이라 했소. 오늘 우리 오경주(五經主)가 승부를 가리지 못해 조화신경의 주인을 정하지 못한 것은 결국 우리에게 조화성과의 인연이 없다는 의미일 것이오. 인연이 없다면 자족(自足)하고 물러나는 것이 순리, 더 이상 욕심을 내는 것은 서로의 몸을 상하게 할 뿐이오."

"옳소, 옳아. 본래 부귀와 명예도 내 몸이 성해야 아름다운 것이오. 내 몸이 상한 후에야 황제가 된들 무슨 소용이 있겠소. 나 갈매륵은 이미 그대들과의 다툼에서 크게 원기가 상해 더 머물 여유가 없으니 먼저 물러가도록 하겠소. 삼십 년 뒤에도 죽지 않고 살아 있다면 다시 봅시다. 몸들 보중하시오."

남서쪽 첨탑에 올라 있던 노인이 황급히 작별을 고하고는 거짓말처럼 첨탑 위에서 신형을 감췄다. 순간 짙은 녹색의 연무가 노인이 올라 있던 첨탑을 휘감더니 한순간에 성의 한쪽이 첨탑과 함께 무너져 내린 듯 사라졌다. 그러면서도 어떤 굉음도 일어나지 않았으니 실로 기이한 일이 아닐 수 없었다. 그러나 이런 괴이한 변화에도 남아 있는 사 인의 노인은 전혀 놀라는 기색이 없었다. 마치 당연히 이런 일이 벌어질 줄 알고 있었다는 듯.

"끌끌, 역시 독경주(毒經主)는 셈이 빠르 자, 나도 그만 가보겠소이다. 모두들 강녕하시구려."

북동쪽 첨탑에 올라 있던 노인이 한줄기 음산한 음성을 남기고 그 자리에서 지워지듯 사라졌다. 그러자 앞서와 마찬가지로 노인이 올라 있던 첨탑과 그 아래 성벽이 순식간에 사라져 버렸다.

"마경주(魔經主)가 저리 빨리 자리를 뜨다니 이상하군."

동북쪽 첨탑 위의 인물이 사라지자 패경주라 불린 노인이 고개를 갸웃하다가 한순간 눈빛을 번쩍였다. 그리고는 황급히 말을 이었다.

"나도 그만 가야겠소. 두 분, 후일 다시 봅시다."

노인의 신형이 자신의 말이 채 끝나기도 전에 사라졌다. 그

러자 앞서와 마찬가지로 노인이 올라 있던 첨탑과 그 아래 성
벽이 동시에 사라져 버렸다.

패경주라 불린 노인마저 사라지자 실로 해괴한 풍경이 만들
어졌다. 좌우가 모두 허물어지고 오직 북쪽과 남쪽의 성벽만
이 남아 곧이라도 무너질 것 같은 성이 위태로운 모습으로 고
봉 위에 서 있었다. 그러나 그 위태로운 성 위에 남은 두 노인
의 표정에선 어떤 위험도 느껴지지 않았다. 대신 그들의 얼굴
에 한줄기 어둠이 깃들었다.

"패경주가 저리 서둘러 사라진 것은 아마도 마경주를 쫓기
위함일 것이오."

남쪽 첨탑에 올라 있던 노인이 근심 어린 표정으로 말했다.
그러자 북쪽 첨탑의 노인이 고개를 끄덕였다.

"아마도 그럴 것이오. 그는 마경주가 서둘러 자리를 떠난 것
을 마경주의 몸이 성치 않기 때문이라고 생각했을 거요."

"선경주께서는 어찌 보셨소이까?"

"마경주와 일수(一手)를 나눈 느낌으론 그에게서 별다른 이
상을 느끼지 못했소이다. 마경주의 마공은 여전히 무서웠소."

"그렇다면 패경주의 손에 마경주의 화마경(火魔經)이 넘어
갈 위험은 없겠구려."

"아마도 그럴 것이오."

선경주라 불린 노인의 대답에 남쪽 첨탑에 올라 있던 노인
이 한탄을 흘려냈다.

"아, 모두 돌아갔으니 어쨌든 최선은 아니더라도 차선의 결

과는 얻은 셈이 되는구려. 저 삼 인의 손에 조화신경이 들어가지 않았으니 말이오."

"모두 정경주(正經主)께서 노심초사한 공덕(功德)이 아니겠소이까?"

"아니지요. 선경주께서 도와주지 않았다면 어찌 오늘 저 삼 인을 상대할 수 있었겠소이까? 모든 것이 선경주께서 도와주신 덕분이오. 하지만 앞으로가 걱정이외다. 패경주도 말했지만 우리의 나이가 이미 다음을 기약할 수 없는 지경이 아니오. 과연 다음 회합에서도 저들을 상대할 수 있을지……."

"모든 것은 천운(天運)에 따라 결정될 것이오. 정경주께선 너무 고심치 마시구려. 그럼 이 몸도 그만 물러가겠소이다."

말을 마친 선경주가 정경주라 불린 노인에게 가볍게 고개를 숙여 보인 후 홀연히 그 자리에서 자취를 감췄다. 그러자 역시 그가 올라 있던 첨탑과 그 밑 성벽이 거짓말처럼 사라졌다. 선경주마저 사라지자 이제 장내에는 오직 위태로운 성벽 한쪽 면에 의지하고 있는 정경주만 남게 되었다.

"아아, 걱정이로다. 독마패, 삼경주의 손에 조화신경이 들어가면 천하의 정기(正氣)는 사라지고 오직 사기(邪氣)만이 가득할 것이다. 의지할 사람은 오로지 선경주인데 그는 천운을 말하며 세상일에 관여치 않으려 하니. 인간사의 일을 어찌 하늘에만 맡길 것인가. 나 을보륵은 결코 조화성의 문이 저들에 의해 열리는 것을 방관치 않겠다!"

정경주의 눈에서 맑고 푸른 정광이 번쩍였다. 그리고 다음

순간 그의 신형이 앞서 사라진 네 명의 노인처럼 그 자리에서
사라졌다. 그러자 마지막까지 남아 있던 성벽의 잔해가 산 위
에서 사라져 버렸다.

第一章
산적(山賊)

화마경

오월, 겨울이 유난히 길었던 장백산맥의 깊은 산중에도 봄 기운이 돌았다. 하나둘 피어나던 초록은 며칠 새 온 산을 뒤덮었고 겨우내 추위를 피해 숨어 지내던 산새들도 새싹처럼 튀어나와 여기저기서 목청을 뽐냈다.

또각또각!

사방 수천 리를 이어진다는 장백의 한 자락에 위치한 대호산. 평소 산이 깊고 길이 험해 낮이 아니면 누구나 넘기를 꺼리는 대호산 깊은 산중에 목탁 소리처럼 맑은 말발굽 소리가 들렸다. 그리고 연이어 사람의 목소리가 들려왔다.

"공자님, 잠시 쉬어가심이 어떨지요?"

"장원에서 소식이 온 것이 벌써 한 달 전이야. 쉴 시간이 없어."

"하지만 아침부터 쉬지 않고 달리지 않으셨습니까? 말들도 지친 듯하고……."

"이 산만 넘으면 장원까지 사흘길이지?"

"그렇습니다."

"그러면 이 산을 넘은 후 잠시 쉬도록 하지. 산 아래 주막이 있었던가?"

"대호산 아래 객잔이 한 채 있기는 합니다. 대호산이 워낙 험한 산이다 보니 산을 넘는 상인들이나 여행객들이 산을 넘기 전 하루 쉬어가는 곳이지요."

"그럼 그곳에서 쉬어가도록 하지."

"알겠습니다, 공자님!"

대화 끝에 봄기운을 가득 품은 수목 사이에서 사람들의 모습이 드러났다. 말을 몰고 산길을 오르고 있는 사람은 모두 셋이었다. 셋 모두 나이는 대략 이십대 중, 후반으로 보였는데, 그중 앞쪽에서 말을 몰고 있는 사내의 풍채가 확연히 눈에 들어왔다.

사람을 좀 더 젊고 생기있게 만드는 청색 무복 차림의 사내는 이마에 매화가 수놓아진 영웅건을 질끈 묶고 있었다. 사내는 전설의 기남인 송옥, 반안만큼은 아니지만 저자에 나가면 뭇 여인들의 마음을 흔들어놓을 만큼 잘생긴 얼굴이었다. 더군다나 그 눈이 맑고 깊어 보는 사람으로 하여금 그와 말을 섞지 않아도 자연스럽게 호감을 가지게 만드는 풍모를 지니고 있었다. 사내의 곁을 따르는 두 명의 젊은이도 사내만큼은 아니지만 형형한 안광에 쾌남이라 불릴 만한 풍모를 지니고 있었다.

삼 인의 젊은이는 굽이굽이 이어진 대호산 산길을 따라 쉬지 않고 말을 몰았다. 그렇게 반 시진 정도 산을 오르자 세 사람은 어느덧 대호산 정상을 바라보게 되었다. 그런데 대호산 정산 부근에 이른 삼 인이 누기 민저랄 섯 없이 말을 세웠다.

"화적(火賊)인가?"

"그런 것 같습니다, 공자님!"

"대호산에 화적(火賊)이 있었던가?"

"공자께서 장원을 떠나신 지 오 년이 되었으니 그간 화적이 생겼을 수도 있지요. 더군다나 지난 삼 년간 북방에 가뭄이 극심했다고 합니다. 물론 지난겨울과 올봄에는 제법 눈과 비가 많이 와 사정이 나아졌다고는 하나 그래도 올가을 추수 때까지는 입고 먹을 것이 부족한 실정이지요. 해서 근 삼 년래 머리를 풀어 얼굴을 가리고 산에 들어간 자들이 한둘이 아니라고 합니다."

"그렇다고 도적이 되어 사람들을 해하는 것은 옳은 일이 아니야."

"먹고사는 것이 급한 사람에겐 공맹(孔孟)의 도(道)가 아무 소용 없는 법이지요. 더군다나 흉년이 들어 소출이 적을수록 관과 토호(土豪)의 수탈은 더욱 극심한 법이니 산에 드는 사람들의 사정도 헤아리지 못할 것은 아니지요."

"그런가? 일단 가보지."

"이보시오, 형제들! 아침은 자셨수?"

머리를 풀어 얼굴을 가린 봉두난발의 사내가 어깨에 날이 넓은 도끼를 척 걸쳐 메고 자못 위협적인 목소리를 흘려냈다. 그의 곁에는 역시 봉두난발의 형상에 보기에도 흉험한 도검을 든 사내 넷이 길을 막고 있었다.

사내들 앞에는 두 필의 말에 짐을 가득 실은 중년 사내 셋이 서 있었는데 아마도 대호산을 넘어 동쪽으로 장사를 가는 장사치들인 듯싶었다.

"뭣 하는 자들이냐?"

삼 인의 장사치 중 가장 나이가 많아 보이는 자가 두려움을 감추며 되물었다.

"내가 먼저 묻지 않.았.소! 아침은 자.셨.냐.고!"

도끼를 둘러멘 사내가 한 손으로 거대한 도끼를 회초리처럼 한 바퀴 휘두른 뒤 다시 턱하니 어깨에 걸치며 한 자 한 자 끊어서 거칠게 소리쳤다. 도끼의 크기를 생각하자면 사내는 신력(神力)을 타고난 자임이 분명했다.

커다란 도끼를 회초리처럼 휘두르는 사내의 신력에 기가 죽었음일까. 한번 말대꾸를 했던 장사치가 금세 겁을 집어먹은 표정으로 한 걸음 물러서며 대답했다.

"그… 그렇소. 아침 요기를 하고 오는 길이오."

"오호! 그것참 부럽구려. 지난 삼 년 동안 천하에 가뭄이 들어 하루 한 끼 먹고살기도 힘든 판국에 아침까지 챙겨 먹고 오셨다니 형제의 살림살이가 제법 풍족한 모양이구려?"

도끼를 둘러멘 사내가 얼굴을 가린 머리칼 사이로 히죽 미소를 보이며 물었다. 그러자 장사치가 잠시 망설이는 듯하다가 이내 품속에서 광목으로 된 전낭 하나를 꺼내더니 재빨리 도끼를 든 사내 앞으로 다가섰다.

"보아하니 세속을 떠나 산중에 은거하는 신중호걸들이신 모양인데, 부족하나마 통행세를 낼 터이니 길을 열어주시기 바라오."

장사치의 말에 도끼를 둘러멘 사내 옆에 있던 자가 어설프게 청룡도 모양을 갖춘 도를 뻗어 장사치의 손에 든 전낭을 낚아챘다. 그리고는 재빨리 전낭을 열어 안에 든 은자를 확인했다.

"한 스무 냥쯤 되겠는데?"

도를 든 자가 도끼를 든 자를 보며 말했다. 그러자 도끼를 든 자가 쿵 하고 콧소리를 내더니 사나운 목소리로 중얼거렸다.

"은자 스무 냥이라……. 크크크, 이거 우리 대호채의 명성이 이렇게 땅에 떨어졌나? 겨우 은자 스무 냥으로 이 대호산을 넘으려 하다니 말이야. 이보시오, 형제, 은자 스무 냥으론 나 곽풍산의 아침 한 끼도 해결할 수 없소. 날 보시오. 내 덩치가 얼마나 큰지. 이런 덩치를 유지하려면 돈이 무척 많이 든단 말이오."

사내가 한편으론 도끼를 들썩이며 위협을 하고, 다른 한편으론 은근한 목소리로 상대를 달래며 말했다. 그런데 도끼를 든 사내의 말을 듣고 있던 장사치가 한순간 눈빛을 반짝였다.

"지금, 대호채에서 나오신 분들이라 했소?"

"그렇소. 대호채를 알고 있다니 이 근방의 사정에 제법 밝은 모양이구려. 그렇다면 대호산의 통행세가 얼마인지도 익히 알고 있을 터. 우리, 일을 어렵게 만들지 맙시다."

"내가 알기로 대호채의 화적들은 달포 전 혁가장의 소장주께서 이끄시는 협사들에 의해 멸절되었는데……."

순간 장사치들 앞을 막아선 자들의 머리칼 속에서 차가운 안광이 번뜩였다. 하지만 그도 잠시 도끼를 멘 자가 한바탕 호기로운 웃음을 터뜨렸다.

"하하하, 강호에 소문이 그렇게 났소? 역시 강호의 소문은 믿을 것이 못 돼! 우리가 이렇게 버젓이 대호산을 지키고 있는데 대호채가 멸절되었다니… 이보시오, 형제. 물론 지난날 그 혁가 애송이가 사람들을 몰고 와 본채에서 잠시 분탕질을 한 것은 사실이오. 하지만 대호채는 건재하오. 그렇지 않다면 우리가 어떻게 형제의 길을 막고 이렇게 돈독한 대화를 나누고 있겠소? 자자, 쓸데없는 말 하지 말고 거래나 끝냅시다. 보아하니 이 마을 저 마을 다니며 물건이나 파는 객상들 같으니 내 사정을 보아주겠소. 은자 오십 냥만 내시오."

그러자 장사치가 의심 어린 눈으로 사내들을 바라보다 고개를 저었다.

"아니, 그럴 순 없겠다. 강호의 소문이 아무리 맹랑하다 할지라도 혁가장의 소장주가 일을 그렇게 허술하게 처리했을 리는 없지. 혁지광의 독심은 서암록 일대에서 모르는 사람이 없으니까. 소문에 의하면 당시 혁지광 소장주는 대호채의 산적들을 모두 주살했고, 대호채에서 살아난 자들은 쥐새끼처럼 빠져나간 어린애 몇뿐이라고 했단 말이야. 혹 그 쥐새끼들이 네놈들 아니냐? 어디, 네 녀석들 얼굴 좀 보지!"

한바탕 호통을 뱉어낸 장사치가 재빨리 짐을 실은 말 쪽으로 이동하더니 짐 속에서 시퍼런 검을 뽑아냈다. 본래 깊은 산중에 자리 잡은 산골 마을을 찾아다니며 장사를 하는 일은 항시 산짐승과 산적들의 위험에 노출되어 있기 때문에 대부분의 보부상들은 이렇게 짐 속에 도검을 숨겨 다니게 마련이었다. 그리고 개중에는 제법 도검을 잘 다루는 자들도 존재했다.

장사치가 검을 뽑아 들자 말을 지키고 있던 동료 두 사람도 재빨리 검을 뽑아 들었다. 그러자 장사치들의 행동을 지켜보고 있던 산적들이 움찔했다. 그러나 곧이어 도끼를 든 자가 다시금 위압적인 목소리를 쏟아냈다.

"흐흐흐, 정말 대호채의 위명이 땅에 떨어졌구나. 일개 장사치들 주제에 대호채 호걸들을 상대하겠다고 검을 뽑아 들다니. 좋아, 오늘 아주 제대로 뜨거운 맛을 보여주지. 네놈들의 머리를 잘라서 대호산 중턱에 걸어놓겠다. 그걸 보면 다신 네놈들처럼 멍청한 놈들이 나타나지 않겠지."

도끼를 든 산적이 다시금 손에 든 도끼를 획획 휘두르며 말했다.

"맞는 말이야. 그동안 우리 대호채가 장사치들을 너무 곱게 다루었어. 그러니 이렇게 나이 지긋한 보부상 나리들도 감히 도검을 빼 들고 대적을 하려 하지."

청룡도를 들고 있던 산적이 맞장구를 쳤다. 그러자 검을 뽑아 들고 있던 장사치가 잠시 망설이는 듯하다 재차 용기를 내어 소리쳤다.

"목소리를 들어보니 네 녀석들이 혁가장 소장주의 공격에서 도망쳐 살아남은 어린 녀석들이 분명하구나! 비록 머리를 길러 얼굴을 가리고, 거친 목소리를 흘려내 나이를 속이려 하지만 내 눈을 속일 수 없다! 나 소찰이 장백의 깊은 산골을 왕래하기 수십 년이다! 네 녀석들같이 머리에 피도 마르지 않은 애송이들에게 당할 내가 아니란 말이다! 팔다리가 성하고 싶거든 썩 길을 비켜라!"

자신을 소찰이라 밝힌 장사치의 호령이 매섭다. 그러나 길을 막은 산적들은 꿈적도 하지 않았다. 대신 다섯 명의 산적 중 지금까지 아무 말도 하지 않고 있던 자가 얼굴을 가린 머리를 쓸어 올려 밝은 빛에 얼굴을 드러내며 말했다.

"당신 말이 맞소, 소 대인. 우리가 바로 그 영악한 빌어먹을 혁가장의 소장주 놈에게서 살아남은 대호채의 유일한 생존자들이오. 또한 소 대인의 말처럼 우린 아직 어린놈들이기도 하오. 그래서 철이 없기가 망나니와 다를 바가 없소. 다시 말해 존장을 모실 줄 모른단 말이오. 보아하니 제법 검을 쓸 줄 아시나 본데, 그 검으로 과연 겁없는 망나니들을 상대할 수 있겠소?"

얼굴을 드러낸 산적의 나이는 많이 봐주면 열일고여덟, 적게 보면 열대여섯 살 정도에 지나지 않았다. 그러나 거친 산적들 틈에서 살아와 그런지 그 눈빛이 자못 매섭기 그지없었다. 어린 산적의 눈빛이 워낙 사나웠기에 장사꾼 소찰은 일순 움찔하는 기색을 보였다. 그러나 그도 잠시 눈빛이 사납기는 해도 상대의 나이가 앳된 것에 용기를 얻었는지 눈을 부라리며 호통을 쳤다.

"이놈! 아무리 산적 놈들 틈에서 자랐다고는 해도 천지 분간을 못하는 벌거숭이구나! 내 비록 강호에 나가 대협 소리를 듣지는 못할지언정 네 녀석들 같은 어린놈들의 버릇을 고쳐 줄 만한 검술은 지니고 있느니라! 물러나지 않으면 경을 칠 것이다!"

소찰의 호통에 어린 산적이 천천히 고개를 끄덕이며 말했다.

"그래, 그렇다면 어쩔 수 없군. 당신의 목이 떨어지는지 우리 팔다리가 떨어지는지 시험해 볼 수밖에. 모두들 준비해!"

어린 산적의 말에 도끼를 든 자를 비롯한 네 명의 산적이 일제히 들고 있던 병기를 곧추세우고 소찰 등 삼 인의 장사치를 둘러싸기 시작했다. 그러자 소찰 등도 서로 등을 맞대고 어린 산적들을 경계하기 시작했다.

"기왕 이렇게 된 것, 모두 죽여 버려! 오늘부로 대호채는 다시 태어난다!"

어린 산적의 입에서 나이답지 않은 차가운 목소리가 흘러나왔다. 그러나 호기로운 명령에 비해 소찰 등을 둘러싼 어린 산적들은 쉽게 도검을 휘두르지 못했다. 한눈에 보아도 도검을 쓰는 일이 익숙지 않은 것이 분명했다. 그러자 소찰이 한줄기 차가운 미소를 흘려냈다.

"후후, 이제 보니 도검으로 토끼 한 마리 잡아보지 못한 녀석들이구나. 요놈들, 오늘 내가 따끔한 맛을 보여주겠다."

"이런 망할 작자가? 나 곽풍산, 이래 봬도 지금까지 잡은 멧돼지가 스무 마리가 넘는다. 너 따위 늙은이 목을 꺾는 건 여반장이란 말이다!"

도검을 든 채 주춤거리고 있던 어린 산적들 중에서 도끼를 든 산적이 부아가 치민 목소리를 토해내며 소찰을 향해 도끼를 휘둘렀다.

부왕!

산적이 휘두른 도끼가 무서운 파공음을 일으키며 소찰을 향해 떨어져 내렸다. 순간 소찰의 얼굴빛이 크게 변했다. 비록 나이는 어리다지만 커다란 도끼를 휘두르는 힘은 전장의 장수를 연상케 했다.

"어린놈이 힘이 좋구나. 그 좋은 힘으로 겨우 산적질이나 하고 있다니 한심하구나."

상인 소찰이 무섭게 찍어 내리는 어린 산적 곽풍산의 도끼를 피해내며 소리쳤다.

"요런 쥐새끼 같은 늙은이, 피하지만 말고 그 잘난 검술을 한번 보여봐라!"

"오냐. 어디 한번 맛 좀 봐라!"

곽풍산의 도끼를 피해낸 상인 소찰이 재빨리 옆으로 이동하며 상대의 옆구리에 검을 찔러 넣었다. 강호 무인이 아닌 사람의 움직임으로는 제법 빠르고 경쾌했다. 그러나 곽풍산의 몸놀림은 짐승처럼 빨랐다.

팟!

소찰이 찔러낸 검은 곽풍산을 지나쳐 헛되이 허공을 갈랐다.

"에랏!"

소찰의 검을 피해낸 곽풍산이 번개처럼 신형을 틀며 통나무를 찍듯 도끼로 소찰의 허리를 찍어갔다.

"흡!"

소찰의 입에서 기겁을 한 목소리가 터져 나왔다. 나이 어린 것을 얕잡아보았던 곽풍산의 도끼 쓰는 법은 실로 무서워서 강호의 고수 못지않은 힘과 속도를 지니고 있었다. 소찰이 곽풍산의 매서운 공격에 일순 당황하면서도 얼른 검을 들어 곽풍산의 도끼를 막아갔다.

쩡!

조용한 산중에 날카로운 격돌음이 울려 퍼졌다.

"엇!"

소찰의 입에서 자신도 모르는 사이에 다급성이 터져 나왔다. 곽풍산의 도끼에 실린 힘에 밀려 그의 검이 손에서 벗어나 맥없이 뒤로 날아갔기 때문이다.

"흐흐, 늙은이, 기대하라고. 내 늙은이 머릴 베어서 대호산에서 제일 전망 좋은 곳에 걸어줄 테니까."

검을 잃은 소찰을 향해 곽풍산이 비릿한 웃음을 흘리며 야차 같은 표정으로 실실거렸다. 그러자 소찰이 파랗게 질린 표정으로 주위의 눈치를 살피더니 재빨리 동료들 옆으로 달아나 이내 말 등에 실린 짐 속에서 다시 한 자루 검을 뽑아 들었다. 곽풍산은 그런 소찰을 그대로 놓아둔 채 동료 산적들을 돌아보며 호기롭게 말했다.

"모두 봤지? 아무것도 아닌 자들이라구. 그러니 모두 한 번에 달려들어 끝을 내자. 오늘부로 대호채는 다시 태어나는 거야. 바로 우리 손에서 말이야."

곽풍산의 말에 어린 산적들의 눈에 살기가 감돌았다.

"좋아, 한 놈은 내가 맡지."

크기만 크지 볼품없는 청룡도를 든 산적이 용기가 나는지 그 도를 휘두르며 앞으로 나섰다. 그러자 그의 뒤쪽에서 소찰과 말을 섞었던 매서운 눈빛의 소년 산적이 차분한 목소리로 입을 열었다.

"대일, 서두르지 마라. 풍산의 말처럼 모두 한 번에 달려들어 끝을 내자!"

소년 산적의 말에 청룡도를 든 산적이 움찔하더니 고개를 돌려 말을 한 소년 산적을 바라봤다.

"별로 대단해 보이지 않는데?"

"그래도 조심해서 나쁠 것 없어. 그리고 오늘이 우리의 첫 출행이니 모두 칼맛을 봐야지 않겠어? 그래야 앞으로도 실수가 없지."

"듣고 보니 추월 네 말이 맞는 것 같다. 그럼 모두 함께 끝을 내자!"

대일이라 불린 산적이 고개를 끄덕였다.

"자, 사냥을 끝내자고!"

곽풍산의 재촉에 소년 산적들이 일제히 도검을 빼 들고 소찰 등 삼 인을 향해 다가가기 시작했다. 그러자 소찰이 재빨리 소리쳤다.

"이, 이보게들! 말로 하세! 내 은자 오십 냥을 내지!"

소찰의 말에 소년 산적들의 발걸음이 멈췄다.

"은자 오십 냥?"

곽풍산이 고개를 까딱이며 되물었다.

"그렇다네. 내 은자 오십 냥을 냄세. 그리고 자네들의 실력을 몰라본 점 사과하겠네."

"사과하겠네? 그게 어느 지방 산적에게 잡힌 장사군이 지껄이는 말투요, 형제?"

곽풍산의 말투가 소찰 등을 처음 만났을 때로 돌아왔다. 곽풍산의 말에 소찰이 어리둥절한 표정을 짓다가 이내 자신의 실책을 깨닫고는 두 손을 모으고 머리를 조아리며 말했다.

"미안하오. 내 대호채의 소년 영웅들을 몰라뵙고 큰 실수를 저질렀소. 예부터 대호채의 영웅들은 약자를 도와주고 강자에 맞서는 용기를 보여준 것으로 유명하다는 것을 알고 있소이다. 그러니 부디 이 가난한 장사치의 사정을 잘 좀 봐주시기 바라오."

"그런데 검은 왜 여전히 들고 있는 거요? 잘 봐달라면서!"

곽풍산의 말에 소찰이 화들짝 놀라며 들고 있던 검을 멀찍이 던져 냈다. 그러자 그의 곁에 서 있던 두 명의 동료 역시 서둘러 검을 버렸다.

"어쩔까?"

소찰 등이 검을 버리자 곽풍산이 눈매 매서운 젊은 산적을 보며 물었다.

"우리가 오늘 첫 출행이지?"

"그렇지."

"앞으로 산적질을 하려면 험한 꼴을 많이 봐야겠지?"

"그렇지."

"하지만 우리 아이들은 아직 험한 일을 벌인 경험이 전무하지?"

"그렇지."

"그럼 오늘 피를 좀 보는 것도 괜찮지 않을까? 더군다나 시류에 따라 얼굴색을 달리하는 이런 종자들은 따끔한 맛을 보여줘야 대호채의 위신이 설 거야."

젊은 산적의 말에 소찰의 얼굴이 파랗게 질렸다.

"이, 이보시오, 젊은 영웅! 모르고 한 일은 죄가 아니라지 않소? 내 이렇게 사정을 하리다! 내 통행세로 은자 백 냥을 내겠소! 그러니 부디 지난 일은 잊고 아량을 베풀어주시오!"

소찰이 무릎이라도 꿇을 기세로 소리쳤다. 은자 백 냥이라는 말에 산적들의 눈빛이 변했다. 마치 횡재를 한 듯한 표정.

"은자 백 냥이라는데?"

곽풍산이 은근한 어조로 물었다.

"은자야 말 위의 짐을 털면 그보다 더 많이 나올 것이고……."

눈매 매서운 젊은 산적의 표정은 요지부동이었다.

"그럼 머릴 자르자고?"

"그럴 것까지는 없고, 팔 하나씩 끊어 보내자."

"음, 좋아. 그렇게 하면 앞으로 대호산을 넘는 자들은 알아서 통행세를 내게 되겠군. 이보우, 형제! 당신, 운 좋은 줄 아슈. 목이 아니라 팔이라오!"

곽풍산이 도끼를 들고 소찰에게 다가가며 말했다. 그러나 잘리는 사람 입장에선 목이나 팔이나 매한가지다.

"정녕 우릴 이렇게 핍박해야겠소?"

소찰이 오기를 드러내며 물었다.

"어쩌겠소. 형제가 우리의 첫 번째 손님이 된 것이 불행이우."

"우릴 건드리면 혁가장에서 다시 사람이 나올 것이오."

순간 곽풍산의 눈빛이 변했다.

"뭐라고?"

"통행세나 받아내면 모를까, 사람을 상하게 한다면 혁가장에서 가만있을 것 같소? 혁가장의 소장주가 대호채의 산적들을 멸절했다고 해서 지금 강호의 영웅으로 더 받들어지고 있는데, 오늘 당신들이 다시 사람을 상하게 한다면 혁가장의 소장주는 자신의 명예를 위해서라도 다시 고수들을 모아 대호산에 오를 것이오. 그러니……."

"그 빌어먹을 놈 이야기는 집어치워! 그놈 이름만 들어도 이가 갈리니까! 언젠가 반드시 이 곽풍산의 도끼에 그놈 머리가 박살 날 거야!"

곽풍산의 눈이 광인처럼 번들거렸다. 순간 소찰은 자신이 말을 잘못 꺼냈다는 것을 깨달았다. 그의 말을 들은 눈매 매서운 젊은 산적의 말은 그런 소찰의 깨달음을 더욱 확실하게 해주었다.

"풍산, 듣고 보니 그 양반 말이 맞는 것 같아. 비록 언젠가는 혁가장의 그 살귀를 우리 손으로 죽여 버릴 것이기는 하지만 지금 놈들을 다시 산채로 불러들이는 것은 위험해. 그러니 오늘 일이 놈의 귀에 들어가는 일은 없어야 할 것 같은데."

"어쩌자는 말이야?"

곽풍산이 되물었다.

"죽은 자는 말을 못하는 법이지."

"어? 그럼 팔이 아니라 목이 되는 건가?"

"그게 좋겠어."

젊은 산적의 말에 곽풍산이 고개를 돌려 소찰을 보며 말했다.

"참 입이 방정이오. 덕분에 잘리는 것은 형제의 팔이 아니라 목이 됐소. 뭐, 고통은 없을 거요. 내 멧돼지 잡을 때도 피 한 방울 흘리지 않고 숨통을 끊어냈으니 말이우. 어이, 시작하자 구! 오늘 칼맛 제대로 한번 보자구. 그래야 우리도 진짜 산적 이 되지 않겠어?"

곽풍산의 말에 도검을 빼 들고 있던 어린 산적들이 주춤거 리면서도 이미 검을 버려 반항할 여지가 없는 소찰 등 삼 인의 장사치를 에워쌌다. 순간 소찰 등 삼 인이 본능적으로 땅 위에 엎드렸다.

"아이고, 제발 살려주시오. 우린 기다리는 처자식이 있단 말 이오. 당신들도 가뭄과 수탈에 쫓겨 산에 들어왔을 테니 우리 사정을 잘 알 것 아니오. 그러니 제발 목숨만은 살려주시오."

"젠장, 손님 사정을 일일이 봐주면 어떻게 산적질을 하나. 그리고 난 애초부터 장사치들이 싫어. 돌아가신 나의 아버지 가 장사치들 농간에 집안을 말아먹고 그만 스스로 목숨을 끊 으셨거든? 장사치들이란 순진한 사람들 속여 피골을 빨아먹는 자들이라니까. 자자, 이제 그만 차분히 형제의 운명에 순응하 시우. 그럼 명복을 비우."

말을 마친 곽풍산의 도끼가 허공으로 들려졌다. 소찰은 이 제 검도 손에 없을뿐더러 곽풍산 등의 기세에 완전히 기가 죽 어 제 목이 달아나는 판국에도 반항할 기미를 보이지 않았다. 그는 그저 뱀 앞의 개구리처럼 벌벌 떨며 저승문이 열리기를 기다리고 있을 뿐이었다.

웅!

곽풍산의 도끼가 무지막지한 굉음을 일으키며 소찰의 목을 향해 떨어져 내렸다. 소찰은 자라처럼 목을 움츠렸으나 곽풍산의 도끼가 워낙 날카로워 그의 목을 파고드는 데는 아무런 문제가 없어 보였다. 그런데 그 순간!

깡!

불현듯 날카로운 소성이 일어나더니 소찰을 향해 떨어져 내리던 곽풍산의 도끼가 홱 방향을 틀어 땅바닥을 후려쳤다. 그와 함께 곽풍산의 도끼를 쳐낸 검 한 자루가 곽풍산의 도끼 옆에 꽂혔다.

퍽!

"뭐야?"

곽풍산이 눈에 쌍심지를 켜며 고개를 돌렸다. 그러자 그의 눈에 십여 장 밖에서 말에 탄 채 자신들을 바라보고 있는 삼 인의 젊은이가 들어왔다.

"이건 또 뭐야? 새로운 손님이란 건가? 이번에는 동쪽에서 서쪽으로 가시는 손님이군. 허허, 이것 참, 첫 출행에 이렇게 손님이 많다니. 이러다가 우린 금세 부자가 되겠군."

곽풍산이 짐짓 허세를 부리면서도 잔뜩 경계하는 눈빛으로 말 위에 탄 삼 인을 노려봤다. 곽풍산만이 아니었다. 소찰 등 삼 인의 목을 베려고 도검을 꺼내 들고 있던 어린 산적들은 갑작스런 삼 인의 등장에 놀란 빛이 역력했다. 더군다나 그들 중 한 명은 십여 장 밖에서 검을 던져 곽풍산의 도를 쳐냈으니 보통 인물이 아님이 분명했다.

"어쩌지?"

곽풍산이 시선은 새로 나타난 삼 인을 향한 채 빠르게 눈매 매서운 젊은 산적에게 물었다.

"무림인이야."

눈매 매서운 젊은 산적이 빠르게 대답했다.

"젠장, 그렇지? 검에 실린 힘이 보통이 아니더라고. 그럼… 도망갈까?"

"그게 좋겠어."

"젠장, 첫 번째 출행부터 줄행랑을 치게 되다니!"

"기회는 다음에도 있어."

"알아. 천금을 줘도 목숨보다 중한 것은 없지. 모두 튀어!"

곽풍산의 입에서 고함이 터져 나왔다. 그러자 상인들을 에 워쌌던 어린 산적들이 메뚜기 튀듯 사방으로 달아나기 시작했다.

곽풍산 역시 도끼를 걸쳐 메고 북쪽 숲 속을 향해 신형을 날렸다. 어려서부터 산에서 살아와서 그런지 움직임은 날래기 이를 데 없었다.

그런데 곽풍산의 신호로 어린 산적들이 사방으로 도망치기 시작한 그 순간 말에 올라 있던 삼 인의 젊은이 중 하나가 훌쩍 말 위에서 튀어 오르더니 새처럼 허공을 날아 비호처럼 움직이는 곽풍산 앞에 떨어져 내렸다.

"비켜!"

곽풍산은 단숨에 자신의 앞을 막아선 젊은 사내의 움직임에 놀라면서도 거친 고함과 함께 번개처럼 도끼를 쳐냈다.

웅!

곽풍산의 도끼가 바람 가르는 소리를 일으키며 앞을 막아선 사내의 가슴을 향해 떨어져 내렸다. 그러자 사내가 한줄기 코웃음을 흘려내며 가볍게 몸을 틀었다. 한 번의 움직임으로 도끼를 피한 사내가 번개처럼 오른발을 들어 올려 곽풍산의 옆구리를 찼다.

퍽!

사내의 발길질은 빠르고 강해서 미처 피할 사이도 없이 옆구리를 격중당한 곽풍산의 몸이 단번에 삼사 장을 날아가 땅 위에 나뒹굴었다.

"아쿠쿠!"

곽풍산의 입에서 비명 소리가 흘러나왔다.

"도주할 생각은 말거라."

미처 신형을 세우지 못하고 옆구리를 부여잡고 신음하는 곽풍산 앞으로 사내가 다가서며 말했다.

"칫! 내가 쉽게 잡힐 줄 아느냐?"

곽풍산이 도끼를 의지해 몸을 일으켜 세우며 소리쳤다.

"어린 녀석이 제법 강단이 있구나. 하긴 그러니 그 나이에 산적질을 하고 있겠지. 하지만 너희들은 오늘 임자를 잘못 만났다."

"홍, 훈계는 날 잡고 난 뒤에 하시지!"

곽풍산이 언제 신음을 흘려냈나 싶게 번개처럼 숲으로 달아나기 시작했다. 그 속도가 가히 비호와 같았다.

"정말 산짐승 같은 녀석이군. 하지만 네 녀석은 오늘 임자를 잘못 만난 것이다."

사내가 한줄기 미소를 흘려내더니 한순간 흐릿한 잔영을 남기며 자리에서 사라졌다. 그리곤 눈 깜짝할 사이에 곽풍산을 따라잡더니 번개처럼 그의 발을 걸었다.

쿠당탕!

정신없이 달아나던 곽풍산이 사내의 발에 걸려 다시 한 번 땅 위에 나뒹굴었다. 그러자 사내가 번개처럼 검을 뽑아 곽풍산의 코앞으로 가져갔다.

"도망갈 생각은 말거라. 다시 도주하려 한다면 사지 중 한 곳을 부러뜨려 주겠다."

그러자 곽풍산이 움찔하며 눈치를 살피다 털썩 엉덩이를 붙이고 땅 위에 주저앉으며 말했다.

"제길, 재수가 없으려니. 무림인인 모양이구려?"

"오냐. 잘 봤다."

"에이, 마음대로 하슈. 죽이든 살리든!"

"허, 요런 맹랑한 녀석 좀 보게. 정말 배짱도 두둑한걸."

사내가 재미있다는 듯 곽풍산을 살피며 말했다.

"사내가 배짱이 없으면 어찌 산적질을 해먹고 살겠어요."

곽풍산의 말투가 슬쩍 변했다.

"오냐. 그래야지. 이제 좀 어린놈 같구나."

"절 어쩌실 겁니까?"

"도망치다 잡힌 놈이 뭐가 그리 당당하냐?"

"목숨을 빌 거란 기대는 하지 마세요."

"죽음이 두렵지 않다는 거냐?"

"죽는 게 두렵지 않은 사람이 어디 있겠어요. 단지 누구나 죽음을 피할 수 없다는 것을 알고 있을 뿐이지요. 그리고 일단 누군가를 죽이려고 마음먹은 사람은 아무리 사정을 해도 결국 죽이고 말더라고요."

"네놈들처럼?"

사내가 죽음의 문턱에 살아난 소찰 등 상인들을 돌아보며 물었다. 그러자 곽풍산이 멋쩍은 듯 대답 대신 어깨를 으쓱거렸다.

"네 녀석의 목숨은 공자께 달려 있다. 광명정대하신 분이니 사정을 잘 말씀드려 보거라."

"공자님이라뇨?"

"일단 가보자꾸나."

사내가 곽풍산의 목덜미를 움켜잡고 걸음을 옮겼다.

第二章
마효(魔梟)

화마경

털썩!

사내가 곽풍산을 내동댕이치듯 꿇어 앉혔다.

"에이, 씨!"

곽풍산이 인상을 구기며 투덜거리다가 문득 고개를 돌려 한쪽에 무릎을 꿇고 있는 같은 처지의 젊은 산적을 발견하고는 의외라는 듯 물었다.

"추월, 너도 잡혔냐?"

곽풍산이 말을 건넨 소년은 다섯 명 산적 중 나이답지 않게 매서운 눈매를 지니고 있는 소년이었다.

"방법 있어? 무림인들인데."

"그래도 추월, 넌 잡히지 않을 줄 알았지. 혁가장 놈들이 쳐

들어왔을 때도 네 덕분에 우리 다섯이 목숨을 부지했으니까."

그런데 그때 문득 말 위에 올라 있던 영웅 풍모의 젊은이가 입을 열었다.

"지금 혁가장이라고 했느냐?"

문득 들려온 목소리에 곽풍산과 눈매 매서운 젊은 산적 추월이 대답을 하는 대신 고개를 돌려 말 위의 사내를 바라봤다.

"뭣들 하느냐? 공자님이 묻고 계시질 않느냐?"

대답이 없자 곽풍산을 잡아온 사내가 호통을 쳤다.

"그래요. 혁가장이라고 했어요. 그게 왜요?!"

곽풍산이 불량한 표정으로 소리쳤다.

"혁가장이 너희들의 산채를 쳤다고?"

젊은 사내가 재차 말 위에서 물었다.

"그렇다니까요."

"혁가장이 왜 너희들의 산채를 쳤느냐? 혹 혁가장의 상행이라도 방해한 것이냐?"

"혁가장과는 무슨 관곕니까?"

곽풍산이 슬쩍 눈을 치뜨며 물었다.

"이놈, 공자님 질문에 대답하진 않고 감히 어디서 되묻느냐?"

곽풍산을 잡아온 사내가 눈을 부라리며 호통을 쳤다. 그러자 말 위의 젊은 사내가 손을 저으며 말했다.

"이각, 그냥 두게. 저들로서도 내가 혁가장과 어떤 관계인지 알아야 말을 편하게 할 수 있을 테니. 내가 혁가장과 어떤 관

계냐고? 난 혁가장과 특별한 관계는 없는 사람이다. 단지 혁가
장은 서압록에서 제법 이름있는 문파인데 일개 산채를 공격했
다는 것이 의아해서 물어본 것뿐이다."

사내의 말에 곽풍산이 의심의 눈초리를 거두지 않으며 물었
다.

"정말 혁가장과 아무 관계가 없는 겁니까?"

"나 고무룡, 비록 나이 어린 산적에게라도 허튼소리를 할 사
람은 아니다."

고무룡이라고 자신의 이름을 밝힌 젊은 사내의 얼굴에는 추
호도 거짓된 기운이 서려 있지 않았다. 곽풍산도 그런 사내의
진심을 읽었는지 고개를 끄덕이며 말했다.

"뭐, 대협의 표정을 보니 거짓말은 아닌 것 같군요. 그 표독
한 혁가장의 소장주와 인연을 맺을 분 같지도 않구요."

"혁가장의 소장주가 직접 산채를 쳤느냐?"

"그렇습니다."

"혁지광이 직접 나섰다면 보통 일은 아닌데… 무슨 이유로
혁가장이 너희 산채를 쳤느냐?"

"우리도 그 이율 모르겠습니다."

"이유를 모른다?"

"그렇습니다. 그 혁지광이라는 놈이 한 이십여 명쯤 되는 칼
잡이들을 데리고 와서는 불문곡직하고 산채를 들이쳤지요. 이
유도 말하지 않고 살검을 휘둘렀는데 도저히 우리 같은 산적
들이 대항할 실력들이 아니었지요."

"그래서 어찌 되었느냐?"

"본래 우리 대호채에는 남녀노소 도합 육십 명 가까운 사람들이 있었습니다만 살아남은 사람은 오직 저희 다섯뿐이지요."

"너희 말고는 모두 죽었단 말이냐?"

"그렇습니다. 무슨 원수가 졌는지 애, 어른 할 것 없이 모두 죽였지요."

"그런데 너희들은 어떻게 살아남았느냐? 혁가장의 고수들이 살심(殺心)을 품고 왔다면 살아남기 쉽지 않았을 텐데?"

스스로를 고무룡이라 밝힌 젊은 사내가 의심 어린 표정으로 물었다.

"그건 여기 영악한 친구 덕분이지요."

곽풍산이 추월이라 불렀던 매서운 눈빛의 어린 산적을 가리켰다. 그러자 고무룡이 눈빛 매서운 산적 추월에게 물었다.

"이름이 뭐냐?"

"송추월이라 합니다."

영활하게 눈빛을 굴리며 어린 산적이 대답했다.

"송추월이라……. 산적의 이름치고는 기품이 있구나. 산에 들기 전 뭘 했느냐?"

"여름엔 농사짓고 겨울엔 사냥을 했지요."

말대로라면 전형적이 민초의 삶이다.

"부모는 어찌 되었느냐?"

"어린 나이에 산에 들어올 때에야 당연한 일 아닙니까?"

산적 송추월이 퉁명스레 대답했다.

"돌아가셨느냐?"

"그렇습니다."

"이유는?"

"아버지는 사냥을 나가셨다가 산짐승에게 횡액을 당하셨고 어머니는 병들어 돌아가셨습니다."

송추월의 대답에 고무룡이 눈에 측은한 기색이 흘렀다. 그러나 그도 잠시, 고무룡이 재차 질문을 던졌다.

"그런데 너로 인해 네 친구들이 혁가장의 고수들 손에서 살아났다고 했는데 무슨 수단을 쓴 것이냐? 그들의 검을 피하는 것이 결코 쉽지 않았을 터인데?"

"산채에 미리 은밀한 도주로를 준비해 놓고 있었습니다."

"사전에 도주로를 준비해 놨었다고? 그것 이상하구나. 그렇다면 넌 혁가장의 고수들이 산채를 칠 것이라는 걸 미리 알고 있었다는 것이냐?"

고무룡이 여전히 의심 어린 눈초리로 송추월을 주시하며 물었다.

"혁가장 놈들이 올 것은 몰랐지만 오래지 않아 누군가가 산채를 칠 거라고는 생각하고 있었습니다."

"왜?"

"지난 몇 개월 새 산채가 너무 커졌으니까요. 더군다나 산채가 커지다 보니 출행을 나가는 일도 잦아졌고, 또한 제법 큰 규모의 상단까지 상대를 하고 있었지요. 과거 조무래기 상인들을 상대할 때는 모르겠지만 큰 상단까지 피해를 보게 되면 당연히 어디선가 토벌대가 올 거라 예상했습니다."

송추월의 대답에 고무룡이 고개를 끄덕였다. 그리곤 새삼스런 눈으로 송추월을 살피더니 불쑥 예상외의 질문을 던졌다.

"혹 산을 내려갈 생각은 없느냐?"

"무슨 말씀이신지?"

"날 따라갈 생각이 없느냐는 말이다. 네 재주가 범상치 않아 보이는데 날 따라가겠다면 거둬주마. 산에서 도적질을 해먹고 사는 것보다는 나을 것이다."

고무룡의 말이 끝나자마자 그의 곁에 서 있던 이각이란 자가 재빨리 입을 열었다.

"공자님, 어찌 이런 어린 도적들을 거두려 하십니까? 장주께서도 근본없는 도적들을 산장에 들이는 것은 허락지 않으실 겁니다. 또한 나중에라도 산적들을 장원에 들인 일이 강호에 알려지면 세간의 평판이 좋지 않을 것이고……."

"그런 말 말게. 이 아이들이 도적이 된 것은 모두 어른들의 잘못이야. 더군다나 이대로 이 아이들을 돌려보내면 작은 도적들이 큰 도적이 될 터인데 어찌 그대로 보낸단 말인가? 다행히 그 재질도 나쁘지 않아 보이니 장원의 인재로 키우는 것이 나쁘지는 않을 거야. 어떠냐, 날 따라가겠느냐?"

고무룡이 재차 송추월과 곽풍산을 보며 물었다. 그런데 의외로 송추월은 단호하게 고개를 저었다.

"아닙니다. 살려주신다면 저희들은 산에 남겠습니다."

너무도 단호한 송추월의 대답에 고무룡이 의아한 표정을 지으며 물었다.

　"왜지? 오늘 보니 그 실력으론 도적질도 제대로 하지 못할 것 같던데. 그것보다는 날 따라가는 것이 낫지 않겠느냐?"

　고무룡의 질문에 송추월 대신 곽풍산이 입을 열었다.

　"실력이 없으면 사냥을 하거나 약초를 캐 먹고살면 그만입니다. 그동안도 그렇게 살아왔고요. 사실 오늘이 우리 다섯이 산적질에 나선 첫 번째 출행입니다. 사냥한 고기만 먹다 보니 곡식을 좀 구해볼까 해서 말이지요. 그러니 산적질을 하지 않아도 굶어죽지는 않지요. 솔직히 말해 대가(大家) 집 머슴으로 들어가 천대받고 사는 것보다야 산에서 사냥하며 사는 것이 백번 낫습니다. 산에 들어온 사람 중 태반은 고약한 주인을 피해 도망 온 사람들입니다."

　"난 그렇게 고약한 사람은 아니다."

　"물론 대협께선 그런 분으로 보이지 않습니다만, 그래도 배는 고플지언정 우리 맘대로 사는 산속 생활이 더 좋습니다. 그런데……"

　"말해보거라."

　"우릴 살려주실 겁니까?"

　"목을 베랴?"

　"아이구, 무슨 말씀을……"

　곽풍산이 얼른 머리를 조아렸다. 그러자 고무룡이 엄한 표정을 지으며 말했다.

"살려는 주마. 하지만 나와 한 가지 약속은 해야겠다."

"무엇을 약속드릴까요?"

"너희들이 사냥을 해 먹고살든 약초를 캐 먹고살든 그건 상관치 않겠다. 또는 산적질을 해서 연명한다 해도 상관없다. 먹고사는 것이 급하면 무슨 일이든 하게 되는 것이 사람이니까. 하지만 사람을 해하지는 말거라. 세상에 사람을 해하면서까지 얻어야 할 재물은 없는 법이다. 만약 이 대호산에서 누군가 산적에게 목숨을 잃었다는 소문이 들리면 내가 다시 이곳에 올 것이다. 그리고 그땐 결코 오늘처럼 너희들을 놓아주는 일이 없을 것이다. 알겠느냐?"

고무룡의 추상같은 경고에 곽풍산이 얼른 머리를 조아렸다.

"알겠습니다, 대협! 앞으로 절대 사람을 해치지 않겠습니다."

"오냐. 너희들의 말을 믿어보마. 그만 가보거라!"

고무룡의 말에 곽풍산과 송추월이 얼른 자리에서 일어났다. 그리고는 연신 고무룡에게 고개를 조아리며 뒷걸음질을 하다 문득 송추월이 고개를 들고 물었다.

"대협, 오늘 호생지덕을 베풀어주신 은혜는 나중에 반드시 갚겠습니다. 부디 대협의 신분을 일러주십시오."

"하하하, 내 어찌 너희들에게 도움을 얻을 일이 있을까. 하지만 내 이름 석 자를 남기지 않으면 네 녀석들이 또다시 흉한 짓을 할지 모르니 이름은 알려주마. 난 고월산장의 고무룡이라고 한다."

"고월산장 고무룡……."

송추월이 나직하게 고무룡의 말을 따라했다.

"혹여 산 생활이 힘들거든 언제든 찾아오너라. 너희들의 이름을 기억하고 있으마!"

고무룡의 말에 송추월이 재차 머리를 조아렸다.

"감사합니다, 대협. 나중에라도 반드시 한번 찾아뵙겠습니다."

말을 마친 송추월이 곽풍산과 눈빛을 교환하더니 이내 신형을 돌려 산짐승처럼 날래게 장내를 벗어났다.

"대협, 어찌 저런 불한당 같은 놈들을 살려 보내시는 겁니까?"

송추월 등이 사라지자 그동안 말없이 돌아가는 사정을 지켜보고 있던 장사치 소찰이 불만스런 목소리로 고무룡에게 물었다. 그러자 고무룡이 잔잔한 미소를 지으며 대답했다.

"물론 세 분께서 당하신 일을 생각하면 저들에게 따끔한 맛을 보여줘야겠지요. 하지만 세 분도 봐서 아시겠지만 저 아이들은 이제 겨우 열대여섯 살에 지나지 않는 어린애들입니다. 더군다나 부모가 죽고 굶주림에 못 이겨 산에 들어온 아이들이지요. 그러니 한 번의 기회는 주는 것이 옳지 않겠습니까?"

"그러나 결국 저놈들은 훗날 큰 산적이 되어 사람들을 해하게 될 겁니다. 나이는 어리지만 보통 놈들이 아니었습니다."

"물론 그리될 수도 있겠지요. 하지만 이 고무룡은 저 아이들이 나와의 약속을 지킬 것을 기대해 봅니다. 아무리 큰 죄를 지은 사람이라도 한 번의 기회는 주어야지요. 하물며 이제 갓 산적질에 나선 저 아이들에게 기회를 주지 않을 수는 없는 일 아니겠습니까?"

"아이고, 이제 보니 정말 정명대협이시군요. 요즘처럼 인심이 사나운 세상에 대협 같은 분이 계실 줄은 몰랐습니다. 그런데 고월산장에서 나온 분이라고 하셨는지요?"

"그렇습니다."

"역시 그러셨군요. 예전부터 고월산장의 대협들께서는 약한 자를 돕고 악인을 계도하는 것으로 유명했지요. 역시 고월산장의 대협들께서는 뭔가 달라도 다르시군요."

"본 장에 대해 좋게 말해주시니 고맙군요."

"아이구, 무슨 말씀을! 그나저나 목숨을 살려주신 은혜에 보답을 해드려야 할 터인데……."

"그런 말씀 마십시오. 일신에 무공을 익혀 강호에 나온 것은 어려운 사람을 돕고자 하는 협심에서인데 어찌 작은 도움에 대가를 바라겠습니까. 조금 있으면 날이 어두워질 터이니 서둘러 길을 떠나십시오."

"아이구, 정말 천생없는 강호 영웅이십니다. 그럼 저희들은 이만 물러가 보겠습니다. 나중에라도 반드시 고월산장에 들러 오늘의 은혜에 보답토록 하겠습니다."

"하하하, 알겠습니다. 그럼 조심해 가십시오."

"대협께서도 여로에 강녕하시길 빌겠습니다. 가세!"

소찰이 고무룡에게 연신 머리를 굽실거리며 두 명의 동료에게 길을 재촉했다. 그러자 그의 동료들이 재빨리 말의 고삐를 잡아끌기 시작했다.

"우리도 가지."

소찰 등 세 명의 장사치가 동쪽 길을 따라 떠나자 고무룡이 이각 등 두 명의 젊은 무사들을 보며 말했다. 그러자 두 명의 젊은 무사가 훌쩍 말에 뛰어올랐다. 그런데 말에 오른 후 이각이라 불린 사내가 고개를 갸웃하며 중얼거렸다.

"그런데 왜 혁가장이 대호채를 쳤을까요? 혁가장이 일개 산적들을 토벌하기 위해 고수들을 움직였다는 게 이상하군요."

"글쎄, 무슨 이유가 있겠지. 그들이 협심이 발동해 산에 올랐을 리는 없을 테니까."

고무룡이 냉랭하게 대답했다. 혁가장에 대해 별반 좋은 감정을 지니고 있지 않은 듯싶었다. 그러자 지금껏 말이 없던 나머지 한 명이 차분한 목소리로 입을 열었다.

"혁가장의 고수들을 이끈 자가 소장주 혁지광이라면 이유는 하나일 겁니다."

"우태, 자네는 그 이유를 짐작할 수 있단 말인가?"

이각이 물었다.

"혁지광은 어려서부터 사람들 앞에 나서길 좋아했었네. 그런 그가 나섰다면 대호채의 산적을 토벌함으로써 강호에 자신의 명성을 쌓기 위해서였을 걸세."

"겨우 그런 이유로 혁가장의 고수들을 데리고 산적 토벌에 나섰단 말인가?"

"그의 사람 됨됨이를 보면 충분히 그럴 수 있네. 더군다나 근자에 혁가장이 무섭게 그 세를 키우고 있으니 주변의 인심을 얻을 필요도 있었을 것이고."

"하긴, 본 장의 권위를 넘보기 위해서는 세간의 인심을 모을 필요가 있긴 하겠지. 하지만 감히 그들이 본 장의 권역까지 침범하다니 참으로 고약한 자들이 아닌가."

"일단 서둘러 산장으로 돌아가세."

고무룡이 두 사람에게 길을 재촉했다.

"알겠습니다, 공자님. 혁가장이 아무리 세를 불렸다 해도 공자님의 무위를 알고 나면 결코 본 장을 적대하지는 못할 것입니다."

"그도 두고 봐야 아는 일이고!"

"웬걸요. 공자님의 무공은 선사께서도 인정하신걸요."

"후후, 이각 자넨 아부가 많이 늘었군."

"글쎄 아부가 아니라니까요?"

"자자, 어서 가세."

고무룡이 미소를 지으며 먼저 말을 몰고 나갔다. 그러자 이각과 우태 두 사람도 서둘러 말을 몰아 고무룡의 뒤를 따랐다.

"저런 사람도 있군."

삼나무가 구름처럼 우거진 숲 속에서 비쭉 얼굴을 내민 곽풍산이 중얼거렸다.

"고월산장이라고 했던가?"

송추월이 물었다.

"그랬지. 들어본 적 있어?"

곽풍산이 묻자 송추월이 고개를 끄덕였다.

"예전에 왕박 아저씨가 하는 말을 들었는데, 강호에선 제법 유명한 문파라고 했던 것 같아. 장백산맥 일대에선 적수가 없다고 했었지. 특히 그 문도들의 성정이 하나같이 광명정대하고 호협하다고 칭찬했던 것 같아."

"왕박 아저씨가 그랬다면 믿을 만하지. 아! 왕박 아저씨 보고 싶다."

"죽은 사람을 어떻게 다시 봐."

"그러게 말이다. 제길, 그 혁가장의 소장주 놈, 독하기도 하지. 어떻게 하나도 남김없이 모두 죽일 수가 있지? 오늘 만난 그 고무룡이란 사람과는 완전히 정반대야."

"살쾡이 같은 놈이었지. 언젠가 뜨거운 맛을 보여주고 말겠어."

"흐흐, 나도 그러고 싶지만 우리가 무슨 수로? 오늘 봤잖아? 아무리 우리가 용을 써도 무림고수에겐 한 손 거리도 안 된다는 걸."

"그래도 언젠가 기회가 오겠지."

"하긴 너라면 복수할 수도 있겠다. 넌 독한 놈이니까 무공이 아니더라도 다른 방법을 찾을 수 있을 거야."

"죽은 채주가 그랬잖아. 사내는 은원이 확실해야 한다고!"

"맞아. 아, 그러고 보니 채주도 보고 싶다. 우리에겐 제법 잘

대해줬는데 말이야. 그나저나 고무룡이란 사람을 따라가도 좋을 걸 그랬어. 혹시 알아. 무공이라도 한 수 배우게 될지."

"그렇긴 하지만 그래 봐야 결국 남의 밑에 있는 거잖아."

"하긴, 잘난 놈들 가랑이 밑을 핥고 사는 것은 이제 신물이나. 그런데!"

문득 곽풍산이 주변을 두리번거렸다. 그리고는 부아가 치민 표정으로 중얼거렸다.

"이 자식들은 도대체 어디로 내뺀 거야? 우리가 잡혔는데 제 놈들만 살겠다고 벌써 산채로 도망친 건가? 이거 한번 혼쭐을 내줘야겠구만!"

"그냥 둬. 지난번 산채가 무너질 때 워낙 독하게 당해놔서 지레 겁을 집어먹은 걸 거야. 그리고 사실 뭐 우리라도 멀리 도주하지 않았겠냐?"

"히히, 그건 그래. 야야, 그만 가자. 제길 오늘도 밥 구경은 못하겠구나. 멧돼지 고기도 이젠 질린다, 질려!"

"다음번엔 앞뒤 가려서 제대로 하자구."

이미 고무룡과 그를 따르는 두 사내의 모습은 더 이상 보이지 않았다. 물론 동쪽 산길을 따라 내려간 소찰 등 삼 인의 장사치도 사라진 지 오래였다. 송추월과 곽풍산은 적막해진 공터에 시선을 한 번 주고는 이내 신형을 돌려 삼나무 숲으로 걸음을 옮기기 시작했다.

송추월과 곽풍산은 산짐승처럼 능숙하게 산을 탔다. 삼나무 숲을 지나 이름 모를 수목이 우거진 깊은 산중으로 들어가서도 두 사람의 걸음은 늦춰지지 않았다. 아마도 대호산의 지리를 훤하게 꿰뚫고 있는 듯싶었다.

그런데 그렇게 한동안 정신없이 산을 타던 두 사람의 발걸음이 어느 순간 약속이나 한 듯 뚝 멈췄다.

"저놈들, 저기서 뭐 하는 거지?"

곽풍산이 의아한 표정을 물었다.

"그러게 말이야. 산채로 돌아가지 않고 왜 저기 앉아 있을까?"

송추월도 고개를 갸웃했다. 두 사람에게서 이십여 장 떨어진 곳에 평평한 바위가 하나 있었다. 그런데 그 바위 위에는 앞서 도주했던 두 사람의 친구들인 어린 산적들이 마치 석상처럼 앉아 있었다. 더 이상한 것은 분명 두 사람이 만들어내는 인기척을 들었을 터인데 그들은 두 사람을 향해 시선도 돌리지 않고 있다는 것이었다.

"설마 이 판국에 졸고 있는 건 아니겠지?"

곽풍산이 인상을 쓰며 물었다.

"가보자."

송추월이 훌쩍 신형을 날려 세 명의 친구가 앉아 있는 바위 쪽으로 향했다.

"뭣들 하는 거야? 자기들끼리 도망쳐서는!"

곽풍산이 도끼를 어깨에 걸쳐 멘 채 여전히 미동조차 하지 않는 동료들을 향해 소리쳤다. 그러나 곽풍산의 호통에도 바위 위에 앉아 있는 어린 산적 삼 인은 아무런 움직임이 없었다.

"이거… 뭐지?"

곽풍산이 흠칫한 표정으로 송추월을 돌아봤다.

"숨은 쉬어?"

조금 뒤에 떨어져 있던 송추월이 물었다. 그러자 곽풍산이 재빨리 세 명 중 한 명의 코앞에 얼굴을 가져다 댔다.

"숨은 쉬는데?"

"그럼 죽은 건 아니라는 말인데……."

"이것들이 장난하나?"

곽풍산이 부아가 치민 표정으로 손을 들어 돌처럼 굳어 있는 동료 중 한 명의 어깨를 짚어갔다. 그런데 그 순간 불현듯 바위 뒤쪽에서 기이한 목소리가 들려왔다.

"건들면 진짜 죽어!"

"누구냐?"

동료의 어깨에 손을 얹으려던 곽풍산이 화들짝 놀라 뒤로 물러나며 소리쳤다. 그러면서도 어느새 두 손으로 움켜잡은 도끼를 자신의 가슴 앞에 세우고 있는 곽풍산이었다. 송추월 역시 제법 잘 벼려진 검을 뽑아 들고 바위 뒤를 노려봤다. 그러자 바위 뒤에서 거친 마의를 입은 노인 한 명이 고개를 내밀었다.

"네놈들이 이 녀석들 친구냐?"

모습을 드러낸 마의노인은 기이하기 이를 데 없었다. 나이 때문인지 조금 굽은 듯한 등에 빼빼 마른 몸을 지닌 마의노인은 얼핏 보면 서 있는 것이 신기할 정도로 쇠약해 보였다. 그러나 그 눈빛만은 날카로워서 한밤중 먹이를 노리는 올빼미의 눈빛을 닮아 있었다.

"이건 또 웬 늙은이지?"

모습을 드러낸 마의노인의 모습이 볼품없어 보이자 곽풍산이 긴장을 풀며 투덜거렸다. 그러나 송추월은 여전히 경계심을 품은 채 마의노인을 노려보며 물었다.

"당신이 내 친구들에게 손을 쓴 것이오?"

"요놈들 보게. 산적질을 해 먹고사는 놈들이라더니 말버릇이 정말 고약하구나. 오냐. 내가 네 친구들에게 손을 좀 썼다."

"당신은… 당신은 혹 무림인이오?"

송추월의 질문에 마의노인이 고개를 끄덕였다.

"오냐."

마의노인의 대답이 흘러나오자 곽풍산이 인상을 찡그리며 투덜거렸다.

"오늘 일진 더럽네. 오늘따라 왜 이렇게 칼잡이들을 많이 만나는 거야!"

"네 녀석들이 산적질을 하려다 웬 젊은 놈들에게 잡혔다는 말은 들었다. 그런데 용하구나. 놈들의 손에서 도망치다니."

"친구들에게 무슨 짓을 한 겁니까?"

상대가 무림인이라는 것을 확인한 곽풍산의 말투가 변했다.

"혈도를 짚어 잠시 움직이지 못하게 만들어놓은 것이다."

"혈도가 뭡니까?"

곽풍산의 질문에 노인이 혀를 차며 말했다.

"이제 보니 무식하기 짝이 없는 놈이구나. 혈도도 모르다니… 쯔쯔, 예전 녹림도들은 그나마 강호에 굴러다니는 삼류 검법이라도 얻어 익혔는데 요즘은 그조차도 모르는 어린놈들이 산적질에 나서니 녹림도 많이 쇠퇴했구나. 끙차!"

노인이 힘겹게 바위 위로 올라섰다. 바위 위에 올라선 노인의 키는 생각보다 훨씬 작았다. 몸집으로 보자면 송추월과 곽풍산 일행 중 노인보다 작은 사람은 없었다. 어쩌면 등이 굽어 있기 때문에 더욱 체구가 작아 보이는지도 몰랐다.

"왜 내 친구들에게 손을 대신 겁니까?"

송추월이 물었다. 그러자 마의노인이 바위에 엉덩이를 붙이고 앉으며 말했다.

"그야 당연히 네놈들에게 볼일이 있어서다."

"우리가 누군지는 알고 계십니까?"

"당연히 모르지. 오늘 처음 보는 놈들인데 누군지 어떻게 알겠느냐? 아니지. 멍청한 어린 산적 놈들이란 사실은 알고 있지."

"도대체 우리에게 원하는 게 뭡니까?"

곽풍산이 거두절미하고 물었다.

"개중 네놈이 제법 사내답구나. 이쪽 놈은 아무래도 속에 능구렁이가 들어 있는 애늙은이 같고… 흐음……."

마의노인이 곽풍산의 질문에는 대답하지 않고 눈을 가늘게 뜨고 곽풍산과 송추월을 훑어보며 말했다.

"원하는 게 뭐냐니까요?"

곽풍산이 노인을 다그쳤다.

"요놈 봐라. 네 친구 녀석들 꼴을 보고도 버릇없이 굴겠다는 거냐? 난 말이야, 네놈들이 생각하는 것 이상으로 무서운 사람이야."

마의노인이 입술을 히죽이며 협박 같지 않은 협박을 해댔다. 곽풍산은 그런 노인의 말이 자신을 놀리는 것이라 생각했는지 얼굴을 붉히며 재차 소리쳤다.

"원하는 게 뭐냐구요!"

순간 노인의 표정이 급변했다. 장난기가 서려 있던 노인의 얼굴이 차갑게 굳어졌다. 그러자 그의 몸에서 검은 기운이 어른거리는 것처럼 느껴졌다.

"정말 버릇없이 굴 거냐? 말했지만 난 무서운 사람이다. 네놈들 정도는 재미삼아 목을 꺾어버릴 수도 있는 사람이란 말이다. 그동안 그렇게 내 손에 죽어간 놈들이 기백은 넘을 게다."

푸스스!

갓 저승에서 올라온 사람 같은 기운을 흘려내며 노인이 가만히 앉아 있는 바위에 손을 얹었다. 그러자 바위에서 얼음 녹는 소리가 흘러나오더니 한순간에 노인의 손이 바위 속으로 파고들어 갔다.

노인의 손이 마치 두부 속으로 들어가듯 가볍게 바위를 파고들자 송추월과 곽풍산의 표정이 파랗게 질려갔다. 산적으로 살다 보니 강호 고수들의 전설 같은 무공에 대해 간혹 듣기는 했지만 그 모든 것이 허풍을 좋아하는 어른들이 만들어낸 얘기라 생각했던 두 사람이다. 그런데 지금 마의노인은 두 사람 앞에서 그 이야기들이 결코 허무맹랑한 이야기들만은 아니라는 것을 자신의 손으로 보여주고 있었다.

"저게… 뭐 하는 짓이냐?"

곽풍산이 떨리는 목소리로 중얼거렸다.

"오늘… 정말 잘못 걸린 것 같다."

송추월도 낭패한 음성으로 입을 열었다.

"어떠냐? 네놈들 머리도 이렇게 눌러줄까?"

여전히 검은 기운을 장삼처럼 뒤집어쓴 채 마의노인이 물었다. 노인의 말에 송추월과 곽풍산이 흠칫 몸을 떨었다. 마의노인의 표정으로 보아 지금 그가 장난을 하고 있는 것이 아님이 분명했다.

"가자!"

송추월이 빠르게 말을 내뱉고는 재빨리 신형을 날렸다. 그러자 곽풍산 역시 송추월을 따라 도망치기 시작했다.

"요놈들 봐라?"

송추월과 곽풍산이 도주하는 것을 보고 있던 마의노인의 입가에 한줄기 냉소가 흘렀다. 그리고 다음 순간 노인의 신형이 검은 꼬리를 만들며 바위에서 솟아올랐다.

노인은 바위에 앉아 있던 자세 그대로 허공을 날았다. 그의 몸에서 흘러나오는 음울한 흑색 기운만 아니라면 신선이 나타났다고 해도 믿을 것 같은 움직임이었다.

그렇게 가부좌를 한 채 허공을 날아오른 노인의 신형이 금세 도주하는 송추월과 곽풍산의 머리 위에 도달했다. 그리고 다음 순간 노인이 두 팔을 좌우로 쭉 펼치며 소리쳤다.

"요놈들, 도망가 봐야 부처님 손바닥 아이다. 네놈들은 나와 한동안 같이 지내야 할 팔자야."

슈우욱!

노인의 말이 끝나는 순간 그의 팔이 기형적으로 늘어났다. 그리고는 번개처럼 송추월과 곽풍산의 뒷덜미를 낚아챘다.

"컥!"

"헛!"

송추월과 곽풍산의 입에서 다급한 비명 소리가 터져 나왔다. 그리고 다음 순간 두 사람의 신형이 허공으로 둥실 떠올랐다.

"어어!"

곽풍산의 입에서 당혹스런 소리가 흘러나왔다. 송추월과 곽풍산 두 사람의 몸은 어느새 허공으로 일 장 정도 떠올라 있었다.

"친구들을 두고 네놈들만 도망가서야 쓰겠느냐? 죽어도 같이 죽어야지."

허공에 뜬 채 한 손에 한 명씩 송추월과 곽풍산을 집어 든 마의노인이 타이르듯 말하고는 두 사람을 바위 앞으로 집어 던졌다.

콰당탕!

"아이구야!"

"윽!"

속수무책으로 바위 앞에 나뒹군 송추월과 곽풍산의 입에서 비명 소리와 신음성이 연달아 터져 나왔다. 마의노인은 미처 몸을 바로 가누지 못하는 두 사람에게로 날아오더니 가볍게 땅 위에 내려서며 말했다.

"그냥 두면 망아지처럼 날뛸 놈들이니 족쇄를 채워놔야겠다."

마의노인의 손이 번개처럼 움직였다. 그러자 송추월과 곽풍산도 바위 위에 앉아 있는 자신의 친구들과 마찬가지로 돌처럼 굳어버렸다.

"이제 좀 조용하군. 휴… 겨우 이 정도 일에도 힘이 드는군. 망할 놈의 독괴 같으니라구."

송추월과 곽풍산에게 손을 써 두 사람을 움직이지 못하게 해놓은 노인이 두 손을 탁탁 털며 한숨을 내쉬었다. 그러자 그의 몸을 감싸고 있던 검은색 기운이 씻은 듯이 사라졌다. 다시금 곧 쓰러질 것 같은 쇠약한 모습으로 변하는 마의노인이었다.

"에구구구!"

절대고수의 기운을 흩어낸 노인이 무릎을 손으로 짚으며 바

위 위로 올라가 가부좌를 틀고 앉았다. 그리고는 송추월과 곽
풍산을 보며 입을 열었다.

"지금부터 내가 하는 말을 잘 듣고 대답해라. 또다시 도망을
간다거나 허튼소리를 하면 그땐 정말 머리를 부숴 버리겠다."

노인의 겁박에도 송추월과 곽풍산은 눈만 멀뚱멀뚱 뜨고 있
을 뿐 입을 열지 않았다.

"요놈들이? 아직도 혼이 덜 난 것이냐? 왜 대답을 안 해?"

노인이 한 손을 들어 올리며 호통을 쳤다. 그런데 그래도 여
전히 두 사람은 대답이 없었다.

"이런, 내 정신 좀 보게. 아혈까지 짚어놓았으니 당연히 말
을 할 수 없지. 아이구, 몸만 아니라 머리까지 어떻게 된 모양
이군."

마의노인이 투덜거리며 송추월과 곽풍산의 귀밑 턱 쪽을 향
해 가볍게 손짓을 했다.

"큭!"

"커컥!"

노인의 손에서 흘러나온 옅은 검은색 기운이 두 사람의 몸
에 닿자마자 두 사람의 입에서 막혔던 숨이 터지듯 신음성이
흘러나왔다.

"자, 이젠 입이 뚫렸으니 묻는 말에 제꺽 대답들 하거라. 알
겠느냐?"

"예, 예, 알겠습니다, 어르신!"

곽풍산이 얼른 입을 열어 대답했다.

"좋아, 좋아. 이제야 귀여운 짓을 하는구나. 먼저, 사람과 사람이 만났으니 통성명부터 하자꾸나. 네놈들 이름을 대봐라."

"전 곽풍산이라고 하고, 이 친구는 송추월이라고 합니다."

"곽풍산과 송추월이라……. 꼴에 이름들은 제법 좋구나. 네 친구 놈들에게 듣자 하니 대호산에 산채를 차려놓고 산적질을 한다고?"

노인의 질문에 이번에는 송추월이 얼른 대답했다.

"말이 산적이지 아직 누구의 물건에 손을 댄 일은 없습니다."

"아아, 산적질을 했다고 해도 걱정할 것은 없다. 난 네놈들이 뭘 해먹고 살든 관심이 없으니까. 설혹 네 녀석들이 살인귀라 해도 상관없다."

"어르신께선 누구십니까?"

"나? 난 마효라고 한다."

"뭘 하시는 분이십니까?"

"뭘 하냐고? 보자……. 그러고 보니 딱히 뭘 한다고 말해줄 것이 없구나. 평생 네 늙은이랑 싸움질만 해와서……."

"무림고수 분이신가요?"

"뭐, 그렇다고 할 수 있지. 에… 사실대로 말하자면 난 당금 무림의 천하제일인이라고 할 수 있다."

노인이 거드름을 피우며 말했다.

"그게 정말입니까?"

곽풍산이 믿지 못하겠다는 듯 되물었다. 물론 두 눈으로 노인의 괴이한 무공을 직접 보기는 했지만 천하제일인이 되기에 노인은 뭔가 부족한 듯 보였다. 아니, 부족한 것이 아니라 어울리지 않는다는 말이 더 정확했다. 노인의 이 추레한 모습은 천하제일고수와는 전혀 어울리지 않았다.

"왜, 못 믿겠느냐?"

노인이 눈을 가늘게 뜨며 물었다.

"그것이… 뭐 못 믿겠다는 것보다는……."

곽풍산이 말꼬리를 흐리는 순간 노인의 손이 번개처럼 날아와 곽풍산의 뺨을 후려쳤다.

퍽!

"악!"

불식간에 뺨을 얻어맞은 곽풍산의 입에서 비명 소리가 터져 나왔다. 곽풍산이 입가엔 어느새 붉은 피가 흐르고 있었다.

"이래도 못 믿겠느냐?"

"아, 아닙니다. 믿지요. 믿겠습니다."

곽풍산이 혈도가 짚혀 손을 쓰지 못해 흐르는 피를 닦지도 못하고 얼른 입을 열었다.

"그래, 본래 믿음이란 이렇게 고통 속에서 생겨나는 법이다. 이 이치를 잘 알아두어라. 앞으로 우리가 함께 지내는 동안 나에 대한 믿음이 사라질 때면 언제나 오늘 이 아픔을 떠올리란 말이다. 다른 놈들도 마찬가지야."

마의노인이 돌부처처럼 앉아 있는 어린 산적들을 돌아보며 말했다.

"명심하겠습니다."

곽풍산이 얼른 대답했다.

"네놈은 왜 대답이 없어?"

마의노인이 송추월에게 시선을 주었다.

"명심하겠습니다, 어르신!"

송추월이 얼른 입을 열었다.

"좋아, 좋아. 에… 내가 천하제일인이라는 것은 사실이다. 물론 나와 일수를 겨룰 늙은이들이 아주 없는 것은 아니야. 그중 넷은 정말 힘든 상대들이지. 하지만 그렇다고 해서 내가 천하제일인이라는 사실이 변하는 것은 아니다. 그러니까 네놈들은 무척 영광으로 알아야 해."

"뭘요?"

"한동안 나와 함께 지내게 된 것을 말이다. 나중에라도 천하제일인과 함께 지냈다는 사실이 네놈들 평생 최고의 자랑이 되지 않겠느냐?"

마의노인이 확인하듯 묻자 곽풍산이 얼른 대답했다.

"그, 그럼요. 당연하죠. 저희 같은 산적 나부랭이가 언제 어르신 같은 고수 분을 모실 수 있겠습니까?"

"암암, 그런 이치를 알고 있다니 기특하구나."

"그런데…….."

"말해보거라."

"우린 그저 나이 어린 산적들일 뿐인데 어째서 어르신 같은 천하제일인께서 우리와 함께 지내시려는 것인지……?"

곽풍산이 조심스럽게 물었다. 그러자 마의노인의 표정이 어두워졌다.

"음, 거기에는 피치 못할 사정이 있다. 물론 나도 네놈들처럼 무식하고 덜떨어진 놈들의 시중을 받아야 하는 것은 피곤한 일이지. 하지만 내 제자 녀석들은 이곳에서 너무 멀리 떨어져 있단 말씀이야. 그래서 아쉽지만 당분간 네놈들의 시중을 받으려는 것이다. 영광이지?"

"아, 물론 일생의 영광입니다."

곽풍산이 얼른 대답했다. 그러자 마의노인이 만족한 듯 고개를 끄덕이다 주변 산세를 살피며 물었다.

"이 산이 대호산이렷다?"

"그렇습니다, 어르신!"

"혹, 이 대호산에 화동(火洞)이 있지 않느냐?"

마의노인의 말에 곽풍산과 송추월이 놀란 표정으로 노인을 바라봤다.

"그것을 어찌 아십니까?"

"화동(火洞)이 있느냐?"

"예, 분명 한겨울에도 한여름처럼 더운 동굴이 있습니다. 그런데 대호산에 그런 동굴이 있다는 건 우리 말고는 아무도 모르는 일인데 어르신께선 어찌 그런 동굴이 있는 줄 아셨습니까?"

"본래 천하제일인쯤 되면 자연히 그런 것을 알 수 있느니라. 더군다나 난 화기에 대해선 조금 특별한 사람이거든."

"그게 무슨 말씀이신지?"

"혈도도 모르는 놈들에겐 설명해 줘도 모르니 묻는 말에나 대답하거라. 그래, 화동(火洞)은 어디 있느냐?"

마의노인, 마효의 물음에 곽풍산이 얼른 대답했다.

"대호산 북쪽에 수십 장에 이르는 절벽이 있는데 그 절벽 꼭대기에 화동이 있습니다."

"음, 그렇군. 역시 내 예상이 맞았어. 그런데 네 녀석들은 화동이 있는 줄 어찌 알았느냐? 화동이 비록 지열(地熱)이 모이는 특이한 곳이기는 해도 위태로운 절벽에 있다면 그 동굴을 발견하기가 쉽지 않았을 터인데?"

"그건 이 친구 덕분이지요."

곽풍산이 송추월을 가리켰다.

"네놈은 어찌 화동을 발견했느냐?"

마의노인 마효의 질문에 송추월이 얼른 입을 열었다.

"지난겨울 산채에 먹을 것이 떨어져 토끼나 사냥할까 하고 산 북쪽으로 갔다가 우연히 절벽에서 적사(赤蛇)가 기어나오는 것을 보게 되었습니다. 본래 겨울에는 뱀도 땅속으로 들어가 잠을 자게 마련인데 한겨울에 뱀이 기어다니는 것이 기이하기도 하고, 또 귀하다고 알려진 적사를 놓치기 싫어서 적사가 나온 동굴을 살피게 되었지요."

"절벽 위에 있는 동굴이면 위험했을 텐데."

"다행히 절벽 위쪽에서 얼마 내려가지 않은 지점이라 마른 넝쿨을 타고 내려갈 만했습니다."

"그래그래, 고놈 참 대담하군. 그래, 적사는 잡았느냐?"

"잡지 못했습니다."

"아깝구나. 화동에 사는 적사는 영물이라 그놈을 잡아 먹으면 평생 병치레를 안 하고 살 수 있었을 텐데……."

마의노인이 입맛을 다셨다.

"하지만 화동 덕분에 저희들은 목숨을 건졌지요."

곽풍산이 득의한 눈빛으로 입을 열었다.

"그게 무슨 말이냐?"

"지난번 혁가장의 칼잡이들에게 산채가 공격당해 산채의 식구들이 멸절을 당할 때 저희 다섯은 그 화동에 숨어 목숨을 건질 수 있었습니다."

"네놈들 산채가 혁가장의 애송이로 인해 쑥밭이 됐다는 말은 저 녀석들에게 들었다. 그런데 네놈들이 화동에 숨어 목숨을 부지했을 줄은 몰랐군. 어쨌든 날 그 화동이 있는 곳으로 안내하거라."

마의노인 마효가 억지스럽게 근엄한 표정으로 명을 내렸다.

第三章
불의 동굴[火洞]

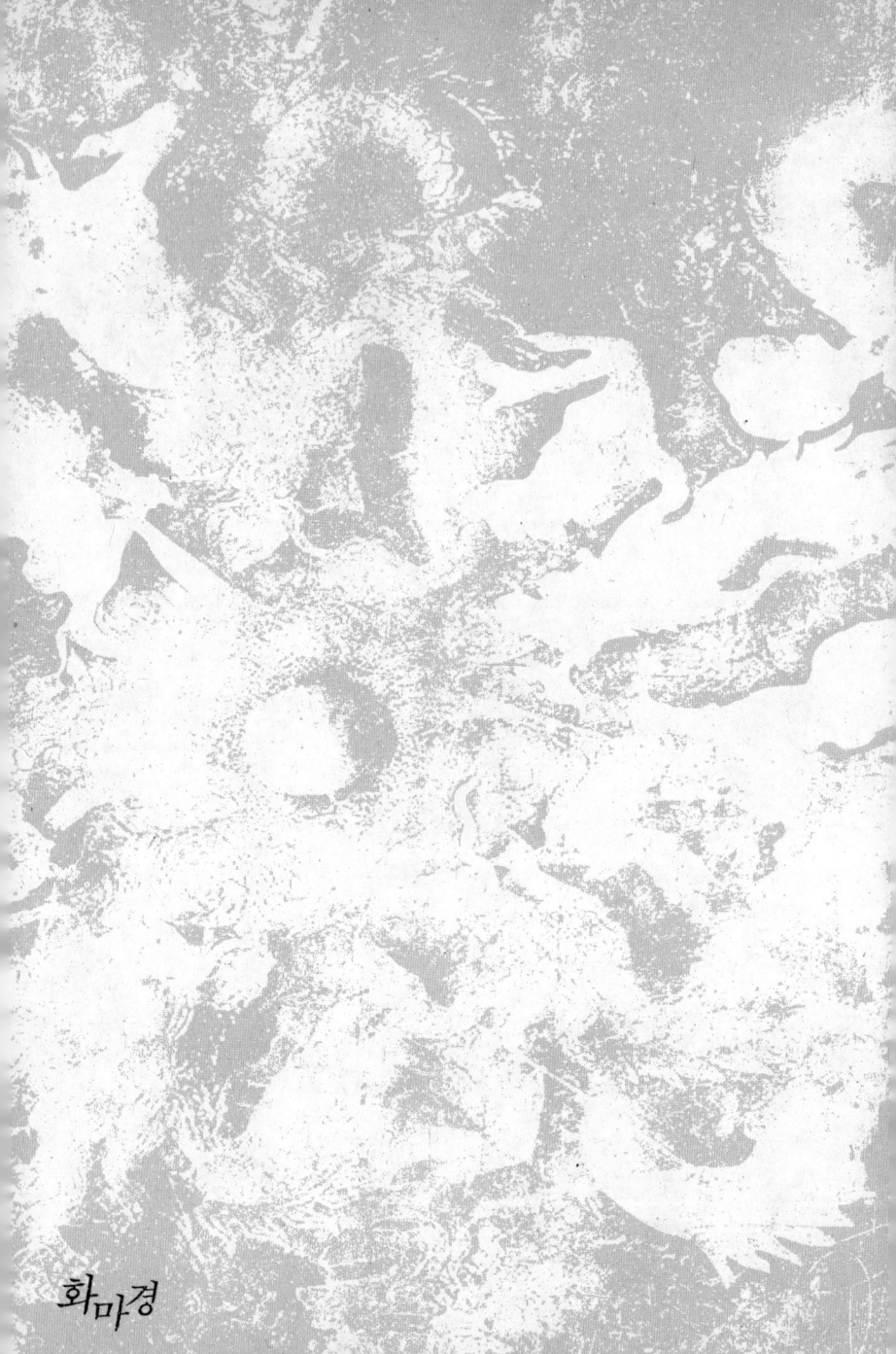

화마경

대호산은 수많은 고산준령이 펼쳐진 장백에서 그다지 유명한 산이 아니다. 하지만 험하기로 따지면 장백의 어떤 산에도 뒤지지 않는다. 물론 영봉 백두에 비할 바는 아니지만 고만고만한 산 중에선 군계일학이라 할 만큼 험하고 거친 산이었다. 대호채가 대호산에 자리를 잡은 것도 이런 지형의 험준함을 이용해 외부로부터의 공격을 방어하기가 용이했기 때문이다. 물론 그 지형의 험준함도 혁가장의 고수들을 막아주지는 못했지만.

송추월과 곽풍산은 괴노인 마효보다 오 장 정도 앞서서 걸음을 옮기고 있었다. 출발하기 전 마효가 어린 산적들의 혈도를 풀어주었기에 걸음을 옮기는 데는 큰 문제가 없었으나 웬

일인지 두 사람은 몸의 기운이 예전과 같지 않음을 느끼고 있었다.

"몸이 왜 이러지?"

곽풍산이 찌뿌듯한 어깨를 돌리며 중얼거렸다.

"나도 몸이 이상해. 다리엔 힘이 들어가는데 고뿔에라도 걸린 것처럼 몸이 무거워. 아무래도 저 늙은이가 무슨 수작을 부린 것 같아."

송추월이 흘끔 괴노인 마효를 돌아보며 말했다.

"아무래도 그렇지? 망할 놈의 늙은이, 어디서 저런 괴물 같은 늙은이가 나타났을까."

그런데 그 순간 두 사람의 뒤쪽에서 노성이 들려왔다.

"요놈들, 어디서 남의 흉을 보고 있느냐. 한 번 더 나에 대해 불경한 소리를 늘어놓는다면 혀를 잘라 버리겠다."

순간 송추월과 곽풍산이 화들짝 놀라 누가 먼저랄 것도 없이 뒤를 돌아봤다. 분명 두 사람은 일 장 뒤의 사람도 들을 수 없을 만큼 작은 목소리로 대화를 나누고 있었다. 그런데 괴노인 마효는 오여 장 뒤에서 두 사람의 대화를 귀신처럼 듣고 있었던 것이다.

"왜, 놀랐느냐? 내가 말하지 않았느냐? 난 천하제일인이라고. 천하제일인쯤 되면 수백 장 밖에서 벌레가 알을 낳는 소리도 들을 수 있느니라. 그러니 앞으론 조심하도록 해라. 나 마효가 싫어하는 것 중 하나가 눈앞에서는 아부를 떨다가 보이지 않는 곳에서는 남의 험담을 늘어놓는 작자들이다. 대체로 정파라고 자부하는 놈들 중 그런 놈들이 많지. 에… 그러니 불만이 있으면 내 눈 앞에서 직접 말을 하도록 하거라. 알겠느냐?"

"예예, 알겠습니다, 어르신!"

"그래, 내게 무슨 불만이 있느냐?"

"아, 아닙니다요. 다만……."

곽풍산이 얼른 고개를 저었다.

"다만 뭐냐?"

"왠지 모르게 몸이 무겁고 팔에 힘이 없어 그게 이상타 말하던 중이었습니다."

곽풍산의 말에 마효가 비릿한 미소를 지으며 웃음을 흘렸다.

"흐흐흐, 그야 당연한 일이지."

"이유를 알고 계십니까?"

"물론 당연히 알고 있지. 네놈들 몸이 이상하다고 느끼는 것은 내가 네놈들 몸에 손을 좀 봐놨기 때문이다."

"예? 그게 무슨 말씀이신지요?"

"후후, 비록 무공 한 자락 얻어 배우지 못한 네놈들이지만 이곳은 네놈들 안방이 아니냐. 언제 어느 때라도 몸을 피해 도망갈 우려가 있어. 그래서 내가 손을 좀 썼지."

"어떻게 말입니까?"

곽풍산이 걱정스런 표정으로 물었다.

"음, 미처 말해주지 못한 것은 내 불찰이군. 잘 들어라. 네 녀석의 혈도는 완전히 풀려 있는 게 아니다. 힘껏 달려봐야 백 장을 벗어나지 못해 두 다리가 굳을 거야. 걷는 데는 문제가 없지만 말이야. 특히나 너희들의 몸은 하루가 지나기 전에 내가 다시 손을 봐주어야 한다. 만약 하루가 지나도록 혈도를 만져 주지 않으면 네 녀석들 팔과 다리는 서서히 굳어져서 이틀이 지나면 걸을 수 없을 것이고, 삼 일이 지나면 누워만 있어야 하고, 나흘이 지나면 숨이 끊어질 것이다. 그러니 애초에 도망갈 생각은 아예 하지 말거라."

"그게 정말입니까? 어떻게 그런……."

곽풍산이 믿을 수 없다는 듯 되물었다. 몸에 손만 대는 것으로 다른 사람의 몸을 그렇게 만들 수 있다는 것을 쉽게 믿을 수는 없는 일이었다.

"흐흐흐, 믿지 못하겠느냐? 하긴 무공의 무(武) 자도 모르는 녀석들이 기혈을 다루는 일을 쉽게 이해할 수는 없겠지. 에… 본래 무식한 것들은 몸으로 직접 겪어야 진리를 깨닫는 법이지. 어디 며칠 두고 보자고."

"그, 그러실 것 없습니다. 천하제일이신 어르신의 말씀을 어찌 믿지 않겠습니까?"

곽풍산이 얼른 대답했다.

"아냐. 배움이란 항시 머리보단 몸으로 익혀야 하는 거야. 자, 어서 길이나 열어라!"

괴노인 마효의 재촉에 곽풍산이 낭패한 기색으로 신형을 돌리며 중얼거렸다.

"제길, 정말 잘못 걸렸군."

그러자 송추월이 재빨리 손가락을 입에 가져다 댔다. 그제야 곽풍산도 마효가 자신들의 말을 모두 듣고 있다는 것을 깨닫고는 손으로 입을 틀어막으며 바쁘게 걸음을 옮기기 시작했다.

산등성이 하나를 넘으니 볕이 잘 드는 아늑한 분지가 모습을 드러냈다. 그러나 분지 안의 사정은 그리 평온해 보이지 않았다. 이십여 채 정도였을 초옥들은 불에 타 검게 그을린 기둥만이 남아 있었고, 곳곳에는 쓰러진 나무와 타다 남은 살림살이들이 나뒹굴고 있었다. 그리고 공터의 동쪽 끝에는 커다란 봉분 십여 개가 붉은 맨살을 드러내고 있었다.

"여기가 네놈들이 사는 곳이냐?"

마효가 엉망진창인 폐허를 바라보며 물었다.

"달포 전까지는 그랬지요."

"음, 혁가장의 애송이들이 공격했다고 했지?"

"그렇습니다."

송추월이 대답했다.

"겨우 혁가장 놈들에게 몰살을 당할 정도면 네놈들 산채에 제대로 도검을 다루는 놈이 한 명도 없었다는 말이구나."

"그래도 채주께서는 대단한 분이셨지요. 채주께선 혁가장의 고수 두 명을 베셨습니다."

"오, 그래? 산적 주제에 강호 무인을 벴다니 제법이군."

"천력을 타고나신 분이라고 했지요."

"저놈처럼?"

마효가 얼굴을 찌푸린 채 과거 대호채가 자리했던 폐허를 바라보고 있는 곽풍산을 가리켰다.

"풍산이도 제법 힘이 세지만 채주에 비할 바는 아니지요."

"하지만 저 녀석은 아직 뼈가 덜 여문 녀석 아니냐. 아마도 시간이 지나면 보기 드문 장사가 될 게다. 한마디로 부려먹기 좋은 녀석이 된다는 말이지. 그나저나 그럼 네 녀석들은 어디서 살고 있느냐?"

"산채가 이 지경이 된 이후로는 산 서쪽에 거처를 마련했습니다."

"그래?"

"화동으로 가는 길목에 있으니 가시지요."

"오냐. 앞장서거라!"

불타 버린 대호채에서 이십여 장 정도 산을 오른 송추월과 곽풍산은 방향을 틀어 산기슭을 타고 산의 서쪽으로 이동하기 시작했다. 산의 서쪽은 남쪽과 달라서 숲보다는 기암괴석이 더 많이 자리를 차지하고 있었다. 송추월 등 어린 산적들의 거처는 그 기암괴석들 사이, 산 아래에서 시야가 닿지 않는 곳에 위치해 있었다.

"끌끌끌, 네놈들이 아주 단단히 겁을 먹었구나. 이렇게 불편한 곳에 자리를 잡다니."

암벽들 사이의 작은 공간에 통나무로 얼기설기 만든 허름한 오두막을 본 마효가 실소를 흘렸다.

"언제 다시 혁가장 놈들이 올지 모르니까요."

"그런 놈들이 다시 산적질을 하러 나가?"

"한 달 넘게 밥 구경을 못했습니다."

"응? 그럼 뭘 먹고살았느냐?"

"산짐승들을 잡아먹었지요. 나물도 뜯고… 그런데 그게 하도 질려서……."

"그래서 다시 산적질을 하기로 결정했다는 말이군. 그런데 첫 출행부터 실패를 하고?"

"운이 없었지요. 하필이면 고월산장의 고수들을 만날 게 뭐랍니까?"

"항상 실력없는 놈들이 운을 핑계로 대지. 아무튼 네놈들을 좀 가르칠 필요가 있겠어."

"예?"

"난 고기만 먹고는 못 살거든. 그런데 네놈들 실력으로는 산적질도 제대로 할 수 없을 테니 내 몇 수의 가르침을 내리겠다는 말이다."

"무공을 가르쳐 주겠다는 말씀이십니까?"

송추월이 반색을 하며 물었다.

"오냐. 부릴 때 부려먹더라도 제대로 일을 하게 만들어놓고 부려먹어야지."

그러자 곁에서 듣고 있던 곽풍산이 얼른 입을 열었다.

"정말 우릴 제자로 거둬주실 겁니까?"

"흥, 요놈 봐라? 아주 꿈도 야무지구나. 제자는 무슨!"

"무공을 가르쳐 주신다고 했지 않습니까?"

"무공 한 수 가르쳐 준다고 다 제자냐? 네놈들은 이 마효의 제자가 될 자격이 없어."

"제자가 되는 것도 무슨 자격이 필요합니까?"

"보통 놈들의 제자가 되는 데야 자격이 필요없을 수도 있지. 하지만 난 천하제일인이다. 천하제일인의 제자가 되는 데에는 분명 자격이 필요하다. 그리고… 네놈들은 내 제자가 되지 않는 것이 오히려 신상에 좋을 거야."

"무슨 말씀이세요?"

"만약 네놈들이 내 제자가 된다면 아마도 네놈들의 명줄은 채 십 년을 넘기지 못할 거다."

"왜요?"

"왜긴, 다른 제자 놈들이 네놈들을 그냥 두지 않을 테니까."

"예?"

곽풍산이 이해가 가지 않는다는 얼굴로 되물었다.

"내겐 네 명의 제자가 있다. 물론 이곳에서 아주 멀리 떨어진 곳에 있지. 에… 예전에는 날 따라다니기도 했지만 이젠 머리가 굵어서 자기네들끼리 놀지. 더군다나 이번 백두행은 나혼자 와야 할 길이었거든. 아무튼 그 네 놈의 심성은 독하기 이를 데 없다. 해서 내가 자기들 말고 다른 제자를 거둬들였다는 것을 알게 되면 필시 네놈들을 죽이려 할 거야."

"무슨 그런……? 어르신은 사형제들끼리 죽고 죽이는 걸 그냥 두고 보십니까?"

"난 그놈들 일에 관여치 않아. 뭐, 별로 정도 없고. 단지 그놈들 중에서 내 진전을 이을 만한 놈이 나오길 바랄 뿐이지. 사는 거야 지놈들 마음대로 살도록 내버려 둔다고! 부모도 자식을 마음대로 못하는 판국에 하물며 사부라고 제자 놈들에게 이리저리 살라고 말할 수 있나. 그리고 난 말이야, 강한 놈을 좋아해. 그래서 네 놈의 제자 중 한 놈만 살아남았으면 좋겠어. 그럼 고민없이 그놈을 내 진전을 이을 놈으로 정하면 되는 거니까. 네 놈 다 살아 있으면 누굴 후계자로 정할지 정말 고민스럽거든."

괴노인 마효의 말에 어린 산적들이 얼굴이 하얗게 변했다. 이 노인의 말이 사실이라면 그들은 천하제일인이 아니라 천하제일마를 만난 것이나 다름없었다. 제자들끼리 죽이고 죽는 것을 오히려 기꺼워하는 사람이 세상에 얼마나 있을 것인가?

"왜, 잘못 걸렸구나 하는 생각이 드냐?"

괴노인 마효가 음흉한 미소를 지으며 물었다. 그러자 어린 산적들이 얼른 마효의 시선을 피했다.

"흐흐흐, 걱정 말거라. 말했지만 네 녀석들을 제자로 거둬들이지는 않을 거니까. 이 나이에 무슨 새 제자를 거두겠느냐? 너희들은 그저 몇 달간 내 심부름을 잘하도록 하거라. 그럼 너희들은 내게서 무공 한 자락 얻어 배우게 될 것이고, 난 네놈들에게 어떤 해도 끼치지 않고 떠날 테니까. 아마 내가 가르쳐 준 무공만 제대로 익히면 네놈들은 이 대호산이 아니라 장백에서 가장 무서운 산적들이 될 게다. 아니, 아니, 어쩌면 요동제일의 고수들이 될지도 모르지."

"그게 정말입니까?"

"당연하지 않느냐? 난 천하제일인이라니까. 자자, 네놈들 오두막 구경도 했으니 어서 화동(火洞)으로 가자!"

어린 산적들이 거처하는 오두막을 지나자 좀 더 험한 길이 이어졌다. 수십 길 낭떠러지를 이루는 절벽이 산의 서쪽과 북쪽 면을 잇고 있었다. 그리고 그 절벽을 따라 아슬아슬한 샛길이 나 있었다.

"얼마나 더 가야 하느냐?"

문득 괴노인 마효가 화난 사람처럼 물었다. 이상하게도 자칭 천하제일인이라는 괴노인 마효는 시간이 갈수록 무척 지쳐 보였다. 더군다나 처음 불그스름하던 그의 얼굴은 기이하게도 옅은 녹색을 띠기 시작했다.

"거의 다 왔습니다."

"이각 안에 도착하겠느냐?"

"충분합니다."

"서둘러라."

마효의 음성이 지금까지완 달리 무척 신중했기에 송추월과 곽풍산은 마효의 눈치를 보며 발걸음을 재촉했다.

길게 이어지던 절벽 사이의 길이 어느 순간 절벽 위 송림에서 끝이 났다. 수백 척은 되어 보이는 깎아지른 낭떠러지 너머로 장쾌하게 이어지는 장백의 산줄기들이 광활하게 펼쳐져 있었다.

　"여깁니다."

　송추월이 마효의 눈치를 보며 말했다.

　"동굴이 있는 곳은?"

　"이 절벽 아래쪽으로 십여 장 내려가면 됩니다."

　그러자 마효가 의심 어린 눈으로 송추월을 한 번 바라보고는 가만히 손을 들어 절벽 아래쪽으로 내밀었다. 마효는 그렇게 잠시 석상처럼 서 있더니 한순간 고개를 끄덕이며 손을 거둬들였다.

　"확실히 화기(火氣)가 느껴지는군. 좋아, 그럼 네 녀석이 먼저 내려가 보거라."

　마효가 송추월을 보며 말했다. 그러자 송추월이 얼른 절벽 위로 지렁이처럼 타고 자란 넝쿨 하나를 잡고 절벽을 내려가기 시작했다. 절벽은 높이가 수백 장에 이르러 보통 사람이라면 내려다보는 것만으로도 현기증을 일으킬 정도였지만 송추월은 전혀 겁을 내지 않고 빠르게 절벽 아래로 내려갔다.

　"어린놈치고는 대담하군."

　마효가 절벽을 타고 내려가는 송추월을 보며 고개를 끄덕였다. 그때 절벽 아래에서 송추월의 목소리가 들려왔다.

　"다 내려왔습니다, 어르신!"

"흠, 정말 화동이 있긴 한 모양이군. 자자, 네 녀석들도 모두 내려가거라."

마효가 절벽 위에 남아 있는 곽풍산 등 네 명의 어린 산적을 보며 말했다.

"우리도 가야 합니까?"

"뭐 죽고 싶으면 안 가도 된다."

마효가 녹색으로 변한 얼굴에 소름 끼치는 미소를 지으며 말했다. 순간 마효의 미소를 본 어린 산적들이 누가 먼저랄 것도 없이 절벽 위 넝쿨을 타고 아래로 내려가기 시작했다.

"으챠!"

곽풍산 등이 막 절벽 상층부에 자리 잡은 동굴에 도착하는 순간 한 마리 독수리가 날아들 듯 마효가 훌쩍 동굴 안으로 날아들었다. 넝쿨을 타고 아슬아슬하게 동굴에 도착한 곽풍산 등은 나는 새처럼 절벽 중간의 동굴로 날아드는 마효를 마치 신선이라도 보는 듯한 표정으로 바라봤다.

"좋군."

어린 산적들의 시선이야 어떻든 괴노인 마효는 동굴에 들어서자마자 만족한 듯 고개를 끄덕였다. 그리고는 송추월 등을 돌아보며 근엄한 표정으로 말했다.

"너희들은 잠시 여기서 기다리도록 하거라. 내 동굴 안쪽을 살펴보고 오겠다. 혹시라도 내가 없는 사이 도망을 갈 놈이 있다면 가도 좋다. 하지만 내가 돌아왔을 때 이곳에 없는 녀석은 절대 혈맥에 심어놓은 화기(火氣)를 풀어주지 않을 것이다. 그리되면 아까도 말했지만 결국 나흘을 넘기지 못하고 죽고 말테니 선택은 네놈들이 알아서 하거라."

마효가 무서운 경고를 남기고 서둘러 어두운 동굴 안쪽으로 걸어 들어갔다.

"야, 이거 도대체 오늘 일진이 왜 이렇게 사납냐?"

마효의 모습이 동굴 안쪽으로 사라지자 곽풍산이 어깨에 메고 있던 도끼를 바닥에 내려놓으며 투덜거렸다.

"그러게 말이야. 만나는 인간마다 무림고수이니⋯⋯."

어린 산적들 중 청룡도를 들고 있는 소년이 맞장구를 쳤다.

"대일, 원무극, 부루 네놈들 셋, 다시 봤다."

곽풍산이 눈을 부라리며 말했다.

"무슨 소리야?"

청룡도를 들고 있던 소년이 눈을 살짝 까뒤집으며 되물었다.

"아까 우리가 그 고월산장의 고무룡이라는 사람에게 잡혔을 때 말이야. 네놈들만 살겠다고 도망쳤잖아?"

"제길, 그럼 우리까지 잡혀야 속이 시원하겠냐?"

"그래도 친구끼리 그러는 게 아니지. 적어도 숲에 숨어서 일이 어찌 되나 살펴보고는 있어야 하지 않냐?"

"누가 너희 두 사람이 잡힐 줄 알았냐? 우리보다 먼저 도망갔을 줄 알았지. 솔직히 말해 우리 다섯 중 너희 둘이 제일 빠르잖아?"

"맞아, 맞아. 추월이와 풍산이 너희 둘이 잡힐 줄은 정말 몰랐다고!"

산적치고는 갸름하게 생긴 소년이 맞장구를 쳤다.

"쩝, 생각해 보니까 그러네. 왜 우리 둘이 잡힌 거지? 우린 이 녀석들보다 먼저 튀었는데."

곽풍산이 고개를 갸웃했다. 그러자 다른 한 명의 소년이 나직한 목소리로 입을 열었다.

"아마도 그 고월산장의 공자라는 사람이 우리 중 너희 둘이 우두머리라고 생각했나 보지."

"부루 말이 맞을 거야. 부루는 역시 똑똑해."

갸름한 생김새의 소년이 고개를 끄덕였다.

"원무극, 네 녀석은 누가 무슨 말을 해도 옳다고 하잖아. 주관을 좀 가져봐라."

곽풍산이 원무극이라 불린 갸름한 소년에게 핀잔을 주었다.

"히히, 뭐 그렇긴 해. 하지만 부루의 말은 항상 맞는 편이잖아?"

"음, 그렇긴 하지. 추월, 네 생각도 같냐?"

곽풍산이 가만히 동굴 안쪽을 바라보고 있는 송추월에게 물었다. 그러자 송추월이 퉁명스런 목소리로 대답했다.

"지금 그런 거 신경 쓸 때냐?"

"그럼?"

"지금은 우리 목숨을 걱정할 때야. 고월산장의 공자는 저 노괴에 비하면 그야말로 천사나 다름없지."

그러자 청룡도를 들고 있던 소년이 고개를 끄덕였다.

"추월이 말이 맞아. 저 노괴는 정말 우리 목쯤은 눈 하나 깜짝하지 않고 꺾어버릴 것 같아."

"맞아, 맞아. 난 노괴와 눈을 마주칠 때마다 오줌을 지릴 뻔했다니까."

원무극이라는 소년이 다시 맞장구를 쳤다.

"조심해야 해. 그는 정말 무서운 사람인 것 같아. 소위 말하는 마인(魔人)이란 말에 딱 어울리는 늙은이야."

침착한 목소리로 부루라는 이름을 가진 소년이 말했다.

"그런데 정말 저 늙은이가 손을 대지 않으면 우리가 나흘 뒤에 죽을까?"

"대일이 네가 한번 시험해 보든지."

곽풍산이 퉁명스럽게 말했다.

"제길, 난 그럴 배짱 없어."

"일단은 저 노괴가 시키는 대로 하며 상황을 지켜보자. 말만 잘 들으면 우릴 죽일 것 같지는 않아."

송추월이 침착한 목소리로 말했다.

"내 생각도 추월이와 같아. 모두 조심해야 해. 노괴의 성정이 여간 까다로운 게 아냐. 조금만 자기 마음에 들지 않아도 무슨 짓을 벌일지 모르는 자야."

부루가 경고하듯 말했다.

"그런데 그는 정말 천하제일인일까?"

문득 곽풍산이 고개를 갸웃하며 중얼거렸다. 그러자 대일이 고개를 저으며 말했다.

"에이, 설마 그럴라구. 천하제일인씩이나 되는 자가 뭐 하러 이 깊은 산중에서 우리 같은 어린 산적들을 잡아두고 혼자 지랄을 떨고 있겠어? 천하제일인 주위에는 수많은 부하들이 득실댈 텐데."

"그렇지? 역시 허풍이겠지?"

곽풍산이 고개를 끄덕였다.

"하지만 천하제일인은 아닐지라도 대단한 고수일 수는 있어. 비록 우리가 무림고수를 많이 만나본 것은 아니지만 적어도 저 노인이 그 빌어먹을 혁가장 놈들이나 오늘 낮에 만났던 고월산장의 고수들보다는 고수인 것 같아."

송추월이 말했다.

"그건 그래. 저 노인네는 손가락 하나로 우릴 꼼짝 못하게 만들었을 뿐 아니라 도검도 들지 않고 추월이와 나를 가볍게 잡았단 말이야. 그것도 허공에 붕 떠 있는 상태에서. 그걸 보면 대단한 고수임이 분명해."

"그럼 이건 우리에게도 기회가 아닐까?"

송추월이 심각한 표정으로 말했다.

"기회라니?"

원무극이 조심스런 표정으로 물었다.

"분명 저 노인이 우리에게 무공을 가르쳐 주겠다고 했잖아. 우리가 어디 가서 무공을 배우겠냐? 그것도 자칭 천하제일인의 무공을. 만약 우리가 운 좋게 저 노괴에게 몇 수의 무공을 배우게 된다면 우린 노괴의 말처럼 대호채를 예전보다 더 강한 산채로 만들 수 있을 거야."

"그렇군. 그러고 보니 노괴를 만난 게 꼭 재수없는 일은 아니군. 이건 기회다!"

곽풍산이 무릎을 쳤다.

"하지만 그래도 난 저 노괴가 무서워."

원무극이 겁을 집어먹은 표정으로 동굴 안쪽을 살피며 중얼거렸다.

"무극, 우리도 두렵기는 마찬가지야. 평생 저런 괴물 같은 자를 만날 줄 누가 알았겠냐? 하지만 어차피 그의 손에서 벗어날 수 없다면 무공이라도 익혀야 손해나는 장사를 할 수는 없잖아. 더군다나 저 노괴는 얼마 후 우릴 떠난다고 했어. 노괴의 성정이 비록 괴팍하기는 하지만 거짓말을 할 사람 같지는 않거든."

송추월이 원무극을 달래듯 말했다. 그러자 침묵을 지키고 있던 부루가 송추월의 말을 거들었다.

"추월이 말이 맞아. 내가 보기에도 그는 괴팍하고 위험한 인물이기는 하지만 거짓말을 할 사람 같지는 않아. 무척 자존심이 세 보였거든. 그리고 어린애 같은 면이 있어서 비위를 잘 맞추면 큰 위험은 없을 것 같고. 그러니 조심하면서 무공을 배워보자고."

"흐흐흐, 좋아, 좋아. 어쨌든 자칭 천하제일인에게 무공을 배우게 되었으니 우리도 무림인이 되겠군. 산채 말고 무림 문파를 하나 세울까? 대호문 어때?"

곽풍산이 친구들을 돌아보며 물었다.

"대호문 멋지다!"

의기소침했던 원무극이 밝은 표정으로 대답했다.

"그건 나중 일이고, 일단 저 노괴를 잘 상대해 보자고."

송추월이 눈빛을 반짝이며 말했다.

괴노인 마효는 어둠 속에서 다섯 꼬마 산적이 지껄이는 말들을 듣고 있었다. 그의 표정은 송추월 등 꼬마 산적들을 상대할 때와는 확연히 달라져 있었다. 그를 조금 가볍게 보이게 만들었던 그의 얼굴은 지금 천 근의 무게를 지닌 것처럼 무거워 보였다. 그래서 아마도 지금 어린 산적들이 그를 보았다면 그들은 그의 앞에서 숨 한 번 제대로 쉬지 못했을 터이다.

그는 어린 산적들의 이야기를 들으며 가부좌를 틀고 앉아 있었는데, 그의 몸에선 연신 묵색 기운이 연기처럼 솟구치고 있었다. 기이한 것은 그의 얼굴에서 때 아닌 땀이 빗물처럼 흘러나오고 있다는 것이었다. 그렇게 얼마나 지났을까. 문득 그가 가볍게 숨을 내쉬었다. 그러자 그의 입에서 검은색 연무 같은 기운이 안개처럼 흘러나왔다.

"휴우, 일단 들끓던 독기는 가라앉혔군."

괴노인 마효가 안도감이 담긴 목소리로 중얼거렸다. 그리고는 가부좌를 풀고 자리에서 일어나 몸 이곳저곳을 움직여 굳어졌던 근육들을 풀었다.

"다행이야. 늦지 않게 화동을 발견할 수 있어서. 백두 자락에 있어서인지 화기가 보통 강한 곳이 아니야. 이곳에서 서너 달만 머문다면 독 기운을 완전히 몰아낼 수 있을 거야. 에잇, 망할 놈의 독 귀신 같으니라구. 퉤!"

마효가 입안에 고인 침을 뱉어내며 누군가를 향해 욕설을 흘려냈다. 그러다간 갑자기 음흉한 실소를 흘렸다.

"클클클, 패경주 그 작자의 표정을 생각하니 아직도 기분이 좋군. 지신도 독경주가 푼 녹에 당한 줄 모르고 날 죽이겠다고 그 난리를 피우다니……. 후후후, 덕분에 독경주의 독이 체내에 더 깊이 침범했을 테니 패경주 그자는 적어도 일 년 이상은 강호에 나오지 못할 거야. 아니, 어쩌면 이참에 죽어버릴지도 모르지. 나야 화동을 찾았으니 다행이지만. 더군다나 그는 나이도 만만치 않으니… 후후후. 그나저나 재밌는 놈들일세."

마효가 고개를 돌려 동굴 입구에 모여서 여전히 마효 자신에 대해 입방아를 찧고 있는 송추월 등 어린 산적들을 보며 중얼거렸다. 꼬마 산적들은 무척 심각한 표정을 한 채 마효가 있는 동굴 안쪽을 흘끔흘끔 보며 낮은 목소리로 대화를 나누고 있었는데, 기실 마효는 그들이 나누는 대화를 한마디도 빼놓지 않고 모두 듣고 있었다.

"제법 쓸 만한 놈들이야. 특히 저 송추월이란 놈과 곽풍산이란 놈은 재질이 제법 좋아 보인단 말씀이야. 사정이 이렇지만 않으면 거둬서 키워봄 직한 녀석들인데……."

혼잣말을 중얼거리던 마효가 갑자기 고개를 저었다.

"아니야. 제자 놈은 살아남은 넷으로 충분하다. 그놈들을 당해낼 놈들은 더 이상 없어. 저놈들을 제자로 받아들인다면 결국 네 놈에게 죽고 말 거야. 그놈들은 내가 독에 당한 것을 알면 나조차도 죽일 놈들이니까. 그나저나 오래 굶었더니 배가 고프군."

마효가 배를 슬슬 문지르며 자리에서 일어나 걸음을 옮기기 시작했다.

"이놈들아!"

마효의 외침에 송추월과 곽풍산 등이 화들짝 놀라 자리에서 일어났다. 그들의 얼굴에 비친 마효의 모습은 동굴 안쪽으로 들어갈 때와는 조금 달라져 있었다. 얼굴에 드러났던 녹색 기운은 사라지고 없었고, 구부정하던 그의 몸도 반듯하게 펴져 있었다.

어린 산적들은 비록 마효에게서 무공을 얻어 배우기로 결심을 했지만 막상 그가 눈앞에 나타나자 다시금 두려움을 느껴 시선을 마주치지 못했다.

"사내놈들이 뭘 그리 구시렁대고 있느냐?"

어린 산적들이 나눈 대화를 모두 들어 알고 있는 마효지만 천연덕스럽게 물었다.

"그, 그게… 어르신을 어찌 편히 모실까 그 이야기를 하고 있었습니다."

송추월이 재빨리 대답했다.

"오호, 그래? 그것참 기특하구나."

"동굴을 살펴보니 어떠신지요?"

이번에는 곽풍산이 물었다.

"음, 좋더구나. 백두의 화기가 미쳐 제법 몸을 보하고 수련을 할 만하다. 이곳을 내 거처로 삼기로 했다."

"그럼 저희들은……?"

"네놈들이야. 네놈들 오두막에서 살면 되지."

"하면 어르신을 모시기가 불편할 터인데……?"

송추월이 슬쩍 마효를 바라보며 물었다.

"네놈들이 내게 해줄 일은 사실 그리 많지 않다. 하루에 한 번 먹을거리를 놓고 가면 그뿐이야. 또 낯선 사람이 이곳으로 접근하지 못하도록 하는 것도 네놈들 일 중 하나다."

"알겠습니다. 그런데……."

"왜? 더 할 말이 있느냐?"

"어르신께서 말씀하시길, 저희들이 살아남으려면 어르신께서 하루에 한 번 손을 봐주셔야 한다고 하셨는데……."

"그랬지. 그러니까 반드시 하루에 한 번 먹을 것을 가지고 이곳에 들러야 하느니라."

"저기……."

"또 뭐?"

"무공을 가르쳐 주시기로 한 것은……?"

"물론 이곳에 들르면 그때 무공도 가르쳐 주마. 자, 내가 지금 몹시 시장하니 당장 가서 먹을 것을 좀 가져오너라."

"산중이라 맛난 음식은 구하기가 힘듭니다."

"껄껄껄, 걱정 말거라. 너희들에게는 다행스럽게도 이 마효는 그렇게 입이 까다로운 사람은 아니니. 단지 정성이 담긴 음식이라면 내 입맛을 크게 걱정할 것 없다. 하지만… 정성이 담기지 않은 음식을 가져오면 그 순간 저 절벽 아래로 던져 버릴 테니 그리 알거라!"

"당분간은 산에서 나는 음식만을 가져올 수밖에 없습니다."

송추월이 눈치를 보며 말했다.

"무슨 말이냐?"

"이곳으로 오기 전에도 말씀드렸듯이 세간에서 나는 곡식을 구할 수가 없다는 말입니다."

"음, 산적질을 하지 않고서는 말이지?"

"그렇습니다."

"그래? 그럼 다시 출행을 나가서 산적질을 해오면 되지."

"하지만 아시다시피 저희들은 나이도 어릴뿐더러 무공도 전혀 모르니 오늘처럼 출행에 실패할 가능성이 많지요. 목숨을 잃지 않으면 오히려 다행일 겁니다."

"끌끌끌, 요런 맹랑한 녀석을 보았나. 네놈들의 산적질은 대부분 대호산을 넘어가는 장사치들을 대상으로 하지 않느냐? 그런 자들을 터는 데 무슨 엄살이 그리 심하느냐? 변명일랑 늘어놓을 생각 말고 얼른 가서 요깃거리를 가져오너라!"

마효의 호통에 송추월과 곽풍산이 겁을 집어먹고는 얼른 자리에서 일어나 절벽을 타고 동굴을 벗어나기 시작했다.

"반 시진 안으로 먹을 것을 가져오너라. 그렇지 않으면 모두 죽은 목숨인 줄 알아라!"

넝쿨을 타고 절벽을 오르는 어린 산적들 뒤에서 마효의 살기 어린 외침 소리가 들려왔다.

*　　　*　　　*

괴노인 마효가 대호채의 어린 산적들을 겁박해 대호산 화동에 들어앉아 자신의 시중을 들게 한 지 열흘, 송추월과 대호채의 어린 산적들은 자신들이 정말 제대로 된 악인에게 걸렸다는 사실을 뼈저리게 깨닫고 있었다.

"쩝쩝쩝!"

게걸스럽게 음식 씹는 소리가 동굴의 벽을 타고 절벽 밖까지 이어졌다.

"에잉! 이것도 음식이라고!"

잘 구워진 토끼 뒷다리를 들고 한참 동안 배를 채우던 괴노인 마효가 투덜대며 들고 있던 뼈다귀를 던졌다.

딱!

"악!"

마효의 손에서 날아간 뼈다귀가 정확하게 곽풍산의 머리를 가격했다.

"아이쿠!"

순간 거꾸로 물구나무를 서 있던 곽풍산의 신형이 중심을 잃고 동굴 바닥에 쓰러졌다.

"하나, 둘, 셋……."

쓰러진 곽풍산을 보며 마효가 나직하게 숫자를 세기 시작했다. 그러자 곽풍산이 얼른 자세를 바로잡고 다시 물구나무를 섰다.

"좋아, 좋아. 네 녀석의 천력은 정말 알아줘야 해. 다섯 셀 동안 일어나지 못했으면 내 손에 죽었을 텐데……."

곽풍산의 재빠른 행동에 마효가 만족한 듯 고개를 끄덕였다.

"모두들 잘 듣거라. 비록 네놈들이 이 마효의 정식 제자는 아니지만 나에게 배우는 이상 허투루 무공을 수련할 수는 없다. 그건 천하제일인인 나 마효의 자존심이 허락지 않는 일이다. 그러니 꾀부리지 말고 성심성의껏 수련에 임하도록 하거라! 알았느냐?"

마효가 짐짓 근엄한 목소리로 동굴 양쪽 벽에 기대어 물구나무를 서 있는 다섯 명의 어린 산적을 보며 말했다. 그러나 한동안 물구나무를 선 듯한 어린 산적들은 피가 몰려 붉게 달아오른 얼굴로 고통을 참고 있을 뿐 누구 하나 입을 열어 마효의 말에 대답하지 못했다.

"혀들이 굳었냐?"

"아… 아니요."

가까스로 입을 연 사람은 송추월이었다.

"나머지 놈들은 정말 혀가 굳은 모양이군."

"으으으……."

마효의 득달에 어린 산적들이 입을 열었으나 흘러나오는 것은 오히려 신음 소리뿐이었다.

"좋아, 좋아. 뭐, 말을 못한다는 건 나쁜 것이 아니야. 입을 열었다는 게 중요하지. 에… 네놈들은 전혀 실망할 필요 없다. 내가 볼 때 네놈들 재질은 썩 뛰어나진 않지만 그렇다고 나쁜 것도 아니다. 적어도 이 마효의 무공 한 자락은 언어 익힐 민하단 말이다. 안타까운 것은 네놈들이 너무 늦게 날 만났다는 것이다. 혹시 네놈들은 내가 그동안 거둬들인 제자가 모두 몇 명이나 되는 줄 아느냐?"

물론 마효의 말에 대답할 사람은 없었다. 그동안 마효가 거둬들인 제자의 숫자가 몇인지도 모를뿐더러 설혹 알고 있다고 해도 입을 열 만큼 기력에 여유가 있는 사람도 없었다. 그런 사정이야 마효가 더 잘 알고 있었으므로 어린 산적들의 대답을 기다리는 대신 자신이 먼저 입을 열었다.

"지금까지 내가 거둬들인 제자들은 모두 스물세 명이다. 물론 하나같이 천부적인 재질을 타고 태어난 놈들이었지. 그런 그놈들도 처음 무공을 배우기 시작했을 때는 지금 네놈들처럼 역혈(逆血)의 수련만 수년간 했다. 그리고 나서야 이 몸의 절기를 전수받았지. 하지만 뭐, 네놈들은 나의 정식 제자가 아니니 수년씩이나 역혈의 수련을 할 필요는 없다. 물론 네놈들 중 무림에 뜻이 있어 평생 무공을 익힐 녀석이 있다면 이 역혈의 수련을 한동안 하는 것이 좋을 것이다. 이 수련은 탁기를 제거해 네놈들의 피를 맑게 해줄 뿐만 아니라 막혀 있던 맥을 터주어 기를 원활하게 돌게 하는 방법으로는 최고의 수련법이거든. 물론 내가 가르쳐 준 화수유천(火水流天)의 구결에 따라 운기를 해야 하지만 말이야."

마효의 말이 계속되는 동안 송추월 등 소년 산적들의 얼굴에선 땀이 비 오듯 쏟아져 그들의 이마와 머리를 타고 동굴 바닥으로 흥건하게 떨어져 내렸다.

털썩!

급기야 다섯 명의 산적 중 원무극이 견디지 못하고 바닥에 쓰러졌다.

"응? 더 못하겠어?"

마효가 원무극에게 다가가 얼굴을 원무극의 눈앞에 들이밀고 물었다.

"더… 더 이상은……."

원무극이 바닥에 쓰러진 채 고개를 저었다. 그러자 마효가 천천히 동굴 앞으로 걸어갔다. 그리고는 바닥에 꽂혀 있는 작은 나무가 만드는 그림자를 살폈다.

"보자… 오! 그나마 다행이구나. 겨우 시간을 넘겼다. 흐흐, 정말 운이 좋은 녀석이군. 반 각만 먼저 쓰러졌어도 당장 절벽 아래로 집어 던져 버렸을 텐데. 좋아, 좋아. 이제부턴 버틸 수 있는 데까지 버텨라. 쓰러질 놈은 쓰러져도 좋아. 하지만 가능하면 오래 버티는 것이 좋을 거야. 왜냐하면 오래 버티면 버틸수록 더 좋은 무공을 배우게 될 테니까. 내일부터는 본격적으로 무공을 익히게 될 게다. 물론 한 놈당 하나씩만 가르쳐 준다. 오늘 가장 오래 버티는 놈이 그중 가장 뛰어난 무공을 얻게 될 것이다."

그러나 마효의 말에도 불구하고 그의 말이 끝나자마자 산적들 중 대일이 더 이상 견디지 못하고 바닥에 쓰러졌다.

털썩!

"에이, 변변치 못한 놈! 구석으로 가 처박혀 있어!"

마효의 타박에 대일이 바둥거리며 원무극이 있는 곳으로 기어갔다. 대일이 다가오자 원무극이 제 힘겨운 것은 생각지 않고 대일을 부축해 일으켰다.

"보자. 너희 세 놈은 역시 조금 다르군. 아직 버틸 힘이 남아 있다는 거지? 좋아, 좋아. 어디 어느 놈이 이기나 두고 보자."

마효가 불구경이라도 하듯 팔짱을 끼고 여전히 물구나무를 서 있는 송추월과 곽풍산, 그리고 부루 삼 인을 지켜보기 시작했다. 세 명의 어린 산적은 마효가 눈앞에 버티고 서자 더욱 이를 악물고 버티기 시작했다.

털썩!

대일이 쓰러진 후 제법 오랜 시간을 버티던 세 명의 산적 중 부루가 먼저 쓰러졌다.

"역시 네놈이 먼저군. 저 두 놈을 이기긴 쉽지 않을 거라 생각했다."

마효의 말에 부루가 힘겹게 신형을 일으키며 입술을 깨물었다. 그런 부루를 보며 마효가 고개를 끄덕였다.

"오래 버텼다. 분한 마음을 가지고 있는 것을 보니 나중에 한 가닥 하겠구나. 쉬거라."

마효의 말에 부루가 고개를 떨어뜨리고 원무극과 대일이 있는 곳으로 이동했다.

"보자… 네놈들 근골이 남다르다는 것은 알고 있었지만 한 시진을 넘게 버티다니 대단하구나. 그런데 이 몸은 무척 지루하단 말씀이야. 그래서 네놈들의 승부를 오래 두고 보기 싫다. 그러니 승부를 조금 일찍 내자."

말이 끝나자마자 마효가 양손을 들어 송추월과 곽풍산의 발 위에 턱 올려놨다.

"윽!"

순간 누가 먼저랄 것도 없이 두 사람의 입에서 신음성이 흘러나왔다. 그러나 두 사람 중 쓰러지는 사람은 없었다.

"좋아, 얼마나 버티나 볼까?"

송추월과 곽풍산의 발 위에 올려놓은 마효의 손에서 검은 연무가 일어나기 시작했다. 그러자 거꾸로 서 있던 송추월과 곽풍산의 입에서 이 가는 소리가 흘러나오기 시작했다.

"으드드득!"

두 사람의 눈이 거의 뒤집힌 듯 흰자위를 드러내고 있었다. 두 팔은 폭풍을 맞은 갈대처럼 흔들리고 있었고, 그 팔뚝을 타고 땀이 폭포수처럼 흘러내렸다.

그러던 어느 순간 거의 동시에 두 사람이 서로를 향해 기울어지기 시작했다.

쿠당탕!

요란한 소음과 함께 송추월과 곽풍산이 뒤엉켜 쓰러졌다.

"크억억!"

그리고 다음 순간 송추월이 헛구역질을 해대기 시작했다.
반면 곽풍산은 핏기 하나 없는 얼굴로 기절한 듯 너부러져 있
었다. 그런 두 사람을 바라보고 있던 마효가 잠시 후 호통을
쳤디.

"얼른 일어나거라. 오늘은 이만 물러가고 내일 다시 오너
라. 모두 물러가라!"

마효의 호통에 송추월과 곽풍산이 비실거리며 몸을 일으켰
다. 그리고는 다른 친구들과 함께 동굴 앞쪽으로 걸어가기 시
작했다. 그런데 그때 문득 송추월이 고개를 돌려 마효를 보며
물었다.

"그런데 어르신!"

"왜?"

"처음에 뵈었을 때 어르신의 제자 분은 넷이라고 하지 않으
셨습니까?"

"그랬지."

"그런데 좀 전에는 다시 스물세 명을 제자로 들이셨다
고……."

"아, 그거? 내가 스물세 명을 제자로 들인 것은 맞아. 하지만
지금 남아 있는 제자는 네 명뿐이지. 왜냐하면 나머지 열아홉

놈은 모두 죽었으니까."

"주… 죽다니요?"

곽풍산이 의아한 얼굴로 물었다.

"지들끼리 싸우다가 남은 놈이 네 놈이란 말이다. 흐흐, 그러니 살아남은 놈들이 얼마나 독하겠냐? 아주 야차 같은 놈들이지!"

마효가 그만 물러가라는 손짓을 하며 말했다.

第四章
신공(神功), 혹은 마공(魔功)

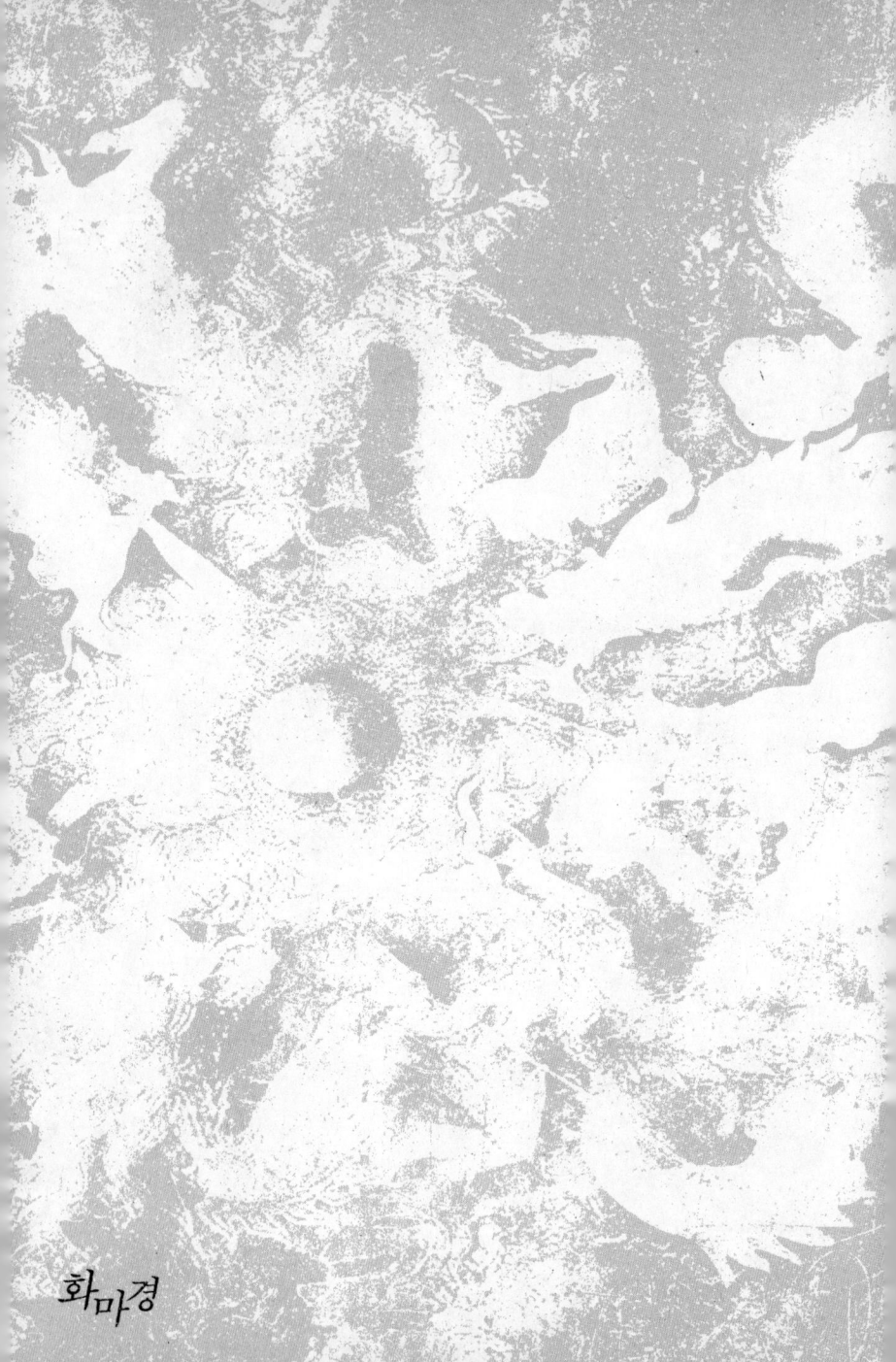

화마경

마효는 다른 때와 달랐다. 얼치기 장사치를 후려쳐 빼앗은
귀한 쌀로 하얀 입쌀밥을 지어 온 다섯 명의 어린 산적을 앞에
두고 한동안 침묵을 지켰다.

송추월과 곽풍산 등은 평소와 다른 마효의 모습에 시선을
바닥에 두고 마효의 말만 기다리고 있었다. 그러나 오랜 침묵
끝에 나온 마효의 말은 어린 산적들의 긴장을 한순간에 풀어
버렸다.

"일단 밥 먼저 먹자."

뭔가 중요한 말을 할 것 같던 마효의 입은 어린 산적들이 기
대하는 말을 하는 대신 눈앞에 놓인 하얀 쌀밥을 단숨에 삼켜
버렸다.

"꺼억! 좋구나. 어제는 제법 성과가 있었나 보지? 보릿고개
에 쌀을 다 구해오고."

국처럼 밥을 입에 털어 넣은 마효가 어린 산적들을 보며 물
었다.

"마침 대호산을 넘어가는 쌀장수를 만났지요."

곽풍산이 대답했다.

"그래? 그럼 당분간 먹을 것은 걱정 없겠구나."

"한 달은 걱정없을 것 같습니다."

"한 달? 쌀장수를 털었는데?"

"밑천까지 털 수야 없지요."

"꼴에 산적의 도(道)를 말하는 것이냐?"

"아뇨. 보아하니 하루 벌어 하루 먹고사는 사람 같더라구
요. 모두 털리면 당장 우릴 따라 산에 들어와 산적 노릇한다고
할 사람 같아서……."

"흠, 어쨌든 인정이 있다 이거지? 좋아, 산적이라고 인정이
있어서 안 될 것은 없지. 하지만 사내는 독해야 해. 독하지 않
으면 장부가 아니다."

"알겠습니다, 어르신!"

"제길, 이런 소리는 제자들에게나 하는 소린데……. 뭐, 어
쨌든 오늘부터는 네놈들에게 한 가지씩의 무공을 가르쳐 주겠
다. 그러나 새로운 무공을 배웠다고 화수유천의 수련을 게을
리하면 안 된다. 도와 검을 아무리 잘 쓰는 자도 내공이 깊은
자를 따를 수 없는 것이 무공의 이치다. 화수유천은 네놈들에

게 공력을 깃들게 할 터이니 화수유천의 수련을 수시로 하도록 하여라."

"옛, 어르신!"

"본래 내가 정식으로 제자를 들이면 삼사 년 화수유천만을 수련시킨 후에 본격적으로 무공을 전수하는데 네놈들과의 인연은 그리 길지 않을 것이고, 내 정식 제자도 아닐뿐더러, 당장 산적질에 써먹을 무공이 필요할 테니 오늘부터 무공 전수를 시작하겠다."

마효의 말에 어린 산적들의 눈이 기대로 반짝였다. 그러자 마효가 거드름을 피우며 무릎을 꿇고 앉아 있는 어린 산적들을 죽 돌아보며 물었다.

"내가 알고 있는 무공이 모두 몇 가지나 되는 줄 아느냐?"

물론 마효의 질문에 답을 할 사람은 아무도 없었다. 그러나 맞장구를 쳐주지 않으면 마효의 기분이 상할 것을 염려한 송추월이 얼른 입을 열었다.

"한 십여 개쯤 되시나요?"

"흐흐흐, 요놈 봐라? 넌 내가 천하제일인이라는 것을 믿지 않는 거냐?"

"아, 아닙니다."

"그런데 겨우 열 개? 흐흠, 아니다. 그보다 훨씬 많다."

마효가 턱을 들고 눈을 가늘게 뜨며 말했다. 그러자 이번에는 곽풍산이 입을 열었다.

"그럼 한 오십 개쯤?"

"흥, 그 정도라면 한 지방의 패주는 가능하겠지만 천하제일인이 되기에는 부족하지."

"그럼 도대체 얼마나 많은 무공을 알고 계신 겁니까?"

사실 곽풍산은 오십 개를 말하면서도 자신의 아부가 조금 치나치지 않나 걱정을 했다. 그런데 마효가 그보다도 더 많은 무공을 알고 있다니 적지 아니 놀란 얼굴로 되물었다. 마효는 그런 곽풍산의 반응이 기꺼운지 한껏 거드름을 피우면서 말했다.

"잘 듣거라. 나 마효의 머릿속에는 모두 삼백칠십 개의 무공 구결이 한 자도 빠지지 않고 들어 있다. 그중 내가 수련한 무공은 모두 일백이십 개다. 거기서 천하제일의 무공이랄 수 있는 것이 다섯 개다. 에… 물론 이 천하제일의 무공은 네놈들에게 전수될 수 없는 무공들이지."

"왜요?"

송추월이 불만 어린 목소리로 물었다. 그러자 마효가 콧방귀를 뀌며 말했다.

"왜냐고? 그야 당연히 네놈들은 내 제자가 아니니까. 이 다섯 가지 무공은 오직 나 마효의 정식 제자들, 그중에서도 신공을 십성까지 익힌 놈만이 익힐 수 있거든."

"신공이라뇨?"

"네놈들도 익히지 않았느냐?"

"화수유천이요?"

"오냐. 화수유천은 내 최고의 절대무공인 화신밀공(火神密

功)의 가장 기초가 되는 구결이다. 물론 그 구결만으로도 강호의 웬만한 신공이란 것들보다 오묘하지만 말이다."

"화신밀공의 나머지 구결들은 가르쳐 주지 않으실 건가요?"

"욕심 부리지 말거라. 네놈들 수준에는 화수유천도 벅차니까. 에… 어쨌든 나의 무공들 중 가장 뛰어난 신마오무(神魔五武)는 오직 화신밀공을 십성 이상 수련한 제자에게만 전하는 것이니라. 그러니 네놈들이 욕심 낼 것이 아니지."

"그럼 우리에겐 어떤 무공을 전수해 줄 생각이신가요?"

송추월이 실망한 표정으로 물었다.

"네놈들에게는 당연히 내가 알고 있는 삼백칠십 개의 무공 중 가장 약한 것들을 전수해 줄 것이다."

"에이……."

순간 마효의 말을 듣고 있던 곽풍산이 이 괴노인이 어떤 사람이란 것을 잠시 잊고 불만 어린 목소리를 흘려냈다. 그러나 그런 곽풍산의 반응에 괴노인 마효는 크게 성을 내지 않았다.

"이놈들아, 이 마효가 알고 있는 삼백칠십 개의 무공은 모두가 강호에 내놓으면 서로 차지하겠다고 피바람을 일으킬 절기들이야. 이것들이 통 뭘 알아야 이야기를 하지."

"정말 그렇게 대단한 무공들인가요?"

원무극이 조심스럽게 물었다.

"오냐. 산적 놈들에게 가르쳐 주긴 정말 아까운 무공이지. 돼지 목에 진주 목걸이라고나 할까?"

"어떤 무공들인데요?"

"기다리거라. 내 지금부터 한 놈당 하나씩 무공을 전수해 줄 터이니. 너, 그 칼 좀 내놔봐라."

문득 마효가 손을 들어 송추월의 허리춤에 매달린 투박한 검을 가리켰다. 그러자 송추월이 얼른 검을 뽑아 마효에게 건넸다.

"여기 있습니다."

"잠시 기다리거라."

송추월에게서 검을 받아 든 마효가 노구를 일으켜 천천히 어두운 동굴 안쪽으로 걸어 들어갔다.

"젠장, 삼백칠십 개의 무공 중 가장 약한 것을 가르쳐 주겠다니, 정말 짜게 나오시는군."

마효가 동굴 속으로 사라지자 곽풍산이 투덜거렸다.

"그래도 강호에선 절기에 속하는 무공들이라잖아?"

곽풍산의 불평에 대일이 위로하듯 말했다.

"그야 저 늙은이의 말일 뿐이고……."

"그래도 우리 처지에 무공을 익히는 것이 어디냐?"

"하긴 그래. 음… 제대로 무공을 익힌다면 산적질을 때려치우고 다른 일을 할 수도 있을 거야."

"어떤 일?"

"예를 들면, 표국의 표사일 같은 것도 할 수 있지 않을까?"

"정말?"

"당연하지, 무공만 제대로 익힌다면."

"표사라……. 햐? 산에 들어오기 전에 표사들을 보면 정말 부러웠는데… 장춘(長春) 천리표국의 무사들은 정말 멋졌지."

대일이 눈을 아득하게 뜨며 중얼거렸다.

"기다려 봐. 혹시 아냐? 우리도 천리표국의 표사가 될 수 있을지."

곽풍산이 눈을 가늘게 뜨며 말했다. 어리지만 번뜩이는 눈빛 속엔 숨길 수 없는 세상에 대한 야망이 담겨 있는 곽풍산이었다.

괴노인 마효가 돌아온 것은 송추월의 검을 빼앗아 들고 동굴 안으로 들어간 지 이각 정도가 지난 뒤였다. 동굴 안쪽에서 걸어 나온 마효의 한 손에는 여전히 송추월의 검이 들려 있었고, 다른 한 손에는 어른 한 사람이 들 수 없을 정도로 커다란 붉은 기운이 흐르는 투명한 암석이 들려 있었다.

쿵!

마효가 들고 온 붉은 암석을 동굴 바닥에 던지고는 풀썩 가부좌를 틀고 앉았다. 그리고는 검을 들어 암석의 중간을 가르기 시작했다.

스슥!

마효가 검을 들어 적색 암석에 가져다 대자 단단해 보이던 암석이 마치 두부 갈라지듯 좌우로 갈라졌다. 마효에 의해 갈라진 암석의 단면은 매끄럽기 그지없었다.

"와!"

어린 산적들 입에서 자신들도 모르는 사이에 감탄사가 흘러나왔다.

"뭘 이런 걸 가지고. 애송이들 같으니라구."

마효가 어린 산적들의 감탄에 기분이 나쁘지 않은 듯 빙긋 미소를 흘리고는 재차 칼을 들어 암석을 가르기 시작했다.

슥, 스슥!

마효는 조각을 하듯 갈라진 암석들을 손질했다. 그러기를 잠시 후, 마효 앞에 다섯 조각의 붉은 석판이 가지런히 놓여졌다.

"자, 준비는 끝났고……."

마효가 다섯 개의 석판을 완성하자 손을 털며 고개를 들어 신기한 눈으로 자신을 바라보고 있는 어린 산적들을 바라봤다. 그리고는 불쑥 손을 들어 원무극을 가리켰다.

"너!"

순간 원무극이 흠칫하며 손으로 자신을 가리켰다.

"저, 말씀인가요?"

"그래, 너. 이리 오너라."

마효의 부름에 원무극이 두려운 눈으로 마효를 바라보며 조심스럽게 마효 앞으로 다가왔다.

"지금부터 네놈에게 다섯 초의 검법을 전수해 줄 거야. 이 검법으로 말하자면 에… 세우검(細雨劍)이라는 검법인데… 본래 이름과는 달리 지독한 살검이야."

"예?"

"살검이라고. 살검(殺劍) 몰라? 사람 죽이는 검법이라고!"

"아, 예예……."

원무극이 얼른 머리를 조아렸다.

"예전에 무영(無影)이란 살수가 있었어. 제법 대단한 살수였지. 천하에 그의 살수를 피한 자가 없을 정도였으니까. 에… 그 살수가 쓰던 검법인데… 에… 그럴 일은 없겠지만 네놈이 이 다섯 초의 살검을 완벽하게 수련한다면 네 검을 피할 인간은 거의 없을 거다."

"정말요?"

"난 거짓말은 안 한다."

마효가 단호하게 말을 하고는 다시 검을 들어 올렸다.

사각사각!

마효의 손에 들린 검끝에서 붉은 석판 가루가 파여 나왔다. 마효는 빠르게 석판 위에 글을 새겨 나갔다. 금강석처럼 단단한 석판에 글을 새겨 나가는 마효의 표정은 다른 때와 달리 몹시 신중했다. 그렇게 마효는 순식간에 붉은 석판 위에 다섯 개의 초식을 담은 검결을 새겨 넣었다.

"너, 글을 읽을 줄 아느냐?"

석판에 글을 모두 새겨 넣은 마효가 원무극에게 물었다.

"조금은……."

"호? 산적이 글을 배웠어?"

"부루가 가르쳐 주었어요."

"응? 저 녀석이?"

마효가 시선을 돌려 동굴 한쪽에 무릎을 꿇고 앉아 있는 산적 부루를 바라봤다.

"부루는 글을 잘알아요. 대호채가 망하기 전에도 산채에서 부루가 가장 글을 잘알았어요. 그래서 부루가 글을 배우고 싶어하는 산채 사람들에게 글을 가르쳐 주었지요. 저도 그때 배웠어요. 부루의 부친은 훈장이셨대요."

"그래? 하긴 처음부터 제법 똑똑해 보이긴 했지. 어쨌든 글을 읽을 줄 안단 말이지?"

"네. 하지만 조금요."

원무극이 자신없는 말투로 말했다. 왜냐하면 한눈에 보아도 붉은 석판에 새겨진 글씨들은 난해하기 이를 데 없어 보였기 때문이다.

"좋아. 그럼 이 석판을 가지고 가서 석판에 새겨진 구결들을 외워 와라."

"모르는 글자가 있으면요?"

"똑똑한 친구에게 물어보면 되지."

"아, 알겠습니다."

"내가 네게 왜 이 세우검을 주는지 아느냐?"

"그, 글쎄요?"

"그건 네놈이 너희 다섯 놈 중 가장 약하기 때문이다. 본래 무공이란 자신의 신체와 기력에 맞는 것을 찾아 익혀야 한다. 그런데 넌 체구가 작고 기력이 강하지 못하니 가볍고 빠른 검법을 익히는 것이 적당하다는 것이다."

"아, 예예……."

원무극이 연신 고개를 끄덕였다.

"하지만 이 세우검이 너에게 적합한 것만은 아니다."

"예?"

"이 세우검은 비록 가볍고 빠른 검법이지만 살검이다. 살검의 완성이란 결국에 가서는 몸보다는 마음, 즉 강한 살심에 의해서 이루어진다고 할 수 있다. 그런데 내가 보기에 네 녀석에겐 그런 독한 살심을 기대하기 어려워. 그러니 그런 면에서 세우검은 네게 어울리지 않는다고도 할 수 있다."

"아, 예……."

원무극은 남의 이야기를 듣듯 대답했다. 그러거나 말거나 마효는 계속해서 입을 열었다.

"하지만 말이야, 인생은 알 수가 없어. 앞으로 네게 어떤 일이 닥칠지. 네가 어떤 일을 겪으며 세상을 살아갈지 알 수 없다는 말이다. 사람의 심성이란 타고나는 것도 있지만 결국 어떻게 살아왔는가에 의해 만들어지게 마련이지. 이걸 알아둬라. 네가 고난을 겪으면 겪을수록 넌 세우검의 본질에 가까워질 것이다. 그러니… 고난을 무서워하지 말거라. 이건 나 마효의 무공을 익히는 놈들이 반드시 명심해야 할 일이다. 알겠느냐?"

"예, 어르신!"

원무극이 다부지게 입술을 깨물며 대답했다.

"좋아. 물러가. 석판에 새겨진 글을 모두 외우면 다시 날 찾아와. 다른 놈들도 잘 들어. 무공은 말이야, 구결만 외어서 익혀지는 게 아니야. 머리보단 몸으로 익히는 것이란 말이다. 해서 구결을 암기한 후 그 구결에 따라 정확한 동작을 몸으로 익히는 것이 중요하다. 그리고 그때 필요한 게 훌륭한 스승이지. 바로 나처럼 말이야. 그러니 오늘 내가 주는 비결들을 얼른 왼후 날 찾아와 지도를 받도록 해라. 먼저 왼 놈이 먼저 수련을 시작할 것이고, 오래 지도를 받은 놈이 강해지겠지. 모두 알겠지만 난 이곳에 오래 머물 생각이 없으니 시간을 아껴라. 알겠느냐?"

"예, 어르신!"

소년 산적들이 일제히 고개를 숙여 보였다.

"자, 네놈은 그만 물러가!"

마효의 말에 원무극이 재빨리 고개를 숙여 보이고는 마효에게서 붉은 석판을 받아 들고 동굴을 벗어났다.

"다음, 너!"

원무극이 동굴을 벗어나자 마효가 이번에는 대일을 불렀다. 그러자 대일이 엉성한 청룡도를 들고 마효 앞으로 다가왔다. 마효는 대일이 자신의 앞에 다가와 무릎을 꿇고 앉자 흘끔 대일의 얼굴을 살펴본 후 이내 검을 들어 다른 석판에 새로운 글씨들을 새겨 나가기 시작했다.

사각사각!

단단한 석판이 잘 마른 나무판처럼 마효의 손길에 파여 나갔다. 마효의 손이 움직임에 따라 석판 위에 깨알 같은 글씨들이 지렁이처럼 줄을 지어 새겨졌다.

"후욱!"

한순간 마효가 글을 새기던 손을 멈추고 훅 바람을 불어 석판 위에 수북이 쌓인 돌가루를 날려 버렸다.

"에취!"

마효가 날려 보낸 돌가루가 코에 들어갔는지 대일이 재채기를 해댔다.

"가져가거라. 네 거다."

마효가 대일이 재채기를 멈추기를 기다렸다가 석판을 들어 대일에게 건넸다. 대일이 황송한 표정으로 마효에게서 석판을 받아 들고는 새겨진 글씨에 눈길을 주었다.

"그건 금악도(金岳刀)라는 칠 초의 도법이다. 네놈이 청룡도를 들고 설치는 것을 보고 그에 맞는 도법을 전하는 것이다. 한편으론 걱정도 되는 것이, 네놈의 체력에 부치지 않을까 하는 생각이 들기도 한다. 그러니 네가 그 금악도를 제대로 익히려면 부단히 힘을 길러야 할 것이다."

"알겠습니다, 어르신. 그런데 이 금악도는 어떤 도법입니까?"

"금악도(金岳刀)는 이름 그대로 무쇠로 된 산처럼 무거운 도법이다. 과거 도마(刀魔)라고 자칭하던 자가 쓰던 도법인데 별호대로 강호의 일대 거마였다. 잘 익히면 누구에게 맞아 죽지는 않을 것이다."

"알겠습니다, 어르신."

"네놈도 물러가라! 석판의 글씨를 모두 외우면 그때 다시 오너라."

"예, 어르신!"

"다음, 너!"

대일이 동굴 밖으로 나가 절벽을 타고 사라지자 마효가 조금 귀찮아진 기색으로 부루를 불렀다. 그러자 부루가 침착하게 마효 앞으로 다가왔다. 그런 부루를 보면서 마효가 살짝 인상을 찡그렸다.

"너희 다섯 놈 중 네놈이 가장 내 무공에 맞지 않아."

불쑥 마효가 말했다.

"왜입니까?"

부루가 별로 놀라지도 않고 침착한 목소리로 물었다. 그러자 마효가 그런 부루의 눈을 빤히 바라보며 말했다.

"이유는 간단하다. 네놈은 너무 침착해."

"예?"

부루가 이해가 가지 않는다는 듯 되물었다.

"다시 말하면 너무 똑똑하다고 할 수 있다. 또한 침착하기도 하지. 좋게 말하면 생각이 깊은 건데… 나쁘게 말하면 음흉하다고들 하지. 아니냐?"

마효의 물음에 부루가 고개를 끄덕였다.

"어르신의 말씀이 맞습니다. 그런데 그것이 어르신의 무공을 익히는 데 방해가 되는 겁니까?"

"그렇다. 나에게 네 명의 친구가 있다. 물론 서로 못 죽여서 안달을 하는 사이이니 친구라고 부르기 뭣하긴 하다만 또한 천하에 오직 그 네 사람만이 나의 적수가 될 수 있으니 나의 친구라고 아니 할 수 없다. 그들은 나의 무공을 마공(魔功)이라 평한다. 물론 난 신공이라 말하지. 하지만 한편으론 그들의 평가를 부정하지도 않는다. 왜 그들이 내 무공을 마공이라 평하는지 아느냐?"

마효의 질문에 부루가 잠시 생각에 잠겼다가 대답했다.

"혹 어르신께서는 강호에서 큰 살겁을 저지르셨습니까?"

"훗, 그러니까 내가 사람을 많이 죽여서 내 무공을 마공이라 부르는 것이 아니냐 이 말이냐?"

"그렇습니다."

"그런 경우는 내 무공에 마공이란 평을 내리는 대신 나를 가리켜 마인이라 부르겠지. 물론 내가 사람 죽이는 것을 꺼려 하는 것은 아니지만 마인 소리를 들을 만큼 많이 죽이지는 않았다."

마효의 대답에 부루가 자신의 실수를 순순히 인정했다.

"그렇군요. 제가 잘못 생각했습니다. 그렇다면… 어르신의 무공을 익히는 데 정도가 아닌 사법이 필요하기 때문이겠군요."

"하하하, 네놈이 그리 말할 줄 알았다. 사법이라……. 본래 사람들은 자신들과 다른 방식으로 무공을 익히면 사법을 쓴다고들 하지. 어쨌든 네 말이 아주 틀린 것은 아니다. 화신밀공은 수련법이 독특하기 이를 데 없지. 그 시작인 화수유천만 하더라도 네놈이 알 듯이 거꾸로 선 채 수련해야 하니 말이다. 하지만 내 친구들은 겨우 그런 무공의 특이함만을 가지고 누군가의 무공을 평하는 사람들이 아니야."

"그럼 무슨 이유에서 어르신의 무공을 마공이라 평하는 것입니까?"

부루가 진지하게 물었다.

"흐흐, 역시 네 녀석은 무공보다는 학문이 어울리는 놈이야. 이렇게 호기심이 많으니. 내 말해주마. 그들이 내 무공을 마공이라 부르고 화신밀공을 본래의 이름 대신 화마경(火魔經)이라 칭하는 이유는 화신밀공이 운기를 통해 사람의 체내에 들어온 기운을 다스리는 법을 보고 내린 평이니라."

"기를 다스리는 법이요?"

"오냐. 본래 신공을 익히는 자들은 몸 안에 들어온 기운을 자신의 신공으로 다스려 단전에 모은다. 그것을 보통 운기, 혹은 축기라고 하는데, 보통의 경우 외부의 기운을 몸 안에 축적하기 위해선 수련자가 정신을 집중하고 온몸의 기를 차분하게 가라앉히는 것이 기본이다. 심신의 기운이 명경처럼 맑지 않으면 외부에서 들어온 기운과 본신의 기운이 충돌하여 축기를 방해하고 심한 경우 전신의 혈맥이 막히거나 파열되는 일이 벌어질 수도 있는데 이를 강호에선 주화입마라 부른다. 그런데……."

잠시 말을 끊은 마효가 부루를 빤히 바라봤다. 부루는 그런 마효의 시선을 피하지 않았다.

"어때. 이젠 네가 짐작해 보거라. 넌 똑똑한 놈이니……."

그러자 부루가 망설이지 않고 입을 열었다.

"저희들이 수련하고 있는 화수유천의 수련법은 지금 어르신께서 말씀하신 운기의 원리와는 다르군요."

"맞았어. 역시 똑똑한 놈이야. 재기가 지나친 것이 흠이 될 수도 있지만… 흐흠, 친구들이 나의 무공을 마공이라 부르는 이유는 네가 말한 대로 나의 화신밀공의 수련이 다른 신공의 수련과는 완전히 다른 입장을 취하기 때문이다. 화수유천을 수련할 때 네놈들은 거꾸로 물구나무를 서서 신공을 수련하지. 전신의 기운은 들끓고, 호흡은 거칠어진다. 강호의 거의 모든 무공이 신체 내, 외부의 진기를 순하게 다스리는 것을 목표로 한다면 나의 화신밀공은 외부에서 들어온 진기를 이용해 신체 내부에 잠재해 있던 기운을 흔들어 깨운다. 그리하여 본래부터 인간이 가지고 있던 잠력을 최대한 격발하여 외부로부터 들어온 기운을 정화시키고 본신의 공력을 높이는 것이다. 마치 불길이 타오르며 모든 더러운 찌꺼기들을 태우는 것처럼!"

"위험하지 않나요?"

"화수유천을 수련하면서 위험을 느꼈느냐?"

"아니요."

부루가 고개를 저었다.

"이것이 바로 화신밀공의 오묘함이다. 잠재된 선천지기를 외부에서 들어온 진기로 깨워 일으켜 적공의 효과를 배가시키면서도 기맥이 뒤틀리거나 혈맥이 막히는 부작용을 일으키지 않는다. 그래서 이 심법에 신공이라는 이름이 붙은 것이다. 그런데 내 친구 놈들은 단지 체내의 기운을 다스리는 방법이 보통의 심법과 다르다는 이유 하나만으로 화신밀공을 마공으로 치부하며 화마경이라 부르는 것이다."

"다른 이유는 없나요?"

부루가 고개를 갸웃하며 물었다. 순간 마효의 눈빛이 번개처럼 번뜩였다. 하지만 연이어 그는 눈빛을 차갑게 가라앉히며 고개를 저었다.

"다른 이유는 없다."

"억울하시겠어요?"

부루의 말에 마효가 음흉한 미소를 지으며 고개를 저었다.

"아니. 억울할 것 없다. 대체로 사람들이 사물과 사람에게 마(魔) 자를 붙이는 것은 그 대상에 대한 적대감에서 기인하게 마련이다. 하지만 그 속내를 들여다보면 기실은 그 대상에 대한 적대감 이면에 두려움이 자리 잡고 있기 때문이지. 내 친구 놈들도 마찬가지야. 비록 그놈들의 신공들도 대단하기는 하지만 놈들은 나의 화신밀공에 대해 본능적인 두려움을 가지고 있는 것이다. 해서 나의 무공을 마공이라 부르는 것이다. 후후후, 누군가가 나를 두려워한다는 것은 그리 나쁜 일이 아니지 않느냐?"

마효의 말에 부루가 고개를 끄덕였다.

"어르신의 말씀이 맞습니다. 누군가가 자신을 두려워한다는 것은 그를 통제할 수 있다는 말이 되지요."

"하하하, 요놈이 역시 어린 나이에 세상의 이치를 알고 있어. 흐흐, 위험한 놈이야."

마효가 웃음 속에서도 날카로운 눈빛으로 부루를 응시했다. 그러나 부루는 화살처럼 꽂혀드는 마효의 시선을 묵묵히 받아내고 있었다.

"뭐, 좋아. 어쨌든 그런 이유로 네놈과 나의 무공은 조금 어울리지 않는 면이 있다는 것이다. 나의 무공이 잠재된 기운을 격발한다는 것은 곧 그 사람의 성정이 마음속의 생각을 거침없이 밖으로 표출하는 것과 어울린다는 말이다. 다시 말해 그런 성정을 지닌 사람에게 적합한 무공이란 말이지. 그런데 네놈은 지나치게 침착해. 감정을 억누르고 이해득실을 계산해 행동하지. 그래서 네놈이 나의 무공과 어울리지 않는다고 말했던 것이다."

마효의 말에도 부루의 표정은 변화가 없었다.

"그래도 무공은 가르쳐 주실 거죠?"

"이것 봐. 전혀 흔들림이 없어. 징그러운 자식! 오냐. 그래도 네놈에게 무공을 가르쳐 줄 거다. 약속은 약속이니까. 하지만 충고하건대 다른 놈들 것엔 욕심 부리지 마라!"

"무슨 말씀이십니까?"

부루가 어리둥절한 표정으로 되물었다. 마효는 그런 부루를 잠시 노려보다가 별다른 대답 없이 이내 검을 들어 적색의 석판에 또다시 하나의 무결을 새기기 시작했다.

사사사삭!

부루는 반짝이는 눈으로 석판에 새겨지는 글씨들을 유심히 살펴보고 있었다. 잠시 후 마효가 석판에서 손을 뗐다.

"다 됐다."

마효가 부루를 보며 말했다.

"어떤 무공인가요?"

"이건 손쓰는 법이다."

"예?"

"네 손은 붓을 들었던 손이다. 맞지?"

"예, 어려서는 한시도 손에서 붓을 놓지 않았지요."

"그런 손에 도검이 들린다는 것은 어울리지 않지. 해서 네게는 하나의 수공(手功)을 전하겠다."

"수공이라시면……?"

"말했지 않느냐? 손쓰는 법이라고."

그러자 부루의 얼굴에 실망의 기색이 깃들었다.

"넌 지금 네게 수공을 전하는 것이 마땅치 않은 것이냐?"

"다른 사람들은 도검을 쓰는 법을 얻지 않았습니까? 아무리 손쓰는 법이 오묘해도 맨손으로 도검을 상대할 수는 없는 법이지요."

"후후, 네 녀석이 비록 사서삼경을 익혔을지라도 무공에 대해선 전혀 모르는구나. 이 녀석아, 도검이 무서운 것은 저잣거리의 싸움패에게나 해당하는 말이야. 강호에서 이름난 고수

중 수공(手功)과 장법(掌法), 그리고 지법(指法)을 수련한 사람이 무척 많다. 수공에 뛰어난 자는 맨손으로도 상대의 도검을 부러뜨린단 말이다. 더군다나 손이 곧 무기이니 오히려 도검을 들고 상대와 겨루는 것보다 더 무서울 수 있지."

마효의 말에 부루의 표정이 변했다.

"정말 맨손으로 도검을 부러뜨릴 수 있나요?"

"물론 그렇다. 하지만 그 정도 경지에 이르려면 아주 오랜 수련이 필요한 법이지. 하지만 당장에라도 네게 전하는 이 수공이 쓸모없는 것은 아니다. 이 석판에 적힌 무결을 능숙하게 익힌다면 웬만한 적은 능히 상대할 수 있을 것이니라. 그러니 불평 말고 열심히 수련하거라. 이 수공의 이름은 쇄금수(碎金手)다. 그만 물러가거라."

마효의 말에 부루가 공손하게 석판을 들고 장내에서 물러났다. 부루가 동굴을 벗어나는 것을 지켜보고 있던 마효가 부루의 모습이 완전히 사라지자 혀를 찼다.

"고약한 놈일세. 어쩌면 살성 하나 나오겠어."

마효가 혼잣말로 중얼거리자 곽풍산이 의아한 얼굴로 물었다.

"살성이라뇨? 부루는 우리 중 가장 글을 잘알고 똑똑한 아인데요?"

"멍청한 녀석아, 본래 머리에 먹물 든 놈들이 더 독한 법이니라."

"하지만 부루는……."

"됐다. 네놈하고 말씨름하고 싶은 생각 없다. 이리 오너라."

"흐흐, 이번엔 제 차롄가요?"

"그래, 네 차례다. 무슨 무공을 주랴?"

마효가 빙그레 미소를 지으며 물었다. 그러자 곽풍산이 턱 하니 어깨에 걸치고 있던 도끼를 내려놓으며 말했다.

"어르신께서 알고 계신 삼백칠십 개의 무공 중 도끼 쓰는 법이 하나쯤은 있겠지요?"

"물론 있지. 정확히 다섯 개의 부법(斧法)을 알고 있다."

마효의 대답에 곽풍산이 얼굴이 환하게 펴졌다. 곽풍산이 슬쩍 혀를 내밀어 입맛을 다시며 말했다.

"그 다섯 개를 모두 가르쳐 주실 수는 없겠지요?"

"당연히 그럴 수는 없지. 더군다나 개중에는 네놈이 평생 수련해도 대성할 수 없는 고매한 부법도 있거든. 욕심 부리지 말고 내가 전해주는 부법이나 잘 익히도록 해라."

곽풍산에게 핀잔을 준 마효가 검을 들어 붉은 기운이 흐르는 석판에 다시 글을 새겨 나가기 시작했다. 거침없이 이어지는 마효의 손에 석판에는 이내 하나의 무공 비결이 새겨졌다.

"이 부법의 이름은 천뢰부법(天雷斧法)이라 한다. 에… 예전에 백정 짓을 하다가 홀연히 절대무공의 이치를 깨달은 황몽이란 사람이 있었다. 이 부법은 그에게서 전해지는 부법으로 사람이든 동물이든 고통없이 한 방에 죽여 버릴 수 있는 부법이다."

"하필이면 백정이 만든 부법입니까?"

곽풍산이 불만스런 표정으로 중얼거렸다.

"지랄하네. 백정이나 산적이나. 하여튼 뛰어난 부법이니 불평 말고 수련해라. 혹시라도 네 아둔한 재능으로 이 부법을 완성할 수 있다면 넌 절대고수 소리를 들을 수도 있을 게다."

"정말요?"

"내가 말했지. 난 성질은 더러워도 거짓말은 안 해. 가봐!"

마효의 축객령에 곽풍산이 얼른 석판을 집어 들고 동굴을 벗어났다.

"이제 네놈만 남았구나."

마효가 송추월을 노려봤다, 마치 곧 손이라도 뻗어 송추월의 목줄을 움켜잡을 것처럼. 송추월은 그런 마효의 시선을 두렵게 받아들였다. 송추월이 어깨를 움츠리며 조심스레 물었다.

"제가 뭘 잘못했습니까?"

"아니."

마효가 고개를 저었다.

"그런데 왜……?"

"네놈이 마음에 들지 않아서."

"왜요?"

두려움 속에서도 송추월의 반문이 이어졌다.

"네놈은… 어릴 때의 나와 너무 닮았어. 그래서 싫어."

"예?"

마효의 입에서 흘러나온 말이 의외라 송추월이 놀란 눈으로 마효를 바라봤다.

"풍산이란 놈은 지나치게 솔직하다. 부루란 놈은 지나치게 냉정하다. 대일이란 놈은 허술하고, 무극이란 놈은 겁이 많다. 그런데 네놈은……."

"……?"

"네놈은 영악해!"

"예?"

"겁이 없는 건 아닌데 겁을 내면서도 항상 눈알을 굴려 주변의 상황을 살피지. 그렇다고 겁을 드러내지 않는 것도 아니야. 겁이 나면 겁을 먹었다는 걸 상대에게 숨기지 않고 드러내지. 아마도 네놈은 그게 상대를 방심하게 만든다는 걸 알고 있을 거야. 부루 놈의 냉정함보다는 무척 쓸모가 있는 행동이지. 그렇지?"

"어르신의 눈을 속일 수가 없지요."

"흐흐, 이것 봐. 절대 마음을 속이지 않는 척한다니까. 하지만 구에 일 할은 딴마음을 먹고 있지. 항상! 아니냐?"

"글쎄 어르신의 눈은 속일 수가 없다니까요."

송추월이 대답했다.

"그래서 네놈이 싫어. 딱 나의 오십 년 전쯤 모습을 보는 것 같거든!"

"그럼 정이 더 생겨야 하는 것 아닌가요?"

"흐흐, 시궁창 같던 그 시절을 다시 떠올려야 하는데 너 같으면 정이 생기겠냐?"

"고생이 많으셨나 보네요?"

송추월이 심드렁하게 말했다. 아마도 마효의 신세타령엔 관심이 없는 모양이었다. 송추월의 떨떠름한 반응에 마효가 씁쓸한 표정을 지었다.

"네 녀석이 상상하는 것 이상으로 고생했지. 음… 그런데 네놈은 무공을 수련해 고수 소리를 듣게 되면 뭘 할 생각이냐?"

마효가 진지한 표정으로 물었다. 그러자 송추월이 고개를 갸웃하더니 정색을 한 표정으로 말했다.

"일단 능력이 된다면 몇 놈 손봐줘야 할 자들이 있어요."

"복수를 하겠다는 거냐? 혈원이 있었나?"

"혈원이라고 말해야 할지는… 뭐, 어쨌든……."

"그놈들 참 안됐군."

"예?"

"네가 손봐주겠다는 놈들 말이야. 네놈이 결코 고분고분 야단을 치지는 않을 테니까 말이다."

"하지만 놈들 중에는 무인도 있어요."

"걱정 말거라. 내가 전해주는 무공을 제대로 수련하면 적수를 찾기 어려울 테니."

"정말요?"

"왜, 못 믿겠냐?"

"아, 아닙니다. 어르신은 천하제일인이신 걸요."

"흐흐, 녀석, 역시 눈치가 빨라. 에… 그럼 그 복수를 끝내면 뭘 할 거냐?"

"그… 그건 아직……."

"설마 평생 이 대호산에서 산적 노릇을 하며 살지는 않겠지?"

"뭐, 무공을 익히면 그럴 필요 없지요. 친구들은 큰 도읍에 나가 표사 일을 하자고도 하던데……."

"표사?"

마효가 마땅치 않다는 듯 인상을 찡그렸다.

"별론가요?"

"네놈들이 어떻게 살든 내 알 바 아니지만 그래도 이 마효의 무공을 배운 녀석들이 표사질이라니. 그건 산적질보다도 볼품이 없는데……."

"그럼 뭘 하면 좋을까요?"

"문파나 하나 세워."

"예?"

"다섯 놈이 제각기 그 특징이 다르고 재주들도 남다른 데가 있으니 무공을 완성하면 제대로 된 문파를 세우는 것도 좋을 것 같다. 나중에라도 내가 늙어서 수족을 쓰지 못하게 되면 신세 좀 지게."

"에이, 우리 주제에 문파는 무슨……."

송추월이 손사래를 쳤다.

"왜, 싫으냐?"

"아무나 문파를 세우나요?"

"친한 놈들끼리 모여 살면 그게 문파지 뭐 다른 게 있느냐? 싫으면 말고."

"귀찮기도 하고요."

"귀찮아?"

"제 한 몸 챙기기도 바쁘거든요."

"후후후, 이 녀석이 사람 부리며 사는 편안함을 모르는군."

"예?"

"됐다, 녀석아!"

마효가 퉁명스레 말을 내뱉고는 검을 들어 마지막 남은 석판에 무공 비결을 새겨 넣기 시작했다.

사각사각!

송추월의 귀에 석판 파여 나가는 소리가 기분 좋게 들렸다. 송추월은 한껏 기대에 찬 눈으로 먼지를 일으키며 파여 나가는 석판을 바라보고 있었다. 그렇게 얼마나 지났을까. 마효의 손이 멈췄다.

"옛다. 네 거다!"

마효가 석판을 들어 송추월 앞에 던졌다. 송추월이 얼른 석판을 집어 들었다.

"그건 무혼검(無魂劍)이라는 아홉 초식의 검법이다."

"무혼검……."

송추월이 나직하게 읊조렸다.

"예전에 궁파(弓巴)라는 사람이 있었다. 한마디로 인간의 마음이라는 것이 없는 일대마인이었지. 그가 무림에서 활동할 때 그의 손에 죽은 사람의 숫자가 밝혀진 것만 일백아홉이다. 물론 죽은 자들 모두 강호에서 이름이 있는 자들이었지. 하지만 대부분의 사람들은 그의 손에 죽은 무림고수가 알려진 것보다 훨씬 많을 거라 추측했다."

"이 검법이 그의 것인가요?"

송추월이 살짝 인상을 찡그리며 물었다.

"그렇다."

"왜 이런 검법을……."

"왜, 싫으냐?"

"재수없는 검법이잖아요."

"왜?"

"결국 그 궁파라는 자는 강호 협사들에게 처참한 죽음을 당했을 것 아니에요. 그러니 재수없는 검법이죠. 사람도 많이 죽인 검법이고. 제가 그런 마인이 되길 원하시는 겁니까?"

"그렇지가 않다. 물론 강호의 무수한 고수들이 궁파를 잡기 위해 출도했지만 궁파는 결국 잡히지 않았어."

"정말요?"

"그래. 정말 대단한 사람이지."

"그런데 어떻게 그의 검법을 어르신께서 알고 계신 거죠?"

"그건… 에… 뭐, 지금은 말해줄 수 없다. 나중에 기회가 되면 알게 되겠지. 어쨌든 이 무혼검법은 그렇게 대단한 사람의 무공이다. 제대로 익히면 강호에서 그 적수를 찾기 힘들 게다. 그러니 불평하지 말고 열심히 수련하거라."

"알겠습니다. 열심히 익히겠습니다."

"좋아, 그럼 너도 그만 물러가거라. 무혼검의 비결을 모두 외우면 그때 찾아오너라. 말했지만 내가 이곳에 머물 시간은 길지 않다. 그러니 하루라도 빨리 비결을 외워 내 가르침을 받는 게 좋을 게다."

"알겠습니다."

"물러가라."

"예, 어르신!"

송추월이 괴노인 마효에게 깊게 허리를 숙여 보인 후 동굴을 벗어났다. 마효는 그런 송추월이 모습을 끝까지 바라보고 있다가 송추월의 모습이 사라지자 혼잣말로 중얼거렸다.

"인연이란 참으로 알 수가 없다. 처음에는 그저 심부름이나 시켜먹을까 해서 잡아둔 놈들인데 하나같이 뛰어난 재질을 지녔다니. 이렇게 늘그막에 만난 것이 아쉽구나. 하지만 씨를 뿌려놓았으니 어찌 커갈지는 제 놈들 팔자에 달린 것이고, 궁파의 무혼검이라……. 그걸 저 녀석에게 줄 것이라고는 나도 생각지 못했는데. 난 왜 갑자기 녀석에게 그 검결을 써준 걸까? 놈에게서 궁파의 전설을 기대하는 건가? 후후후, 또 모르지. 저놈들 중 누구라도 그 버르장머리없는 네 제자 놈들을 괴롭히게 될지도. 음, 제길, 다시 독기가 오르는구나. 독경주 그 늙은이의 독은 역시 무서워."

마효가 얼굴을 찌푸리며 자리에서 일어나 어두운 동굴 안쪽으로 걸어 들어갔다.

第五章
변화(變化)

화마경

뜨거운 열기가 동굴을 가득 채우고 있었다. 동굴의 사방은 적색의 암석으로 이루어져 있었고, 그 중앙에 유독 강렬한 붉은색의 반듯한 바위가 자리 잡고 있었다. 괴노인 마효는 그 영롱한 적암 위에 가부좌를 틀고 앉아 있었다.

적암으로부터인지 혹은 마효로부터인지 알 수 없지만 안개와 같은 붉은 기운이 연무처럼 장내를 떠돌고 있었다. 그 기운은 아주 조금씩 마효의 신형을 중심으로 회전하고 있었는데, 가만히 보면 그중 일부가 끊임없이 마효의 콧속으로 빨려들어갔다가 살짝 벌린 입을 통해 흘러나오곤 했다.

마효는 송추월 등 어린 산적들을 대할 때와는 전혀 다른 모습을 하고 있었다. 그의 얼굴에선 어떤 잡스러운 기운도 느껴지지 않았고, 평소의 그 장난스럽고 괴팍해 보이던 표정 또한 전혀 느껴지지 않았다.

그는 천신(天神)처럼 위엄이 넘쳤고, 고승(高僧)처럼 초탈해 보였으며, 혹은 지저에서 올라온 저승의 사자처럼 공포스러워 보이기도 했다. 한 사람에게서 이렇게 다양한 모습이 나타난다는 것은 믿을 수 없는 일이었지만 어쨌든 마효는 인간세를 벗어난 존재인 듯 보였다.

"후욱!'

한동안의 침묵 끝에 마효의 입에서 나직한 숨소리가 흘러나왔다. 그러자 장내를 떠돌던 붉은 기운이 한순간 바람에 밀리는 안개처럼 한쪽 방향으로 일그러지더니 순식간에 마효의 콧속으로 빨려들어 갔다.

"흐음……."

마효의 입에서 나직한 음성이 흘러나왔다. 그리고 마치 한숨 잘 자고 깨어난 사람처럼 눈을 뜨며 두 팔을 들어 올려 기지개를 켰다.

"아함, 개운하군."

그 근엄하고 위엄있던 마효의 모습은 운기가 끝나는 순간 거짓말처럼 사라졌다. 적색의 바위 위에는 어느새 괴팍스런 노인의 모습으로 돌아온 마효가 앉아 있었다.

"이 화동의 효험은 정말 뛰어나군. 백두의 화기가 이어진 곳이라서 그런가. 이건 생각지도 않은 횡재를 하게 되었어. 독경주에게 당한 독을 해독하러 왔다가 화신밀공을 한 단계 더

끌어올릴 수 있는 기회를 잡다니. 흐흐흐, 역시 세상사 새옹지마(塞翁之馬)야. 덕분에 이곳에 좀 더 머물러야겠지만."

마효의 얼굴에 흡족한 미소가 그려졌다. 그러던 한순간 마효의 눈이 반짝였다.

"왔나?"

마효가 훌쩍 자리에서 일어났다. 그러자 그의 신형이 마치 바람에 날리는 나뭇잎처럼 부드럽게 허공으로 날아오르더니 적암에서 삼 장 밖에 가볍게 내려섰다.

"어디, 어느 놈이 먼저 왔나 볼까?"

마효가 혼잣말을 중얼거리며 천천히 동굴 입구 쪽으로 걸음을 옮겼다.

"역시 네놈이군. 하루 만에 비결을 모두 외운 것이냐?"

마효가 동굴의 입구에 도달했을 때 어린 산적 부루가 막 동굴 안으로 들어서고 있었다.

"별로 어렵지 않았습니다."

"흐흐흐, 내 그럴 줄 알았지. 머리로는 너희 다섯 중 네놈이 최고일 테니까. 그래, 글을 외운 것은 그렇다 치고, 그 글에 담긴 의미는 알겠더냐?"

"그건… 쉽지가 않더군요."

"후후후. 그렇지? 당연한 일이야. 너희들은 어떻게 생각할지 모르지만 내가 네놈들에게 전한 비결들은 하나같이 상승 무공의 비밀을 품고 있는 구결들이다. 무공을 익힌 자들도 스승의 가르침 없이는 해석하기가 쉽지 않은 비결들이지. 하물며 무공의 무 자도 모르는 네놈들이야 오죽하겠느냐. 그래서 네놈들에게 내가 필요한 것이다."

마효의 말에 부루가 그 자리에 무릎을 꿇고 앉았다.

"가르침을 청합니다."

"후후후, 네 녀석이 먹물을 얻어먹고 컸다더니 제법 배우는 놈의 자세가 되어 있구나. 하지만 난 그런 형식 따위는 별로 좋아하지 않으니 일어나거라."

마효의 말에 부루가 망설이지 않고 자리에서 일어났다. 그러자 마효가 턱하니 바위에 걸쳐 앉더니 부루를 보며 말했다.

"잘 봐라. 하루에 한 번밖에는 기회가 없으니."

마효가 말을 마친 후 바위에 앉은 채로 천천히 두 손을 들어 올렸다. 그리고는 아주 느리게 두 손을 허공에서 움직이기 시작했다. 그런 마효의 움직임을 부루는 눈 한 번 깜빡이지 않고 지켜보고 있었다.

마효의 손은 마치 그의 몸에서 떨어져 나온 별개의 생명체인 것 같았다. 마효는 허공에 수십 개의 수영을 만들어냈는데, 그 수영(手影)에 가려 그의 몸은 부루의 눈에 들어오지 않았다. 부루는 꿈을 꾸듯 허공에 그려지는 마효의 수영에 빠져 있었다. 그렇게 부루가 정신없이 마효가 만들어내는 수영에 빠져 있던 어느 순간 갑자기 마효의 손이 부루를 향해 불쑥 다가왔다.

"악!"

순간 부루의 입에서 단말마의 비명 소리가 터져 나왔다. 마효의 손은 단번에 부루의 머리를 부수어 버릴 것처럼 다가들더니 한순간 방향을 틀어 부루의 눈앞에서 아래로 뚝 떨어져 내렸다.

퍽!

부루의 신형을 따라 떨어져 내린 마효의 손이 그대로 단단한 동굴의 암석 바닥에 꽂혀들었다. 그러자 부루의 발아래 한 자 깊이의 손자국이 선명하게 새겨졌다.

"어떠냐?"

아직도 두려움에서 벗어나지 못하고 있는 부루의 귀에 마효의 목소리가 들려왔다. 순간 부루가 퍼뜩 정신을 차렸다.

"이게… 이게 쇄금수인가요?"

"그렇다. 내 말대로 도검에 못지않지?"

"엄청나군요."

"하지만 이것도 쇄금수의 전부는 아니다."

"예?"

"쇄금수의 진정한 위력은 이에 비해 수배는 강하다."

"그게 정말인가요?"

"네놈은 왜 그리 의심이 많으냐? 불가에 대우(大愚)가 대각(大覺)한다는 말이 있다. 다시 말해 배움에 있어서는 어리석더라도 우직한 믿음이 중하다는 것이다. 네놈의 그 의심 많은 성정이 네놈의 성장을 방해할 수도 있다는 말이다."

그러자 부루의 얼굴이 벌게졌다.

"명심하겠습니다."

"자존심도 너무 세! 사내가 품이 넓어야지."

"알겠습니다."

다시 부루가 고개를 조아렸다.

"물러가라."

"하지만……."

"왜?"

"다시 한 번 가르침을 주시면……."

"내가 말했지. 하루에 한 번이라고!"

마효가 단호하게 말했다. 그러자 부루가 이내 고개를 숙여 보였다.

"알겠습니다. 그럼 물러가겠습니다."

"오냐. 이걸 명심해라. 무공은 머리가 아니라 몸으로 익히는 것임을!"

"명심하겠습니다."

부루가 머리를 조아리며 마효 앞에서 물러났다. 그런 부루를 보며 마효가 혀를 찼다.

"저놈은 셋째 놈을 닮았어. 원지 그놈도 저놈처럼 머리가 지나치게 비상하지. 그런데 문제는 저런 놈들이 항상 문제를 일으킨다는 거야. 원지 그놈에게 죽은 제자 놈들이 근 열 명을 헤아리니… 모르겠군. 저 녀석이 어떤 행동을 할지."

마효가 마뜩찮은 눈으로 물러가는 부루를 보며 중얼거렸다.

송추월은 절벽을 기어올라오는 부루를 바라보고 있었다. 부루는 끙끙거리며 절벽을 기어오르더니 절벽 위에 서 있는 송추월을 보고는 흠칫한 표정을 지었다.

"왜 그렇게 놀라? 죄 졌어?"

송추월이 퉁명스럽게 물었다. 그러자 부루가 금세 안면을 바꾸며 대꾸했다.

"내가 너에게 죄 지을 게 뭐가 있겠어?"

"그러게 말이야. 그런데 왜 그렇게 놀라?"

"갑자기 눈앞에 나타나니까 그렇지."

"녀석 심약하기는. 하여간에 머리 좋은 것들은 겁이 많아. 그런데 그 노괴는 만나봤냐?"

"그래."

"어떻든?"

"뭐가?"

부루가 송추월에게 핀잔을 들은 것에 기분이 상했는지 퉁명스럽게 물었다.

"너의 그 쇄금수 말이다. 정말 그의 말대로 고절한 무공이더냐?"

"왜 남의 무공에 관심을 가져?"

"망할 놈, 삐딱하기는. 그냥 그 노괴가 가르쳐 준 무공들이 그의 말처럼 대단한 무공인가 의심이 생겨서 묻는 거야. 넌 똑똑한 놈이니까 대충 눈치를 챘을 것 아냐. 더군다나 제일 먼저 노괴에게 가르침을 받고 나오는 중이고."

송추월이 못마땅한 표정으로 다그치자 부루가 여전히 불만이 가시지 않은 표정으로 대답했다.

"그가 거짓말을 한 것 같지는 않아."

"그럼 정말 그의 말대로 대단한 무공들이란 말이지?"

"내려가 봐. 그를 만나보면 절대 단순한 무공이 아니란 것을 알게 될 거야."

"그래? 노인네, 생긴 것과는 달리 믿을 만하다는 거지."

송추월이 입맛을 다셨다. 그러고는 훌쩍 몸을 날려 절벽 아래로 이어진 넝쿨을 잡고는 부루의 시선에서 사라졌다. 송추월이 사라지자 부루가 차가운 눈빛을 흘려내며 말했다.

"홍, 네가 언제나 날 무시하지만 그래도 난 항상 네 머리 위에 있다. 세상은 몸이 아니라 머리로 사는 거거든. 두고 봐라. 우리 중 아마도 내가 가장 강한 고수가 될 터이니. 그때는 네 녀석도 내 말을 들으며 살아가야 할 거다. 이 부루는 결코 산적질에 만족할 사람이 아니다. 좀 더 큰 세상으로 나갈 거야. 큰일을 하려면 사람이 필요하지. 예전에야 너희들 같은 산적들이 필요치 않았으나 지금은 다르다. 그 노괴의 무공을 배운 이상 너희들도 제법 쓸 만한 녀석들이 될 테니까. 그런데 의원 걸? 추월 저 녀석이 이렇게 빨리 비결을 외울 줄 몰랐는데……."

"왔느냐?"

부루에게 쇄금수를 시연해 보였던 마효는 여전히 동굴 앞쪽 공터에 앉아 있었다. 그가 동굴 안으로 들어오는 송추월을 보며 입을 열었다.

"나와 계셨습니까?"

송추월이 다른 때보다도 더 공손하게 머리를 숙여 마효에게 인사를 올렸다.

"흐흐흐, 끝에 무공을 배운답시고 제자 흉내를 내는구나."

"어쨌든 무공을 가르쳐 주는 스승이시니까요."

"좋아. 뭐, 정식 제자는 아니지만 그래도 무공을 배우는 녀석의 자세가 그 정도는 되어야지."

마효가 고개를 끄덕이고는 송추월을 향해 손을 들었다.

"검을 다오."

마효의 말에 송추월이 얼른 허리춤에 매달려 있던 검을 뽑아 마효에게 건넸다.

"무혼검은 익히기가 무척 까다로운 검법이다. 비결을 외우기도 힘들 뿐 아니라 초식을 익히기도 난해하다. 무혼이란 말은 결국 혼이 없다는 말인데 그건 두 가지를 의미한다. 하나는 검을 쓰는 자가 냉정한 심기를 유지해 어떤 경우라도 감정에 이끌리지 말아야 한다는 것이고, 둘째는 검법 자체의 초식을 어느 순간 잊어버려야 한다는 것을 의미한다."

"무슨 말씀이신지……?"

"물론 네놈이 내 말을 알아들을 리 없지. 하지만 오늘 내가 한 말을 반드시 기억하고 있거라. 만약 운이 좋아 네가 무혼검을 오성 이상 성취하게 된다면 오늘 내가 한 말의 의미를 깨닫게 될 테니까. 어쨌든 그건 나중 일이고, 오늘은 내가 무혼검 아홉 초식의 동작을 보여줄 것이다. 앞서 나간 놈과 마찬가지로 기회는 하루에 단 한 번. 오늘 익히지 못하면 내일 다시 온다. 잘 봐라."

송추월에게 단단히 주의를 준 마효가 앉아 있던 바위 위에서 천천히 일어났다.

'이 노괴가 이렇게 컸나?'

마효가 검을 들고 일어났을 때 송추월이 고개를 갸웃했다. 처음 마효를 만났을 때 마효는 그 무공에 비해 외모는 보잘것없이 추레했었다. 그런데 지금 송추월 앞에 검을 들고 서 있는 마효의 모습은 중년의 거한처럼 거대해 보였다. 물론 이 동굴에 머무는 동안 마효의 모습이 조금씩 변하고 있다는 것은 송추월도 알고 있었다. 하지만 사람의 외양이 변한다고 해서 그 체구가 변하는 것은 아니었으므로 오늘 마효가 보여주는 이 위압적이고 건장한 모습은 송추월에게 있어서 무척 놀라운 일이었다.

자신의 모습에 놀라고 있는 송추월의 내심을 아는지 모르는지 마효가 송추월의 투박한 검을 들어 올렸다. 그리곤 아주 느리게 검을 움직이기 시작했다. 송추월은 그런 마효의 움직임을 하나도 빼놓지 않고 머리에 담아두려는 듯 눈을 크게 뜨고 마효를 바라봤다.

마효의 움직임은 기이했다. 느린 듯하면서도 빨랐고, 멈출

듯하면서도 멈추지 않았다. 또한 가끔 노인네의 굳어진 몸으로는 불가능해 보이는 유연한 동작을 취하기도 했다. 하지만 전체적으로 보자면 마효가 만들어내는 동작들은 검법이라기보다는 검무에 가까웠다. 자연히 산적 송추월의 눈에는 마효의 움직임들이 마뜩찮아 보였다. 본래 검법이란, 그것도 무혼검이라는 제법 살벌한 이름을 가진 검법이라면 바람을 가르는 쾌속힘과 강렬힘이 있어야 한다는 것이 송추월의 생각이있다.

'이거 지루하군.'

마효의 검법 시연이 자신이 기대했던 강렬함을 보여주지 못하자 송추월은 한순간 자신도 모르는 사이에 지루함을 느꼈다. 그러자 그의 자세가 자연스럽게 흐트러졌다. 하지만 송추월이야 어찌 느끼던 마효의 검법 시연은 계속됐다. 그러던 한순간 갑자기 마효의 손에 들린 검이 송추월을 향해 번개처럼 폭사했다.

팟!

"헉!"

마효의 느린 움직임에 긴장감을 풀고 있던 송추월의 입에서 다급한 헛바람 소리가 터져 나왔다.

징!

순간 마효가 뻗어낸 검이 송추월의 눈앞에서 부르르 몸을 떨며 쇠 울음 소리를 만들어냈다.

"이놈! 감히 한눈을 팔아?"

마효의 입에서 호통이 터져 나왔다.

"그, 그것이 아니오라……."

"돼지 목에 진주 목걸이를 건 꼴이구나. 나가거라!"

철렁!

마효가 던져 낸 검이 송추월의 발아래 떨어졌다.

"어, 어르신!"

"오늘의 가르침은 끝났다. 이미 말했지만 난 오직 하루에 한 번만 가르침을 줄 것이다. 또한 머지않아 난 이곳을 떠날 것이다. 그러니 내가 전수한 무공을 익히고 못 익히고는 오로지 네놈들에게 달려 있는 것이지. 하지만 오늘같이 게으름을 피운다면 네놈은 결코 무혼검을 배우지 못할 것이다. 흥, 네 친구인 그 부루라는 놈은 이미 쇄금수의 기본을 익히고 있을 것이건만……. 하긴 내가 네놈이 무혼검을 익히든 말든 신경 쓸 이유는 없지."

"어르신, 제가 잘못했습니다. 용서해 주십시오."

송추월이 얼른 땅 위에 엎드렸다.

"되었다. 물러가거라."

"어르신!"

"내일 다시 보자."

마효의 축객령에 송추월이 어쩔 수 없다는 듯 자리에서 일어나 동굴을 벗어났다. 마효는 송추월이 동굴을 완전히 벗어날 때까지 시선을 돌리고 있다가 송추월이 사라지자 동굴 입구를 보며 중얼거렸다.

"잘못 봤나? 개중 제일이라고 생각했는데……."

"젠장할, 잠시 한눈을 팔았기로서니 그렇게 화를 내다니…
망할 늙은이!"

절벽을 오른 송추월이 옷에 묻은 먼지를 툭툭 털며 중얼거
렸다. 그리고는 불쑥 허리춤에서 검을 뽑아 들고는 획획 휘둘
렀다.

"이렇게였던가? 아니, 이렇게였나?"

몇 차례 검을 휘둘러 보던 송추월이 한순간 입맛을 다시며
검을 내렸다.

"제길, 쉽지 않네. 볼 때는 쉬워 보였는데……. 역시 노인네
말처럼 허투루 배울 수 있는 게 아닌 모양이군. 흐흠, 내일부터
는 제대로 정신 차려야겠어. 그런데 다른 녀석들은 아직인
가?"

송추월이 고개를 들어 절벽 사이로 이어진 위태로운 산길을
바라봤다. 그러나 산길에선 어떤 인기척도 느껴지지 않았다.

"멍청한 녀석들, 그까짓 몇 개 안 되는 글자 외는 것이 뭐가
어렵다고! 쯔쯔!"

송추월이 혀를 차며 걸음을 옮기기 시작했다.

*   *   *

"아, 어려워. 어려워!"

송추월이 위태로운 산비탈에 위치한 대호채 어린 산적들의

거처로 돌아왔을 때 곽풍산은 움막 같은 오두막 옆 작은 공터에서 연신 자신의 머리를 쥐어박고 있었다. 그의 눈앞에는 햇빛을 받아 더욱 영롱한 빛을 발하는 붉은색 석판이 놓여 있었다.

"아직이냐?"

송추월이 머리를 싸매고 있는 곽풍산을 보며 물었다. 그러자 곽풍산이 송추월을 향해 손을 내저으며 말했다.

"말 걸지 마라. 정신 사나워진다."

"몇 자나 된다고!"

"그건 너나 부루처럼 머리 좋은 놈들 얘기고!"

"다른 놈들도 마찬가지냐?"

"아마 내가 제일 늦을 것 같은데?"

"그래? 하긴 네놈이 우리 중 가장 멍청하긴 하지."

"뭐?"

곽풍산이 도끼눈을 뜨며 송추월을 돌아봤다.

"내 말이 틀렸냐?"

"물론 틀렸지. 너도 알다시피 난 절대 멍청하지 않아. 단지 글을 싫어할 뿐이지."

곽풍산의 말에 송추월이 고개를 갸웃하다 이내 고개를 끄덕였다.

"듣고 보니 그렇군. 풍산 네가 결코 멍청한 녀석은 아니지. 머리 돌아가는 거로는 부루와 맞먹을 놈이니까. 단지 네놈은 좀 무식할 뿐이지."

"흐흐, 바로 맞혔어. 내가 부루에게 글을 배울 때 게으름을 피워 네놈들보다 아는 글자가 좀 적은 것은 인정해. 그래서 지금 이 고생을 하고 있잖아."

"부루에게 물어보지?"

"물론 벌써 물어봤지. 그래서 이제 석판에 새겨진 글씨 중 모르는 글자는 없어. 이젠 머리에 넣기만 하면 돼."

"알았다. 열심히 해라. 녀석들은 안에 있냐?"

"두 녀석은 안에서 나처럼 머리 싸매고 있고, 부루 녀석은 저쪽 숲으로 가던데?"

"숲으로?"

"그래. 아마도 오늘 배운 무공을 연마하려는 것 같아."

"역시 부루 녀석은 부지런하단 말이야. 재수없게."

"어땠어?"

"뭐가?"

"노괴가 잘 가르쳐 줘?"

"잘 가르쳐 주긴 뭘 잘 가르쳐 줘. 검 들고 춤 한 번 추더니 한눈팔았다고 쥐 잡듯이 잡기나 하고."

"흐흐, 제자가 스승의 가르침을 소홀히 하는데 혼나는 건 당연한 일이지."

곽풍산이 실소를 흘렸다.

"제자는 무슨 제자! 자기 입으로 우린 제자가 아니라고 했잖아."

"말이야 어찌 됐든 그의 무공을 배우고 있으니 제자는 제자지."

"너나 실컷 제자 해라. 난 그 노괴의 제자가 될 생각 없으니까."

"알았다, 알았어. 나도 말이 그렇지 그 노괴를 사부로 모실 생각은 없다. 그만 가봐. 난 이 망할 놈의 비결을 외워야 하니까."

"알았어. 고생해라."

송추월이 손을 한 번 흔들고는 오두막 안으로 걸음을 옮겼다.

오두막 안에서는 대일과 원무극이 열심히 붉은 석판을 들여다보고 있었다. 두 사람은 석판에 정신을 집중하고 있느라 송추월이 오두막에 들어온 줄도 모르고 있었다.

오두막 안은 밖에서 보는 것보다는 넓었다. 안쪽으로 나무로 만든 허름한 침상 다섯 개가 놓여 있었고, 입구 쪽에 제법 커다란 탁자가 놓여 있었다.

"정신들 없군."

송추월이 각자의 침상에 걸터앉아 석판 위에 새겨진 비결을 외우느라 정신없는 대일과 원무극 두 사람을 흘깃 보고는 천천히 걸음을 옮겨 동쪽 창가로 다가갔다. 그러자 창문을 통해 멀리 숲 속에서 두 손을 부지런히 놀리고 있는 부루의 모습이 들어왔다.

"쳇, 부지런한 녀석이야."

부루의 수련 모습을 보며 송추월이 고개를 저었다. 송추월은 그렇게 오두막 창가에서 턱을 괴고 멀리 숲 속에서 쇄금수를 수련하고 있는 부루의 모습을 한동안 지켜보고 있었다. 그렇게 얼마의 시간이 흘렀을까. 송추월이 문득 고개를 갸웃하면서 중얼거렸다.

"그런데 이상하군. 동굴에서는 몰랐는데 왜 지금에 와서야 그 노괴가 보여주던 그 시시한 검법이 이렇게 뚜렷하게 생각나는 거지?"

그건 송추월 스스로도 이해하지 못할 일이었다. 괴노인 마효가 그의 눈앞에서 무혼검법을 시연해 보일 때는 그 동작들이 그저 흘러가는 물처럼 머리에 고이지 않았는데 오두막에 돌아와 부루의 수련 모습을 보고 있노라니 불현듯 동굴에서 마효가 보여줬던 동작들이 하나하나 머릿속에 떠오르기 시작했던 것이다.

머릿속에 무혼검의 동작들이 떠오르기 시작하자 송추월이 자신도 모르게 오른팔을 들어 올려 이리저리 움직이기 시작했다. 시선은 여전히 창밖 숲 속의 부루를 바라본 채였다.

스스슥!

그러던 어느 순간 송추월의 팔뿐만 아니라 다리도 움직이기 시작했다. 검을 들지 않았을 뿐이지 송추월은 이제 얼추 비슷하게 괴노인 마효가 보여주었던 무혼검의 검초들을 시전하고 있었다.

그의 움직임은 마효가 보여줬던 만큼 느렸다. 더군다나 그

의 손에는 검도 들려 있지 않았으니 그의 모습은 마치 미친놈
이 춤을 추는 것과 진배없었다.

"뭐야? 미쳤나?"

문득 오두막 안쪽에서 말소리가 들려왔다. 어느새 대일과
원무극이 적색 석판에서 시선을 돌려 송추월을 바라보고 있었
던 것이다. 입을 연 것은 대일이었다.

"그러게 말이야. 저게 뭐 하는 짓이지?"

원무극도 조금 걱정스런 표정으로 대꾸했다.

"혹 그 노괴에게 배워온 게 저걸까?"

대일이 고개를 갸웃했다.

"하지만 저건 무공 같지는 않은데? 더군다나 추월이는 그
노인네에게 검법을 얻었다고 했잖아."

"맞아. 그랬지. 그럼 저게 뭐 하는 짓이지? 정말 미쳤나?"

대일의 말에 원무극이 걱정스런 표정으로 말했다.

"혹시 그 노괴가 무슨 수작을 부린 건 아닐까?"

"수작이라니?"

"이 비결들이 사실은 무공이 아니라 우릴 미치게 만드는 그
런 사악한 비결이 아닐까 해서."

"제길, 그 작자가 비록 괴팍하기는 하지만 왜 우릴 미치광이
로 만들겠냐?"

"그, 그건 그래."

원무극이 얼른 고개를 끄덕였다.

"어쨌든 너, 비결은 다 외웠냐?"

"응. 넌?"

"나도 끝났다. 이제 동굴로 가볼까?"

"나… 난 혼자 그 노괴를 만나는 게 좀 겁이 나."

"그자가 널 잡아먹기라도 하냐?"

"물론 그런 건 아니지만……."

"무극, 넌 겁이 많아서 탈이야. 좀 더 대범해지라고."

"아, 알았어."

"뭐, 어쨌든 동굴 근처까지는 같이 가자."

"그럴까?"

"어차피 동굴에 들어갈 때만 혼자 가면 되는 거니까. 내가 절벽 위에서 기다려 줄게."

"고마워."

"고맙긴!"

대일이 어깨를 으쓱하고는 침상에서 일어났다. 두 사람은 정신없이 빈손으로 검무를 추고 있는 송추월을 홀로 두고 오두막에서 벗어났다.

송추월의 검무는 대략 이각 정도 계속됐다. 움직임이 무척 느렸기 때문에 평소의 그라면 당연히 이전에 싫증을 냈어야 정상이지만 송추월은 마효가 보여준 검법을 재연하기 시작한 이후 마치 정신이 빠져나간 사람처럼 검무에 매달려 있었다.

그러던 한순간 문득 송추월이 오른팔을 앞으로 쭉 내민 상태에서 움직임을 멈췄다. 그리곤 마치 깊은 잠에서 깨어난 사람처럼 중얼거렸다.

"생각보다 힘든데……."

송추월의 이마에는 땀이 송골송골 맺혀 있었다. 송추월이 뻗고 있던 팔을 거둬들여 땀을 닦았다. 그리고는 몇 차례 목을 주억거려 굳어진 목덜미 근육을 풀더니 진지한 표정으로 입을 열었다.

"검을 들고 제대로 해봐야겠어. 일단 제대로 된 자리를 좀 잡고."

송추월이 급히 오두막에서 벗어났다.

*　　　　*　　　　*

무공을 수련하기 시작한 송추월 등 어린 산적들은 각기 마효를 만나고 온 이후 그 모습과 행동에서 많은 변화를 보이기 시작했다. 그건 마치 어린아이였던 그들이 어느 날 문득 어른이 된 것 같은 변화였다.

언제나 해가 진 저녁이면 수다로 시끌시끌하던 오두막도 그날 밤은 침묵 속에 깊어갔다. 다섯 명의 어린 산적은 각기 자신의 침상에 앉아 무엇인가를 골똘히 생각하고 있었다. 아직 비결을 완전히 외우지 못한 곽풍산도 역시 입을 닫고 끙끙대며 강제로 글자들을 머릿속에 집어넣고 있었다. 곽풍산이 비결을 모두 외운 것은 그날 밤을 뜬눈으로 지새운 이후였다.

"젠장, 나도 이제 그 노괴를 만나러 간다."

긴 밤을 새운 곽풍산이 호기롭게 말했다. 그러자 원무극이 얼른 곽풍산에게 말을 건넸다.

"음식을 가져가."

"당연히 그래야지. 빈손으로 갔다가는 동굴에 들어가지도 못하고 쫓겨날 걸? 그런데 벌써 아침이 다 된 거야?"

"응?"

"녀석, 부지런하기두 하지."

"나야 뭐… 너도 먹고 가든지."

"아냐. 됐어. 밤을 새웠더니 입맛이 없어. 갔다 와서 먹지."

"알았어. 여기!"

원무극이 광주리에 담은 음식을 내놓았다.

"뭘 이렇게 푸짐하게 쌌어?"

"잘 먹여야 제대로 배울 것 아냐."

"흐흐, 하긴 그래. 그 노인네가 먹는 건 무척 밝히니. 갔다 오마!"

"그래, 잘 배워라."

"걱정 마. 머리는 네 녀석들에게 떨어질지 몰라도 몸은 내가 가장 나을 테니까. 으챠!"

곽풍산이 원무극이 준비해 준 광주리를 들고는 훌쩍 오두막을 벗어났다.

"모두 와. 아침 먹자."

곽풍산이 오두막을 벗어나자 원무극이 침상에 앉아 있는 송추월 등을 불렀다. 침상에 앉아 있던 송추월 등 세 명의 어린 산적은 원무극의 부름에 탁자로 모여들었다. 그러나 평소라면 밥그릇을 앞에 두고 두런두런 이야기라도 나누었을 어린 산적들이 오늘은 웬일인지 입을 닫고 서둘러 밥을 떠 넣기 시작했다.

"말들 좀 해."

원무극이 열심히 손을 놀리고 있는 친구들을 보며 말했다. 그러나 누구도 입을 열지 않았다.

"싸우기라도 했냐?"

원무극이 재차 투덜거렸지만 그의 말에 대꾸하는 사람은 여전히 아무도 없었다. 그러자 원무극도 더 이상 입을 열지 않고 말없이 식사를 시작했다.

식사는 그리 오래지 않아 끝났다. 게 눈 감추듯 밥 한 그릇을 입에 털어 넣은 부루가 먼저 자리에서 일어났다. 그리고는 아무 말 없이 오두막을 나갔다.

"아침부터 수련하러 가나?"

"아마도……."

이번에는 대일이 원무극의 말에 대꾸했다. 그러자 기다렸다는 듯이 원무극이 연이어 입을 열었다.

"왜들 그래?"

"뭘?"

"왜 말들을 안 하냐고."

"글쎄. 나도 그걸 잘 모르겠어. 왠지… 수다 떨 기분이 아니란 말씀이야."

"어제부터 모두들 이상해."

그러자 송추월이 나직한 목소리로 말했다.

"우리가 변한 모양이다."

"변했다고? 뭐가?"

"모르겠어. 뭐랄까… 왠지 이전의 내가 아닌 것같이 느껴져."

"나도 그래. 이건 뭐랄까… 뭔가 중요한 일이 내 인생에서 일어나고 있다는 느낌이야. 이 기회를 놓치면 평생 후회할 것 같은……."

대일이 고개를 끄덕이며 송추월의 말에 맞장구를 쳤다.

"하긴 나도 좀 기분이 가라앉긴 했지만… 왜 그럴까?"

원무극이 고개를 갸웃하며 물었다.

"아마도 우리가 무공을 익히기 시작했기 때문이겠지."

송추월이 대답했다.

"무공을 익히는 게 말이 없어진 것과 무슨 상관이 있겠어?"

"어쩌면 그 괴노가 가르쳐 준 무공은 사람의 심성까지 바꾸는 것일 수도 있고……."

"그런 무공이 있을까?"

"그 괴노가 정말 천하제일인이라면 그럴 수도 있지."

"그자가 정말 천하제일인일까?"

원무극이 되물었다. 그러자 송추월이 진지한 얼굴로 대답했다.

"처음에는 그냥 성질 더럽고 나대기 좋아하는 노괴라 생각 했는데 지내다 보니 생각이 좀 달라지더라구."

"정말 천하제일인이라고 생각하는 거야?"

"뭐, 그럴지도 모른다는 생각이 들기는 해. 하지만 그가 천 하제일인이 아니더라도 엄청난 고수인 것은 분명한 것 같아. 어제 말이야, 이상한 경험을 했어."

"뭘?"

대일이 호기심 어린 표정으로 물었다.

"어제 동굴에서 그 괴노가 내 앞에서 무혼검의 초식을 펼쳐 보였거든. 그런데 동굴에서 노괴의 움직임을 볼 때는 도통 그 움직임을 머리에 잡아둘 수 없었는데 오두막으로 돌아온 이후 에 불쑥 그 노인의 움직임들이 선명하게 떠오르는 거야. 마치 거짓말처럼."

"어, 그건 나도 그래. 나도 금악도의 초식을 노인이 가르쳐 줄 때는 바보처럼 몇 초식 기억하지 못했는데 동굴을 물러나 니까 제법 많이 생각나더라고."

대일이 맞장구를 쳤다.

"너희들도 그랬구나. 난 나만 그런 줄 알았는데……."

원무극이 고개를 끄덕이며 중얼댔다. 그러자 송추월이 말을 이었다.

"우리 모두가 그런 일을 겪었다면 그건 곧 그 괴노가 우리에 게 무공을 전수하면서 무슨 수작을 부렸다는 말이 아니겠어?"

"그럴 수도 있을까? 기억하는 건 우리 머린데?"

원무극이 믿을 수 없다는 듯 말했다.

"나도 믿어지지 않는 일이지만 어쨌든 우리에게 그 일이 일어났잖아. 솔직히 우리가 천재도 아니고."

"그건 그래. 아, 그 괴노는 어쩌면 우리가 생각하는 것보다 더 무서운 인물일 수도 있겠다."

원무극이 두려운 표정으로 말했다.

"까짓, 그가 대단한 고수라면 더 좋지, 뭐, 그런 고수에게 무공을 배우니까."

대일이 대범한 표정으로 말했다.

"하지만 지금이 아니라 나중이 문제 아닐까?"

"무슨 문제?"

"그 괴팍한 노인네가 우릴 놔주지 않으면 어떻게 해? 아무리 생각해도 그 노인네가 우리에게 무공을 가르쳐 주는 게 이해가 되지 않아."

원무극이 걱정스런 표정을 지었다.

"그건 무극이 말이 맞아. 그 노괴에게 다른 꿍꿍이가 있을 수도 있지."

송추월이 원무극의 말에 동조했다.

"그가 말했잖아? 제대로 산적질을 해서 좋은 음식을 가져오라고 무공을 가르쳐 주는 거라고."

대일이 별일 아니라는 듯 말했다.

"그 말을 믿냐? 우리가 무공을 배워서 그 무공으로 산적질에 나설 때쯤이면 아마도 그 노괴는 이곳을 떠나고 없을걸. 그

노괴가 한 말이 진심이라면 말이야. 우리가 하루아침에 고수
가 될 것도 아니고."

송추월이 핀잔을 주듯 말했다.

"듣고 보니 그러네. 산적질에 우리가 배운 무공을 써먹으려
면 시간이 좀 걸릴 텐데?'

대일이 고개를 갸웃했다. 그러자 송추월이 경계심을 드러내
며 말했다.

"아무튼 조심해야 해. 그 노괴에게 무슨 특별한 사정이 있을
수도 있으니까."

"추월 네 말대로 조심하긴 해야겠다."

원무극이 고개를 끄덕였다.

"어쨌든 우리가 그 노괴에게서 무공을 배우는 순간 우린 예
전과 같은 사람일 수는 없어. 그것 때문에 모두들 말이 없어진
걸 거야."

송추월이 말을 이었다.

"예전과 어떻게 다른 사람이 되었다는 거야?'

"말 그대로지, 뭐. 무지렁뱅이 어수룩한 산적이 아니라 강호
의 무인이 되는 것이니까. 그리고 그건 우리 모두에게 무척 중
요한 의미를 갖지, 무인이 된다는 것은."

송추월의 눈빛이 번뜩였다.

"무슨 중요한 의미?'

대일은 여전히 송추월의 말이 이해되지 않는 듯 의아한 표
정을 지으며 물었다. 그러자 송추월이 정색을 하며 대일에게

물었다.

"대일 너, 무공을 익히고 나면 제일 먼저 무슨 일을 할 거냐?"

"표사 자리나 알아보지, 뭐."

"그거 말고."

"그거 말고라니? 뭔 말이야?"

대일이 답답한 듯 소리치자 송추월이 낮고 음울한 목소리로 말했다.

"난 말이야, 그 노괴의 말처럼 내가 고수가 된다면 가장 먼저 산 아래로 내려가 몇 놈을 손봐줄 거야. 어린 내가 산으로 들어올 때는 다 그만한 이유가 있는 법이니까. 날 산으로 들어오게 만든 작자들을 그냥 둘 수는 없지. 네놈들은 어때?"

"나도 손봐줄 작자가 있다."

대일이 갑자기 살기 어린 눈빛을 흘려냈다.

"나도 그래. 반드시 혼내줄 자가 있어."

심약한 원무극조차도 차가운 안광을 흘리며 말했다. 그러자 송추월이 고개를 끄덕였다.

"바로 그거야. 어제오늘 우린 생각보다 강한 힘을 가질 수 있다는 것을 알게 됐지. 그러면서 당연하게 힘이 없어 억울하게 당했던 지난날의 한풀이를 할 수 있다는 생각을 했을 거야. 사실 나도 어제 가장 먼저 그 생각을 했으니까. 잘만 하면 한바탕 제대로 된 복수를 할 수 있겠다고 말이야."

"맞아. 나도 가장 먼저 그 생각을 했어."

원무극이 맞장구를 쳤다. 그러자 송추월이 눈을 지그시 뜨면서 나직하게 말했다.

"아마 어제 우리 다섯은 모두 그 생각을 했을 거야. 그러니 당연히 말이 없어질 수밖에. 어제부로 우린 새사람이 된 거야. 더 이상 애송이 산적이 아니란 말씀이지."

"그… 그런 건가?"

원무극이 대일을 바라봤다. 그러나 대일은 원무극의 말에 대답하지 않았다. 대신 청룡도를 들고 자리에서 일어났다. 그리곤 강맹한 눈빛을 번뜩이며 말했다.

"수련하러 간다! 기왕 도검을 익히려면 제대로 된 고수가 돼야지!"

第六章
무공을 쓰다

화마경

계절이 여름으로 접어들자 산은 온통 녹음으로 뒤덮였다. 겨울이 긴 대호산도 초록의 옷을 갈아입은 지 오래. 산을 타는 사람들도 무성해진 수림에 산타기를 꺼리는 계절이었다. 그러나 산채에 사는 산적들에겐 오히려 좋은 시절이었다. 깊어진 숲은 산적들에게 좋은 은신처를 제공할뿐더러, 몸을 감추고 도적질에 나서기에도 한결 수월한 시기이기 때문이었다.

"오늘은 좀 제대로 된 자들이 걸리려나?"

무성하게 자란 참나무 그늘 아래서 어른 몸통만 한 굵기의 나무 기둥에 등을 기대고 앉아 있던 곽풍산이 손가락으로 코를 파며 중얼거렸다.

"그러게 말이야. 여름이 되고서는 통 오가는 사람이 없네."

대일이 곽풍산의 말을 받아 중얼거렸다.

"며칠 전에 산 아래 내려가서 들었는데, 무악산에 제법 커다란 산채가 생겼대. 그래서 사람들이 산을 넘어가기를 꺼려한다고 하던데?"

원무극이 말참견을 했다.

"무악산에?"

곽풍산이 원무극을 바라봤다.

"응."

"무악산이라면 대호산과 길이 이어지는 곳이잖아. 제길, 그러니 대호산에 오가는 사람이 없지. 도대체 어디서 온 놈들이지?"

대일이 인상을 찡그리며 중얼거렸다. 그때 한쪽에서 조용히 눈을 감고 있던 부루가 차분한 목소리로 입을 열었다.

"무악산에 산채를 꾸밀 정도면 보통 인물들이 아닐 거야."

"왜?"

원무극이 호기심을 드러내며 물었다.

"너희들도 알다시피 무악산은 보통 험한 산이 아니야. 낮에도 호랑이가 나다니는 산이지. 해서 비록 고려로 이어지는 지름길이 있다고 해도 상인들이 다니기를 꺼리는 산이지. 덕분에 무악산을 넘어가는 상인들은 대부분 표사를 낀 대상들이야. 무악산에 산채를 세웠다는 건 그런 큰 상인들을 상대로 통행세를 받아내겠다는 것인데, 그러려면 당연히 보통 실력으론 어림도 없는 일이지."

"그렇구나. 그럼 무림인들이 산채를 세운 걸까?"

"아마도 그럴 거야."

"제길, 어쨌든 우리에겐 좋은 소식이 아니네. 이제 대호산을 거쳐 무악산 길을 따라 이동하는 자들은 단단히 준비를 하고 올 테니 말이야."

대일이 투덜거렸다.

"그런 자들이라도 오기만 했으면 좋겠다. 우리가 장사에 성공한 게 벌써 보름 전이야. 쌀도 다 떨어져 가고… 이대로 가다가는 그 노괴에게 밥을 지어 바치기도 힘들 거야."

곽풍산이 여전히 나무에 기대앉은 채로 입을 열었다.

"하지만 표사가 낀 자들을 우리가 상대할 수 있을까?"

원무극이 걱정스런 표정으로 물었다.

"흐흐, 우리도 이젠 만만하지 않지. 무공을 익힌 지 두 달이 넘었잖아."

대일이 청룡도를 비껴들며 말했다.

"하지만 그래도 상단의 표사들은 오랫동안 무공을 수련한 사람들이잖아."

"후후, 물론 그렇지. 하지만 우린 자칭 천하제일인의 가르침을 받았단 말씀이야."

"그래도 난 걱정이 돼. 우리가 어느 정도 실력인 줄도 모르겠고."

원무극이 여전히 걱정스런 표정으로 말했다. 그러자 지금까지 조용히 침묵을 지키고 있던 송추월이 불현듯 입을 열었다.

"그야 시험을 해보면 알겠지."

"시험?"

"마침 좋은 상대가 오고 있는 것 같으니까."

송추월의 말에 어린 산적들이 일제히 고개를 돌렸다. 그러자 짙은 녹음이 우거진 산길 저편에 세 대의 마차에 짐을 가득 실은 장사치들이 모습을 드러냈다.

"장사를 시작할 시간이군."

곽풍산이 훌쩍 자리를 털며 일어났다.

장사치들은 모두 열 명쯤 됐다. 송추월과 그의 어린 동료 산적들은 숲의 그늘에 숨어 장사치들이 그들의 존재를 알아도 도망가지 못할 만큼 가까운 거리로 들어오기를 기다렸다. 원무극은 여전히 걱정스런 표정이었지만 송추월 등 나머지 사인의 산적은 자신감에 찬 모습들이었다. 마효가 전한 무공의 수련은 이 어린 산적들을 무척이나 대범하게 변화시켜 놓고 있었다. 그리고 그 자신감은 장시치들 중 검을 든 자가 다섯이나 있음을 알아챘을 때까지도 여전했다.

"형제들!"

언제나처럼 시작은 곽풍산이었다. 그의 도끼는 그의 나이, 실력에 상관없이 처음 그를 보는 사람을 주눅 들게 만드는 무기였기 때문이다.

곽풍산의 등장에 마차의 움직임이 멈췄다. 그리고 마차 앞을 검을 든 표사 다섯이 재빨리 막아섰다. 가벼운 발놀림으로 보아 검을 쓴 지가 제법 오래된 인물들이 분명했다.

'조금 어려울 수도 있겠어.'

송추월이 장사치들 사이에 섞여 있던 검객들의 움직임을 보고는 내심 걱정을 하며 곽풍산의 뒤쪽으로 다가섰다. 그러자 그를 따라 나머지 삼 인의 어린 산적도 마차가 갈 길을 막아섰다.

"아침은 자셨수?"

곽풍산의 입에서 여느 때와 같은 소리가 흘러나왔다. 대일이 제발 좀 위협적인 말로 바꾸기를 희망하는 장사치들에 대한 첫 번째 인사말. 그러나 도끼를 든 자가 하는 이 인사말은 대일의 생각과 달리 상대방에게는 무척 위협적인 말이었다. 왜냐하면 그 말을 하는 사람이 소년 같지 않은 거대한 체구의 곽풍산이었고, 그의 손에 들린 것이 날이 시퍼런 도끼이기 때문이었다.

"웬 놈들이냐?"

마차 앞을 막아선 다섯 명의 검객 중 수염이 제법 길어 턱 아래로 내려온 자가 차갑게 물었다. 나이는 대략 오십 정도.

"내가 먼저 묻지 않았소? 아침을 먹었냐고?"

곽풍산이 조금 위협적인 눈빛을 흘려내며 대꾸했다. 그러자 검객의 표정이 살짝 흔들리더니 가볍게 고개를 끄덕였다.

"당연히 요기를 하고 산에 올랐다."

"오호? 그렇소? 이 흉년에 조반까지 챙겨 먹고 다닐 정도면 형제들 사정이 제법 좋은가 보구려. 나와 내 친구들은 형편이 좋지 못해 아침 거르기를 해 뜨듯이 한다오. 그래서 말인데…
사해의 형제가 모두 동도라 했소. 형제들이 우리의 어려운 사
정을 조금 돌봐주심이 어떠하실지…….”

순간 검객의 눈빛이 차갑게 변했다.

“대호산에서 어수룩한 어린놈들이 산적질을 한다는 소문이
돌던데 네놈들이 바로 그놈들인 모양이구나.”

“오? 우리의 소문이 이미 강호에 퍼졌소?”

곽풍산이 기쁜 듯 물었다. 그러자 검객이 한줄기 비릿한 웃
음을 흘리며 말했다.

“우린 무악산을 넘을 것이다. 다시 말해, 무악산에 산채를
튼 자들을 상대할 사람들이란 말이다. 네놈들 같은 애송이 산
적들을 상대할 사람들이 아니니 물러가라. 아니면 따끔한 맛
을 보여주겠다.”

검객의 말에 곽풍산이 살짝 눈살을 찌푸렸다.

“이 양반이 도통 산속 돌아가는 사정을 모르는군. 무악산엔
무악산의 주인이 있고 대호산엔 대호산의 주인이 있는 법이
오. 우리가 바로 이 대호산의 주인이야. 대호산을 지나가려면
우리의 허락이 있어야 한다는 말이지.”

“혁가장의 소장주에게 대호산 대호채가 멸절된 것이 채 반
년이 되지 않았다. 보아하니 그때 살아난 어린놈들 같은데 어
른들이 죽어나가는 걸 보고 배운 것이 없더냐? 차라리 비럭질
을 할지언정 산적질이랑 그만두거라. 여기, 강냉이 가루라도
한 포 던져 주시오!”

검객이 마차 위에 올라 있는 상인들을 돌아보며 말했다. 그러자 상인 중 하나가 마차 위에서 자루 하나를 꺼내 마차 아래로 던졌다.

털썩!

상인이 던져 낸 자루가 검객과 곽풍산 사이에 떨어졌다.

"강냉이 가루다. 한 며칠 배고픔은 덜 수 있을 게다. 어린놈들이 배곯는 것이 불쌍해 적선하는 것이니 가지고 물러가거리. 이쯤깊은 산적질일랑 그만두고!"

검객이 훈계하듯 말했다. 그러자 곽풍산의 표정이 변했다. 느물거리던 그의 눈빛이 한순간 한기를 내뿜더니 한 걸음 앞으로 나서며 도끼를 들어 검객을 가리키며 말했다.

"너, 곱게 대호산을 지나갈 생각 말아라!"

순간 중년의 검객 눈에서도 한광이 흘러나왔다.

"이런 버릇없는 놈을 보았나. 아무리 산속에서 막돼먹은 짓을 하고 살아도 존장을 몰라보다니! 내 오늘 네놈들의 버릇을 단단히 고쳐 주마!"

창!

중년 검객의 말이 채 끝나기도 전에 검집에서 벗어난 검객의 검이 곽풍산을 가리키고 있었다. 발검의 움직임으로 볼 때 삼류무사의 솜씨는 절대 아니었다.

"좋아, 드디어 날을 잡았군. 그동안 그 노괴의 가르침이 진짜인지 거짓인지 궁금했는데 오늘 가부를 확인할 수 있겠어."

곽풍산이 어깨에 메고 있던 도끼를 앞으로 내밀며 중얼거렸다. 그런데 그때 갑자기 부루가 곽풍산의 앞을 가로막았다.

"내가 할게."

"뭐?"

곽풍산이 눈을 부라리며 부루를 노려봤다.

"내가 상대한다고!"

부루가 단호하게 말했다.

"야, 갑자기 왜 이래? 이런 일은 내 차진 거 알잖아?"

"오늘은 내가 할게."

"이게 정말 미쳤나? 야! 저 인간은 검을 들고 있어. 그런데 맨손으로 저자를 상대하겠다고?"

"그래."

"이 녀석, 똑똑한 줄 알았는데 이제 보니 바보 아냐? 부루, 정신 차려. 맨손으론 절대 도검을 상대할 수 없다고!"

"그건 두고 보면 알 거야."

"제길, 너 정말 후회 안 할 거지?"

"걱정 마!"

"좋아. 네 녀석이 팔다리가 잘려 나가야 정신을 차릴 모양이니 네 맘대로 해라."

곽풍산이 고개를 젓고는 훌쩍 뒤로 물러났다. 그러면서도 여전히 걱정이 되는지 송추월에게 다가서며 재빨리 물었다.

"괜찮을까?"

"저놈을 몰라?"

"무슨 말이야?"

"부루 저놈이 승산없는 싸움에 나설 놈이냐고."

"추월, 그럼 넌 부루 녀석이 저 검객을 상대할 수 있다고 보는 거냐?"

"그럴 자신이 있으니 나섰겠지."

"아무리 그래도 부루 녀석은 맨손이야."

"그 노괴가 말하길, 제대로 무공을 익히면 맨손으로도 도검을 상대할 수 있다고 했잖아."

"그건 그 노괴의 말일 뿐이고!"

"일단 지켜보자. 부루도 무슨 생각이 있겠지."

부루에 의해 뒤로 물러난 곽풍산보다 더 황당해하는 사람은 부루 앞에 서 있는 중년 검객이었다.

"지금 네가 날 상대하겠다는 거냐?"

중년 검객이 확인하듯 물었다.

"그렇소."

부루가 침착한 목소리로 대답했다. 그 신중하고 의연한 모습에 중년 사내의 낯빛이 살짝 변했다.

"이런 말이 있다, 검에는 눈이 없다는. 무슨 말인고 하니, 일단 싸움이 시작되면 내 검은 네 녀석이 어리거나 혹은 도검을 들지 않았다는 것을 신경 쓰지 않게 된다는 말이다. 네놈은 크게 상할 수가 있어!"

"그건 당신이 걱정할 일이 아니오. 당신은 당신 자신이나 걱정하시오."

부루가 냉정하게 말했다.

"이놈들, 하나같이 버릇이 없구나. 좋다, 네놈이 원한 일이니 팔다리가 잘라져 나가도 날 원망치 말거라."

중년 검객이 노한 기색이 역력한 모습으로 천천히 부루를 향해 다가왔다. 부루는 그런 검객을 보며 천천히 두 손을 들어 올렸다.

"어디서 권술을 주워 익힌 모양이구나."

부루의 자세가 그럴듯했는지 중년 검객이 다가서는 속도를 늦추며 말했다.

"당신의 어쭙잖은 검술보다는 나을 거요."

부루가 기세에서 밀리지 않겠다는 듯 검객의 말을 되받아쳤다. 그러자 검객의 볼이 한차례 씰룩이더니 한순간 허공으로 뛰어올랐다.

"버릇을 고쳐 주마!"

중년 검객이 사정없이 검을 휘둘렀다. 검객의 검이 번개처럼 가슴 어림까지 들어 올린 부루의 팔을 향해 떨어져 내렸다. 검의 움직임으로 보아 예상대로 제법 오랫동안 검을 수련한 자가 분명해 보였다.

"앗!"

뒤쪽에 물러나 있던 어린 산적들 중 원무극의 입에서 나직한 비명 소리가 흘러나왔다. 곧이라도 중년 검객이 휘두른 검에 부루의 팔이 잘라져 나갈 것 같아 보였기 때문이다. 그런데 막 중년 검객의 검이 부루의 왼팔을 잘라 버리려는 찰나 부루의 손이 기이하게 움직였다.

스슥!

부루의 손이 한순간 중년 검객의 검 앞에서 사라졌다. 더불어 부루의 신형 또한 중년 검객의 시야에서 흐릿해졌다.

"엇!"

중년 검객의 입에서 나직한 당혹성이 흘러나왔다. 순간 갑자기 부루의 손이 중년 검객이 검을 잡고 있는 팔 근처에서 불쑥 솟이 올렸다. 그리고는 가차없이 중년 검객의 팔목을 쳤다.

"팟!"

부루의 손놀림은 무척 빠르고 예리해서 한순간에 중년 검객의 손목에 접근했다. 그러나 중년 검객은 노련했다. 비록 예상외로 움직이는 부루에게 놀라기는 했으나 검을 든 손목을 내어줄 정도는 아니었다.

팟!

중년 검객의 발이 빠르게 바닥을 찼다. 그러자 중년 검객의 신형이 부루로부터 순식간에 멀어졌다. 당연히 부루의 손은 중년 검객의 팔목을 아슬아슬하게 비껴났다.

"제법이구나!"

부루의 공격에서 빠져나온 중년 검객이 감탄사를 흘려냈다. 그리고는 뒤로 물러나던 신형을 바로세우며 신중하게 검을 고쳐 들었다. 처음 어린 산적이라 가졌던 얕보는 마음은 이미 사라지고 없는 듯 보였다.

"누가 네놈들 뒤에 있는지 정말 궁금하구나. 수공은 대체로 익히기가 까다로운 법인데 어린 나이에 이 정도로 수련을 했다는 것은 네놈들 뒤에 제법 뛰어난 인물이 있다는 것이겠지?'

그러나 부루는 중년 검객의 물음에 답을 하지 않았다. 대신 다시 두 팔을 들어 올려 중년 검객을 상대할 준비를 하기 시작했다. 그리고 그런 부루의 얼굴에는 한결 자신감이 묻어나고 있었다. 한 번의 격돌에서 자신의 무공이 상대를 위협할 만하다는 것을 깨닫고 나자 마효에게서 전수받은 쇄금수에 대한 믿음이 새삼스레 생겨나기 시작했던 것이다.

"대단해!'

부루가 중년 검객을 상대하고 있는 모습을 보면서 원무극이 감탄사를 흘려냈다. 처음 맨손으로 검객을 상대해야 하는 부루를 걱정하던 마음은 이미 사라진 듯 보였다.

"부루 녀석만 재미를 보게 할 수는 없잖아?"

문득 곽풍산이 송추월을 보며 물었다.

"나서자는 얘기냐?"

"우리가 배운 무공을 시험해 볼 기회가 많지는 않잖아?"

그러자 송추월이 고개를 끄덕였다.

"그렇긴 하지."

"마침 상대도 다섯이고."

"그럼 한번 붙어볼까?"

"그러자고. 어차피 시간 끌 일도 아니고!"

"좋아, 모두 나가자!"

송추월의 입에서 다부진 목소리가 흘러나왔다. 그러자 곽풍산이 가장 먼저 신형을 날려 마차 앞에 서 있는 네 명의 검객 중 한 명을 향해 도끼를 휘두르며 달려들었다.

차차창!

조용하던 대호산에 일대 소란이 벌어졌다. 근처의 산짐승들이 도검 부딪치는 소리에 놀라 더 깊은 숲 속으로 달아났다.

장내에선 다섯 쌍의 싸움이 어지럽게 벌어지고 있었다. 대호산이 어린 신직들은 마효에게서 전수받은 무공으로 각기 한 명씩의 검객들을 맞아 싸우고 있었다.

검객들의 무공은 결코 낮지 않았다. 그들의 검 쓰는 법은 무척 노련해서 이제 갓 무공을 익힌 대호산의 어린 산적들은 싸움 초기에는 검객들을 상대하는 데 제법 어려움을 겪었다. 그러나 시간이 흐르고 어린 산적들이 차츰 도검을 든 싸움에 익숙해져 가자 어느새 싸움은 팽팽한 균형을 이루기 시작했다. 산적들 중 가장 나약해 보이는 원무극조차도 검객 중 한 명을 맞아 뒤로 밀리지 않는 싸움을 벌이고 있었다.

그중 가장 요란하게 사람들의 시선을 잡아끄는 것은 곽풍산의 싸움이었다. 커다란 도끼를 회초리처럼 휘두르는 곽풍산의 모습은 마치 지옥에서 뛰어나온 야차와도 같았다.

더군다나 곽풍산의 부법은 그저 산돼지나 잡던 예전의 부법이 아니었다. 곽풍산은 괴노인 마효로부터 전수받은 천뢰부법으로 한 명의 검객을 상대하고 있었는데, 곽풍산이 도끼를 한 차례씩 휘두를 때마다 그의 도끼에서는 정말 우렛소리가 흘러나왔다.

천생의 신력과 마효가 전수한 절기 천뢰부법이 만들어내는 묵직한 도끼질에 곽풍산을 상대하는 검객은 겨우겨우 곽풍산의 도끼를 피해내고 있었다.

"언제까지 도망만 갈 거요! 싸우기 싫으면 검을 던지고 항복하시우! 잘못하면 내 도끼가 당신의 머리를 박살 내버릴지도 모른단 말이우!"

곽풍산이 뒤로 물러나는 검객을 보며 능글맞은 목소리를 흘려냈다. 완전히 자신의 무공에 자신감을 얻은 모습이었다. 그러나 검객은 쉽사리 패배를 인정하지 않았다. 이제 겨우 십대 중반밖에 되지 않아 보이는 나이 어린 산적에게 패배를 인정하기란 그리 쉬운 일이 아니었다.

팟!

항복을 하는 대신 검객은 승기를 잡자 손에 조금 여유를 두는 곽풍산의 허점을 찾아 매섭게 검을 뻗어냈다.

"이크!"

곽풍산이 방심을 하다 검객의 검이 자신의 옆구리를 매섭게 파고들자 화들짝 놀라며 훌쩍 뒤로 물러났다.

삭!

순간 검객의 검이 날카롭게 곽풍산의 옷자락을 자르고 지나갔다.

"이자가?"

기습에 옷자락이 잘린 곽풍산의 얼굴이 붉게 상기됐다. 그리고는 놀란 마음을 추스르며 도끼를 두 손으로 부여잡았다.

"원한다면 끝장을 내주지!"

곽풍산의 차가운 목소리에 검객의 표정이 딱딱하게 굳어졌다. 그런 검객을 향해 곽풍산이 단번에 싸움을 끝낼 것 같은 표정으로 다가들었다.

그런데 싸움 중 가장 요란하게 사람들의 관심을 끈 것은 곽풍산의 싸움이었지만 가장 먼저 싸움을 끝낸 사람은 송추월이 있다.

송추월 역시 무혼검을 사용해 한 명의 검객을 상대하고 있었는데, 그를 상대하는 검객의 얼굴은 온통 당혹으로 물들어 있었다. 검객은 마치 눈을 감고 검을 휘두르는 사람처럼 마구잡이로 자신의 검을 휘둘러댔다. 그건 마치 처음 검을 잡아보는 삼류무사와 같은 모습이었는데, 어쩌면 그는 다섯 명의 검객 중 가장 무공이 낮은 사람일지도 몰랐다.

"그만 끝냅시다."

송추월의 입에서 다분히 지루함이 느껴지는 목소리가 흘러나왔다.

창!

동시에 날카로운 격돌음이 일어나더니 송추월의 검이 검객의 손에 든 검을 그의 손에서 멀리 쳐냈다. 그리고는 불쑥 검객의 목젖 앞에 검을 들이밀었다.

"움직이지 마쇼. 움직이면 목이 날아갈 거요."

송추월의 경고가 이어졌다. 그러나 검객은 송추월의 경고에는 관심이 없는 듯 여전히 당혹한 시선으로 송추월의 눈을 바라보고 있었다.

"내 얼굴에 뭐라도 묻었소?"

"도, 도대체 이게 무슨 검법이냐?"

검객의 입에서 의혹 어린 질문이 흘러나왔다.

"남의 무공은 왜 묻고 난리요? 살려달라고 빌기나 할 것이지."

송추월이 퉁명스럽게 대꾸했다.

"내 평생 이런 괴이한 검법은 본 적이 없다."

그러자 송추월이 고개를 갸웃했다.

"내 검이 그렇게 괴이하오?"

"물론이다. 난 이십여 년이 넘게 표사 생활을 하며 천하에 가보지 않은 곳이 없고 이름난 고수들을 두루 보았지만 너와 같이 괴이한 검을 쓰는 자는 본 적이 없다."

"내 검이 뭐가 그렇게 괴이하오?"

송추월이 검객에게서 검을 거둬들였다. 대신 마치 예전부터 알고 지내던 친구를 만나 무공에 대한 화담을 나누는 것처럼 턱을 괴고 검객 앞에 쭈그려 앉았다. 검객 역시 자신이 어린 산적에게 패해 목숨이 왔다 갔다 하는 상황이라는 것을 잊은 채 송추월의 질문에 진지하게 응대했다. 물론 그 와중에도 그들의 곁에서는 여전히 어린 산적들과 상행을 지키는 표사들 간에 치열한 접전이 벌어지고 있었다.

"난 삼류무사다. 강호의 경험이 적지 않으나 연이 닿지 않아 좋은 검법을 얻지 못했지. 내가 그나마 버티는 것은 오랫동안 표행을 하며 쌓은 경험 때문이다. 해서 내 일신에 지닌 무공은 약해도 강호의 무공에 대해선 그나마 눈이 좀 트여 있지. 그런데 네 검법은 강호의 일반적인 검법과는 전혀 다른 검로를 가지고 있다."

"글쎄, 어떤 점이 다르냐고 묻지 않소?"

송추월이 살짝 눈살을 찌푸렸다.

"본래 검법이란 초식과 초식의 이어짐을 무척 중요하게 생각한다. 그래서 검객들은 일 초의 초식이 지니는 위력을 배가시키기 위해 수련을 하면서도 또한 각 초식을 무리없이 이어지게 하는 수련을 계속하지. 고수일수록 그 초식의 이어짐이 물 흐르는 듯 자연스러워 한 번 공격을 시작하면 상대에게 반격의 기회를 주지 않는 법이다."

"그런데?"

"그런데 네 검은 도대체가 초식과 초식 간의 이어짐이라는 것이 존재하지 않는다. 마치 검법이라 이름 붙일 수 없을 정도로. 한 초식이 끝나면 그곳에서 다른 초식이 시작되어야 하는데 네 검법은 전혀 다른 곳, 다른 방향에서 새로운 초식이 시작된다. 이건 제대로 된 검법이 아닌 것이나 마찬가지다. 그저 저잣거리에서 중구난방으로 익힌 검법과 같은……."

"그런데 왜 내게 졌소?"

"그래서 네 검법이 괴이하다는 것이다. 도대체가 중간에 초식이 뚝뚝 끊어지는 검법임에도 불구하고 난 네 검을 막아내는 데 바빴다. 빈틈이 훤히 보이는데 그 빈틈을 공격할 기회를 찾지 못한 것이다. 이건… 정말 괴이해."

검객의 말이 꾸며낸 것이 아님을 송추월은 검객의 표정으로 알 수 있었다.

'정말 그렇게 괴이하단 말이지? 그 노괴가 말하길 무혼검의 주인이었던 궁파라는 자가 무척 대단한 고수였다더니 과연 이 무혼검이 심상치 않은 무공이구나.'

송추월이 내심 자신의 검법에 대한 검객의 평가에 만족해하고 있을 때 검객의 목소리가 다시 들려왔다.

"도대체 그 검법을 누구에게 배운 것이냐?"

"그건 알아서 뭣 하려오?"

"걱정이 돼서 그런다."

"걱정?"

"그렇다. 본래 네가 익힌 검처럼 상리에 어긋나는 무공들은 대체로 마공일 가능성이 많기 때문이다. 마공이란 사람의 심성을 사악하게 만들고 또한 익히는 자의 원기를 훼손하게 마련. 아직 어린 네가 익히기에는 좋은 검법이 아니다."

검객의 말에 송추월이 흠칫했다.

'제길, 이자의 말이 맞을 수도 있어. 그 노괴가 말하길 자신의 친구들은 그의 무공을 마공이라고 부른다고 했단 말이야. 으음.'

"누가 네게 그 무공을 가르쳐 주었느냐?"

검객이 재차 질문을 던졌다. 순간 송추월이 재빨리 표정을 바꿨다.

"이보쇼, 잘난 양반! 당신은 당신 목숨이나 걱정하쇼. 남이야 마공을 익히든 신공을 수련하든 말이오. 당신이 무슨 대단한 협객이라도 되는 줄 아시오?"

"난 단지 어린 네가 걱정되어서 하는 말이다."

"하! 이 양반이 표사 생활 수십 년에 아직도 앞뒤 분간을 못하네. 지금 누가 누굴 걱정한단 말이오? 걱정해야 할 건 바로 당신의 녹이라니까!"

송추월이 불쑥 검을 뺄어내 다시 검객의 목젖에 칼끝을 들이댔다. 그러자 검객이 흠칫하더니 이내 송추월의 얼굴에서 시선을 떨어뜨렸다.

"그래, 그래야지. 그 모습이 지금 당신에게 어울리는 모습이오. 에… 그리고 솔직히 산적질을 해 먹고사는 이 마당에 마공을 익히면 어떻고 정공을 익히면 어떻소? 어차피 산적질을 하는 건 변함이 없는데. 그런데 왜 이렇게들 오래 걸려?"

송추월이 짐짓 화를 내며 표사들과 싸움을 벌이고 있는 다른 산적들에게 고개를 돌렸다. 그때 마침 곽풍산의 도끼가 자신이 상대하던 검객의 검을 두 동강 내고 있었다.

깡!

곽풍산의 도끼는 그 부법의 이름대로 벽력처럼 떨어져 상대의 도끼를 박살 냈다. 그리고 연이어 중간이 부러진 검을 들고 서 있는 검객의 이마 위에 곽풍산의 도끼가 무게에 어울리지 않게 사뿐히 내려앉았다.

"박살 내주리까?"

검객의 이마 한 치 앞에서 도끼를 멈춘 곽풍산이 나직한 목소리로 물었다. 그러자 그를 상대했던 검객이 부러진 검을 땅위에 떨어뜨리고는 그 자리에 무릎을 꿇고 앉았다.

"마음대로 하거라!"

무릎을 꿇은 검객의 입에서 차가운 음성이 흘러나왔다.

"흐흐, 당연히 내 맘대로 할 거요. 에… 역시 추월 저 녀석이 싸움을 먼저 끝냈군. 항상 내가 한발 늦는단 말씀이야. 이보슈, 저쪽 당신 동료가 있는 곳으로 가쇼."

곽풍산이 도끼로 검객의 어깨를 툭 밀며 송추월에게 제압당한 표사가 있는 곳을 가리켰다. 그러자 검객이 순순히 신형을 일으켜 걸음을 옮겼다.

"추월, 역시 네 녀석이 가장 먼저 끝냈구나."

검객의 등 뒤에서 도끼를 들고 걸어온 곽풍산이 송추월을 보며 입을 열었다.

"뭐, 대단치 않더군."

송추월이 어깨를 으쓱하며 말했다.

"그것보다 노인네의 무공이 대단한 것 아닐까?"

곽풍산이 말한 노인네란 괴노 마효를 가리키는 것이었다.

"그럴지도 모르지. 아니, 확실히 대단한 것 같아. 들어보니 이들은 수십 년 표사 생활을 한 사람들이라는데."

"그래? 흐흐, 그럼 역시 우리가 제대로 기회를 잡은 셈이군.

후후후!'

곽풍산이 득의한 웃음을 흘렸다. 하지만 송추월의 표정은 그리 밝지 않았다. 아마도 그가 상대했던 검객이 한 말이 계속 마음에 걸리는 모양이었다.

"대충 끝나가는 것 같지?"

곽풍산이 나머지 산적들의 싸움을 보며 물었다.

"곧 끝나겠네."

송추월이 고개를 끄덕였다.

두 사람의 말대로 장내의 싸움은 완연히 어린 산적들 쪽으로 승패가 기울어지고 있었다.

타타탁!

처음 싸움을 시작했던 부루의 손이 연이어 다섯 번 상대의 가슴을 가격했다.

"커컥!"

그러자 부루가 상대하던 검객이 입에서 피를 흘리며 뒤로 물러났다. 그러자 부루가 기회를 놓치지 않고 다가들어 상대의 목덜미를 손으로 내려쳤다.

"큭!"

부루의 손에 목덜미를 가격당한 검객이 손에서 검을 놓치며 땅 위에 쓰러졌다.

"확실히 부루 저 녀석은 독한 면이 있어."

부루가 검객을 초주검으로 만드는 장면을 목격한 곽풍산이 혀를 차며 말했다.

"독한 녀석이지. 우리완 달라."

송추월이 맞장구를 쳤다. 그러는 사이 부루가 기절한 듯 쓰러져 있는 검객을 끌고 두 사람이 있는 곳으로 다가왔다. 그리고는 내팽개치듯이 축 늘어진 검객을 그의 동료들 옆에 떨어뜨렸다.

"죽은 거냐?"

곽풍산이 물었다.

"아니. 기절한 거야."

부루가 차분한 목소리로 대답했다. 방금 격전을 끝낸 사람답지 않은 침착함이었다.

"어땠어?"

"뭐가?"

"네 쇄금수 말이다."

"좋더군."

부루가 짧게 대답했다. 그러면서 송추월과 곽풍산에게 되물었다.

"너희들은 어때?"

"우리야 뭐… 흐흐, 노괴에게 사기당한 건 아닌 것 같아."

그러자 부루가 고개를 끄덕였다.

"맞아. 우린 제대로 기회를 잡은 것 같아."

부루의 눈에서 한줄기 열기가 나타났다 사라졌다. 그러는 사이 다시 장내에 비명 소리가 들려왔다.

"컥!"

비명 소리에 송추월 등이 고개를 돌려보니 원무극이 어느새 자신이 상대하던 검객의 허벅지에 검을 찔러 넣고 있었다. 허벅지에 일검을 당한 검객은 주춤거리며 뒤로 물러났고, 그런 검객을 향해 원무극의 검이 재차 닥쳐들더니 검객의 심장 앞에서 멈췄다.

"검을 내려놔요!"

조금 떨리는 듯한 원무극의 목소리가 송추월의 귀에 들려왔다. 원무극의 요구에 부상당한 검객이 자신의 검을 땅에 떨어뜨렸다.

"저리로 가요."

원무극이 턱으로 송추월 등이 모여 있는 곳을 가리켰다. 그러자 검객이 부상을 당한 허벅지를 부여잡고 비틀거리며 걸음을 옮기기 시작했다.

"수고했다."

원무극이 자신이 상대한 검객을 데리고 오자 곽풍산이 원무극의 어깨를 툭 치며 말했다.

"수고는 뭘… 모두 하는 일인데."

원무극이 머리를 긁적이며 대답했다.

"그래도 대단한데? 난 네놈은 심장이 약해 사람에게 검을 꽂아 넣지는 못할 거라고 생각했는데……."

"싸움은 끝내야 하니까."

원무극이 침울한 표정으로 말했다.

"녀석… 마음이 좋지 않은가 보구나. 쩝, 하지만 잘했다. 그나저나 대일 저 녀석은 뭘 하고 있는 거야?"

곽풍산이 말꼬리를 돌려 여전히 한 명의 검객과 싸움을 벌이고 있는 대일을 보며 화를 냈다.

"저거… 장난하는 거 아냐?"

송추월 역시 눈살을 찌푸리며 중얼거렸다. 그러자 부루가 고개를 끄덕였다.

"그런 것 같군. 싸움에 재미를 붙인 것 같아."

"망할 녀석, 지금 놀고 있을 때야?"

원무극이 투덜거렸다. 그러자 곽풍산이 천둥 같은 목소리로 소리쳤다.

"대일! 얼른 끝내! 아니면 우리끼리 돌아간다!"

"아아, 알았어! 잠깐만 기다려!"

곽풍산의 호통에 산적 대일이 다급한 목소리로 대답했다. 그리고는 청룡도를 풍차처럼 돌리며 상대를 압박하기 시작했다. 일단 대일이 본격적으로 도를 쓰기 시작하자 그를 상대하던 검객이 당황한 듯 난잡하게 검을 휘두르며 뒤로 물러나다가 한순간 땅 위에 솟아 있던 돌부리에 걸려 뒤로 넘어졌다.

"나 참, 무슨 검객이 돌부리에 걸려 넘어지우?"

대일이 뒤로 넘어진 채 버둥거리는 검객의 면전에 청룡도를 들이밀며 빈정거렸다.

"살려주게."

아마도 대일이 상대한 검객은 무척 겁이 많은 사람인 모양이었다. 그의 얼굴은 어느새 흙빛으로 변해 있었다.

"걱정 마쇼. 난 산적이지, 살귀는 아니니까. 산적은 그저 통행세만 받으면 되오. 저기 당신 동료들에게로 가시오."

대일이 청룡도를 검객의 얼굴에서 치우며 말했다. 그러자 검객이 번개처럼 일어나 자신의 동료들이 모여 있는 곳으로 달려갔다.

"히히, 내가 제일 늦은 건가?"

대일이 실금실금 실없는 웃음을 흘리며 물었다. 얼굴에는 만족한 느낌이 가득했다.

"장사하는데 장난치고 있냐?"

곽풍산이 핀잔을 줬다.

"아, 미안해. 그런데 말이야, 검객이라는 자가 내 도법에 힘을 쓰지 못하니 재미가 있어서 말이야. 신기하기도 하고. 히히히!"

대일이 연신 웃음을 흘렸다.

"그만 웃어라. 허파에 바람 빠지겠다. 그나저나 일을 끝냈으니 계산을 해야지?"

곽풍산이 세 대의 마차에 나누어 올라 있는 장사치들을 보며 중얼거렸다. 장사치들은 믿었던 검객들이 나이 어린 산적들에게 힘 한번 써보지 못하고 무릎을 꿇자 잔뜩 긴장한 표정으로 산적들을 바라보고 있었다.

"얼마나 받을까?"

곽풍산이 송추월 등을 보며 물었다.

"네가 알아서 해."

송추월이 관심없다는 듯 말했다. 그러자 부루가 정색을 하며 말했다.

"적당히 해. 완전히 털면 소문이 퍼질 거고, 소문이 나면 또다시 토벌대가 올 수 있어."

"까짓 토벌대, 올 테면 오라지. 이젠 우리도 고수야!"

대일이 호기로운 목소리로 말했다.

"멍청한 소리 하지 마. 오늘 우리가 상대한 사람들은 그저 작은 장사치들을 따라다니는 표사들일 뿐이야. 지난번 혁가장의 고수들은 차원이 다른 고수들이라고. 그놈들이 다시 오면 우린 목을 보존하기 힘들 거야."

부루가 대일에게 핀잔을 줬다.

"흥, 그건 모르는 일이지. 길고 짧은 건 대봐야 안다고!"

다른 때라면 부루의 말에 순순히 수긍했을 대일이 이제는 자신의 무공에 자신이 생겼는지 쉽게 꼬리를 내리지 않았다.

"아아, 쓸데없는 소리들 말아. 전대 채주의 말처럼 산적질에도 도가 있는 법. 적당히 받아내고 그만둘 테니까. 보자… 당신!"

곽풍산이 마차에 올라 있는 장사치들을 주욱 둘러보더니 그 중 가장 나이가 많아 보이는 오십대 중반의 장사치를 도끼로 가리켰다.

"나… 나 말인가?"

곽풍산이 지목한 초로의 장사치가 떨리는 음성으로 대답했다.

"맞아요. 영감님. 이리 좀 내려오세요."

곽풍산이 잔뜩 거드름을 피우며 말했다. 그러자 초로의 상인이 얼른 마차에서 뛰어내려 곽풍산 앞으로 다가왔다.

"에… 본래는 간단히 끝낼 일을 그쪽이 고집을 부려 일이 어렵게 된 건 동의하죠?"

곽풍산이 은근한 어조로 물었다. 비록 산적질을 하고 있지만 상대가 오십이 넘은 사람이라 말끝에 제법 존대를 붙여하는 곽풍산이었다.

"아, 알고 있네. 미안하게 됐네. 대호산에 소년 호걸들이 나타났다는 소문을 듣고도 우리가 어리석어 미처 자네들을 몰라봤네. 미안하이."

"아, 뭐, 그럴 수도 있지요. 하지만 덕분에 통행세가 조금 올라갔어요. 이해하지요?"

"무, 물론이네. 하지만 우리도 그리 넉넉하지 않으니 사정을 좀 봐주시게."

"뭘 팝니까?"

곽풍산이 마차에 실린 짐을 보며 물었다.

"뭐 이것저것. 곡식도 좀 있고……."

"오! 그래요? 백미가 있습니까?"

"조금, 아주 조금 있네."

"좋아요. 그럼 은자 백 냥에 쌀 두 가마니!"

"배, 백 냥씩이나?"

"아니면 목을 놓고 가도 좋고요."

"아, 아닐세. 그리함세. 여보게들, 얼른 백미 두 가마니 내게. 그리고……."

초로의 상인이 얼른 품속을 뒤지더니 전낭 두 개를 꺼내 곽풍산에게 건넸다.

"여기 백 냥일세."

"음, 이렇게 쉽게 거래에 응해주니 고맙습니다. 자, 이제 그만들 가보세요."

곽풍산의 말에 초로의 상인 얼른 마차에 올랐다. 그사이 다른 상인들이 어느새 마차에서 쌀 두가마니를 내려놓고 있었다.

"이 사람들도 데려가야지요?"

서둘러 마차에 오르는 상인을 보며 곽풍산이 다섯 명의 검객을 가리켰다.

"어서들 마차에 오르시오. 그 몸으로 제대로 걷지도 못할 테니!"

상인이 불만스런 표정으로 검객들을 보며 말했다. 아마도 어린 산적들에게 당한 표사들이 영 못마땅한 모양이다. 그러거나 말거나 다섯 명의 검객이 서둘러 마차에 올랐다.

검객들이 마차에 오르자 상인들이 서둘러 말을 몰아 산길을 내려가기 시작했다. 어린 산적들은 마차가 사라질 때까지 그 자리에 서서 멀어지는 상인들을 응시하고 있었다. 그러다 급기야 마차가 완전히 사라지자 대일의 입에서 환호성이 터져 나왔다.

"으하핫! 성공이군! 오늘에서야 우리가 제대로 된 장사를 했어. 은자 백 냥에 백미 두 가마니라……. 이거 제법 두둑한데!"

대일이 훌쩍 신형을 날려 두 개의 쌀가마니에 올라섰다.

"이젠 정말 제대로 된 산채를 꾸릴 수도 있겠군."

곽풍산도 득의한 표정으로 중얼거렸다.

"산적질은 먹고살 정도만 하면 돼. 때가 되면 산을 내려가 제대로 살아봐야지."

부루가 정색을 한 표정으로 말했다.

"산채를 꾸려 살아가는 것도 괜찮지 않을까?"

곽풍산이 고개를 갸웃하며 물었다. 그러자 부루가 차게 대답했다.

"그렇게 살고 싶으면 넌 산적으로 살아. 난 때가 되면 떠날 거니까. 가자!"

부루가 더 이상 곽풍산의 대답을 듣지 않고 걸음을 옮기기 시작했다.

"제길, 까칠하기는."

"저 녀석 성격 처음 알았냐? 가자. 쌀가마니는 너희 둘이 들고 와라!"

송추월이 곽풍산과 대일을 번갈아 바라보며 말하고는 재빨리 자리를 떴다. 그러자 곽풍산이 투덜거리며 중얼거렸다.

"젠장, 왜 언제나 우리 둘만 무거운 짐을 맡는 거야?"

"그야 너희 둘이 우리 중 제일 힘이 좋으니까 그렇지. 먼저 간다."

원무극이 가벼운 웃음을 날리고는 날다람쥐처럼 송추월의 뒤를 따라갔다.

第七章
마효의 덫

화마경

마효가 대호산의 어린 산적들을 부리며 화동에 거처를 정한 지 육 개월. 어린 산적들의 산채에는 식량이 쌓이기 시작했고, 그들의 은밀한 금고에는 은자가 수북이 고였다.

마효에게서 무공을 전수받은 이후 대호산 어린 산적들의 장사는 무척 수월하게 이루어지고 있었다. 대호산과 인근한 무악산에 커다란 산채가 생겨 대호산과 무악산으로 이어지는 산길을 통해 이동하는 상인들의 숫자는 크게 줄어들었지만, 대신 산을 넘는 장사치들 대부분이 제법 규모가 큰 상단들이었으므로 일단 장사에 성공하면 대호채의 어린 산적들에게는 두둑한 이문이 남았다.

물론 규모가 큰 상단일수록 상단을 호위하는 표사들 또한 뛰어나게 마련이었지만 마효로부터 전수받은 무공은 시간이 갈수록 대호산 어린 산적들의 능력을 출중하게 만들었다. 어린 산적들이 마효의 무공을 익히고 장사에 나선 이후 어느 상단의 표사들도 그들의 적수가 되지 못했다. 그러니 곳간에 식량과 재물이 쌓여가는 것은 당연한 일이었다.

식량과 재물이 쌓여가자 당연히 어린 산적들의 산행 횟수는 점점 줄어들기 시작했다. 물론 재물에 대한 욕심이 없는 것은 아니었지만, 어린 산적들은 시간이 흐를수록 재물보다는 자신들이 마효에게 전수받은 무공에 빠져들었다.

산적들은 산행을 나가는 날이 아니면 언제나 아침 일찍부터 밤늦게까지 무공을 수련했다. 물론 그들이 하루에 한 번 화동을 찾아 마효를 만나는 일은 변함이 없었다. 마효는 괴팍하기는 하지만 뛰어난 스승이어서 어린 산적들은 그를 만나고 나올 때마다 무공의 새로운 경지를 깨닫곤 했다.

그렇게 산적들이 서서히 무공의 세계에 빠져들기를 육 개월. 대호산은 어느새 여름이 저 멀리 물러나고 가을 한가운데 들어와 있었다. 화동 주변의 날카로운 절벽들 중간중간, 기이하게 자란 단풍나무들이 고운 색으로 물들었고 아침저녁으로는 서늘한 바람이 화동의 입구를 드나들었다.

마효는 화동 입구에 서서 천하를 물들이는 적색 단풍의 물결을 바라보고 있었다. 그의 얼굴은 처음 그가 대호산을 찾았을 때와는 많이 달라져 있었다. 가끔 대호산의 어린 산적들이

자기들끼리 이야기하는 것처럼 마효는 대호산에 든 지 육 개
월 만에 십 년은 더 젊어진 듯싶었다.

그의 얼굴에선 한동안 남아 있던 녹색 기운이 완전히 사라
졌고, 구부정하고 노쇠해 보이던 그의 신형 역시 반듯하게 펴
져 있었다. 더군다나 어린 산적들의 극진한 봉양 덕분인지 깡
말랐던 그의 몸은 제법 살이 붙어 마치 부유한 향촌의 노인 모
습을 연상시키고 있었다.

"떠날 때가 됐나?"

산 아래 단풍을 바라보고 있던 마효의 입에서 나직한 목소
리가 흘러나왔다. 그런 그의 얼굴에 잠시 고민의 흔적이 깃들
었다.

"어쩐다……."

다시금 마효의 입에서 고민 어린 목소리가 흘러나왔다.
잠시 선 자세로 깊은 생각에 잠겨 있던 마효가 천천히 신형
을 돌려 동굴 안쪽으로 걸어 들어갔다. 그리고는 항상 그가
앉아 있는 바위 위에 엉덩이를 붙이고 앉아 한 손으로 턱을
괬다. 마효는 그 자세 그대로 대략 일각 정도를 침묵 속에 앉
아 있었다. 그러다가 문득 턱을 괸 팔을 풀며 고개를 끄덕였
다.

"한번 모험을 해보는 것도 나쁘지는 않겠지. 녀석들의 재질
이 예상외로 뛰어나니 운이 좋다면 신경(神經)을 놓고 한판 승
부를 벌일 수 있을 거야. 물론 녀석들이 그 악귀 같은 네 놈 제
자를 감당할 가능성은 채 이 할이 되지 않을 테지만."

마효가 혼잣말로 중얼거리다가 문득 다시 고개를 저었다.

"아니야. 녀석들은 결코 그 네 놈을 넘어설 수 없을 거야. 그 녀석들은 이미 내 경지에 육박하고 있다. 하나는 몰라도 둘이면 나도 힘들지. 그런 녀석들을 이 어린놈들이 상대하는 것은 불가능해. 그냥 산적질이나 해먹고 살라고 놔두는 게 좋지 않을까?"

마효가 고개를 들어 동굴의 천장에 시선을 뒀다. 그리고는 거북이처럼 눈만 껌벅껌벅하다가 이내 음산한 눈빛을 흘려내며 중얼거렸다.

"흐흐, 쓸데없는 걱정을 하고 있군. 녀석들이 죽고 사는 거야 오직 녀석들의 팔자에 달린 일이다. 이 마효가 걱정할 일이 아니란 말이지. 내가 언제부터 다른 놈들 걱정을 하고 살았던가. 더군다나 녀석들의 재질은 포기하기엔 너무 아까워. 좋아, 녀석들에게도 기회를 준다!"

마효가 자리에서 벌떡 일어났다. 그리고는 서둘러 동굴 안쪽으로 사라졌다.

"웬일로 오늘은 모두 함께 오라고 했지?"

가벼운 움직임으로 넝쿨을 타고 내려와 화동으로 들어서며 곽풍산이 나직한 말로 중얼거렸다.

"엊그제 요즘 밥맛이 이상하다고 타박했는데 혹시 그래서 그러나? 노괴가 성질을 부리지 않아 살 만했는데……."

대일이 걱정스런 표정으로 투덜거렸다.

"요즘 우리가 조금 소홀하긴 했어."

원무극이 시무룩한 표정으로 말했다.

"그야 모두 바빠서 그렇지. 아침부터 밤까지 모두 무공 수련에 빠져 있는데……."

대일이 변명하듯 말했다.

"그거야 우리 사정이고 노괴가 어디 그런 사정을 알아주냐?"

"에이, 성질부리면 잠시 참지, 뭐. 한두 번인가."

"시끄럽게 굴지 말고 얼른 자리 잡고 앉아!"

송추월이 뒤를 돌아보며 말했다. 송추월과 부루는 어느새 동굴 안쪽에 무릎을 꿇고 앉아 있었다. 송추월의 말에 곽풍산 등도 다소곳이 무릎을 꿇고 앉아 마효가 나오기를 기다렸다.

소년 산적들이 동굴에 들어 마효를 기다리기를 일각여. 문득 동굴 안쪽에서 사람의 그림자가 어른거리더니 이내 마효가 모습을 드러냈다. 그런데 마효가 모습을 드러내는 순간 소년 산적들의 눈이 화등잔처럼 커졌다.

불처럼 타오르는 붉은 기운이 온통 마효의 전신을 휘감고 있었다. 마효는 그 기운 속에서도 평상시와 마찬가지로 평정한 상태를 유지하고 있었다. 붉은 화염 속에 휘감긴 마효의 모습은 마치 화염의 신처럼 보였다.

잠시 후 소년 산적들은 마효의 전신을 감싼 적색 기운의 원인을 알아챘다. 신령스럽기까지 한 붉은 기운은 마효의 손에서 시작되고 있었다.

마효의 손에는 다섯 개의 붉은 구슬이 들려 있었다. 피처럼 붉은 구슬은 끊임없이 영롱한 적색 기운을 흘려내고 있었는데, 마효가 평소 자신이 앉던 바위에 엉덩이를 붙이고 앉자 장내는 온통 마효의 손에 있는 구슬에서 흘러나오는 붉은 기운으로 가득 찼다.

"모두 왔느냐?"

붉은 기운 속에서 마효가 천신 같은 모습으로 입을 열었다. 언제나 보아오던 모습이지만 오늘만큼은 완전히 다른 사람을 보는 것과 같은 느낌에 빠져 있던 소년 산적들이 자신들도 모르게 일제히 머리를 조아리며 대답했다.

"예, 어르신!"

"좋아. 에… 내가 이 화동에 온 지 얼마나 되었는지 아느냐?"

"한 여섯 달쯤……."

송추월이 얼른 대답했다.

"그래, 그쯤 되었지. 그동안 내 시중을 들어주느라 힘들었지?"

마효가 은근한 목소리로 물었다. 그러자 부루가 얼른 고개를 저었다.

"아닙니다. 덕분에 저흰 어르신께 무공을 배우지 않았습니까? 평생 산적으로 살다가 토벌대의 칼에 죽어나갈 팔자였는데 어르신 덕분에 무공을 익혀 사람구실을 하게 되었으니 오히려 어르신의 은혜가 백골난망이옵니다."

"흐흐흐, 놈, 먹물 좀 먹었다고 말 참 곱게 하는구나. 어쨌든 네놈들이 잘 도와준 덕에 나 또한 이곳에서 제법 좋은 시간을 가질 수 있었다. 그래서 말인데… 이제 네놈들의 몸에 걸어놓았던 제약을 풀어주겠다."

"정말이십니까?"

곽풍산이 반색을 하며 물었다.

"요 망할 녀석아, 내가 성질은 고약해도 허언을 하지는 않는다. 에… 그런데 내가 제약해 놓은 네놈들의 혈맥을 푸는 데는 두 가지 방법이 있다. 하나는 그냥 내 손으로 풀어주는 것, 다른 하나는 이 화정(火精)을 복용하는 것이다."

마효가 손에 들고 있는 피처럼 붉은 구슬 다섯 개를 들어 보였다.

"그… 그 돌멩이를 먹으라고요?"

원무극이 겁에 질린 목소리로 되물었다.

"이 멍청한 자식아! 이건 돌멩이가 아니라 화정이야."

마효가 원무극을 향해 소리를 쳤다. 그러자 원무극이 흠칫 어깨를 움츠렸다. 하지만 여전히 두려움이 가시지 않은 목소리로 물었다.

"화정이 뭡니까?"

"에이, 무식한 놈들! 네놈은 화정이 뭔지 아느냐?"

마효가 부루를 보며 물었다. 개중 부루가 가장 머리에 든 게 많기 때문이었다. 그러나 부루 또한 이번만큼은 마효의 기대를 충족시키지 못했다.

"모르겠습니다."

"몰라? 하긴 화정(火精)은 민가에서 알기 쉬운 물건이 아니지. 에… 잘들 들어라. 이 화정이란 놈은 말이야, 이 화동처럼 극양의 기운이 모이는 곳에서 수백, 수천 년 동안 화기의 정기가 모여서 만들어진 물건이다. 한마디로 말하면 불덩어리란 말이지."

"불덩어리요?"

대일이 놀란 얼굴로 물었다.

"그렇다."

"그런데 그걸 먹으라고요?"

"오냐."

"우리 모두를 태워 죽일 생각이십니까?"

대일이 항의하듯 소리쳤다.

"이런 망할 녀석. 네놈들 혈맥을 풀라고 먹으라는 거지, 죽으라고 먹으라는 거냐?"

"하지만 그건 수천 년 동안 극양지기가 모여 만들어진 불덩어리라지 않았습니까? 먹으면 저희들 내장이 모두 타버리고 말 겁니다."

"이 멍청한 녀석아, 그럼 내 손은 왜 멀쩡하냐?"

마효의 호통에 대일이 그제야 깨달은 듯 의아한 표정을 지었다.

"어? 정말 어르신의 손은 어째서 멀쩡한 거죠? 혹 어르신의 공력이 신선의 경지에 다다라 그런 것입니까?"

"흠, 물론 나 마효의 공력이 신마의 경지에 올라 있는 것은 맞다. 하지만 내 손이 이 화정(火精)을 들고도 멀쩡한 것은 내 공력 때문이 아니다."

"하면……."

"본래 모든 기운은 극에 다다르면 순해지게 마련이다. 무공도 그래. 종극에 이른 공력의 대가는 오히려 공력을 지니지 않은 사람처럼 평범해 보이지. 이 화정은 네놈들 생각처럼 뜨겁지 않다. 왜냐하면 이 화정에 깃든 극양지기가 극에 이르러 아예 그 열기를 태워 버렸기 때문이다. 다시 말해 열기는 사라지고 오직 그 기운만이 남아 있는 격이지."

"무슨 말씀이신지……."

"젠장, 이해 못하면 그냥 그런 것이 있다 이렇게 생각해. 어쨌든 이 화정의 열기는 네놈들이 견디지 못할 것은 아니다. 하지만 이 화정에 깃든 기운은 그야말로 산처럼 무겁고 바다처럼 넓어서 일단 복용하면 그 기운을 네놈들 것으로 만드는 데 수십 년의 세월이 필요할 것이다. 또한 이 화정의 기운을 온전히 네놈들 것으로 만든다면 너희들은 가히 절대지경의 공력을 얻게 될 거야. 아마 무림에 이 화정의 존재가 알려지면 수천의 고수들이 목숨을 걸고 달려들걸?"

"그럼 무척 귀한 것이군요?"

곽풍산이 물었다.

"당연하지. 천하에서 이 화정만큼 귀한 물건은 거의 없다."

"그런데 그 귀한 것을 어찌 저희같이 미천한 놈들에게……?"

"뭐, 다른 사람에겐 모르지만 나에겐 네놈들 말처럼 그저 돌 덩이에 지나지 않는 물건이니까. 또한 내가 일일이 네놈들 몸에 손을 대야 하는 수고를 덜어줄 수도 있고… 막힌 혈맥을 푸는 것은 제압할 때보다 두 배는 더 신경을 써야 하거든. 어떠냐? 먹겠느냐?"

마효가 마치 먹이를 들고 짐승을 유혹하듯 물었다.

"부작용은 없습니까?"

부루가 경계 어린 시선으로 물었다.

"부작용이라……. 물론 아주 없다고는 할 수 없지."

"어떤……?"

"일단 이 화정(火精)을 복용하면 한 사나흘은 꼼짝없이 앉아서 운기를 해야 한다는 거지. 아, 물론 운기를 하는 데 좋은 점도 있어. 그동안 네놈들은 화수유천을 수련하면서 항상 거꾸로 물구나무를 섰는데 이 화정을 복용하면 그럴 필요가 없다. 애초에 물구나무를 선 것은 역혈의 힘을 이용해 체내의 양기를 들쑤시기 위함이었는데, 이 화정(火精)의 화기는 그야말로 엄청나니까 굳이 거꾸로 설 필요가 없다는 거지."

"그건 정말 좋은데요?"

대일이 반색을 하며 말했다.

"두 번째 부작용은… 음, 이건 뭐 부작용이라고 말할 수는 없는데… 네놈들은 아주 자주 목욕을 해야 할 거야."

"왜요?"

"화정의 열기가 네놈들 몸속에 쌓인 노폐물을 끊임없이 몸

밖으로 몰아낼 것이거든. 그러면 당연히 몸에서 냄새가 좀 많이 나게 되지. 물론 나중에는 노폐물이 적어져 냄새가 나지 않겠지만, 어쨌든 당분간은 그럴 거야. 하지만 이 정도 부작용은 기실 네놈들이 이 화정을 통해 얻게 되는 이득에 비하면 무시해도 좋을 정도지. 아니냐?"

마효의 물음에 다섯 산적이 얼른 고개를 끄덕였다.

"자, 그러니 이제 이 화정들을 하나씩 복용하거라."

마효가 다시 화정을 든 손을 앞으로 내밀었다.

"정말 특별한 위험은 없는 거죠?"

원무극이 조심스레 물었다. 마효의 설명에도 불구하고 여전히 붉은 기운을 끊임없이 흘려내는 화정에 대한 두려움이 쉽게 사라지지 않는 모양이었다.

"이 겁쟁이 녀석아, 설마 내가 네놈들을 죽이겠냐? 무슨 이득을 보려고? 그동안 네 녀석들이 날 봉양하느라 고생한 것을 기특하게 생각해 내가 네놈들에게 기연을 내리는 것이니 잔소리들 말고 처먹어!"

마효의 호통은 즉시 효과를 발휘했다.

"에이, 설마 죽기야 하려고!"

곽풍산이 훌쩍 자리에서 일어나더니 마효에게로 다가가 화정 한 알을 집어 들었다.

"그렇게 뜨겁지 않은데?"

화정을 집어 든 곽풍산이 어린 산적들을 돌아보며 말하자 송추월 등 다른 산적도 한 명씩 마효에게서 화정을 받아 들었다.

"마치 갓 낳은 달걀같이 따스해."

화정을 손에 든 원무극이 화정에 대한 두려움이 사라지는지 미소를 지으며 말했다.

"자, 이제 모두 가부좌를 틀고 앉아라!"

마효가 짐짓 근엄한 목소리로 말했다. 그러자 다섯 명의 어린 산적이 일제히 자리를 잡고 가부좌를 틀고 앉았다. 각자의 손에는 하나씩의 화정이 영롱한 붉은 기운을 흘려내고 있었다.

"이제 모두 화정을 한입에 삼켜라. 화정이 목을 통해 뱃속으로 들어가면 그때부터 화수유천의 심결에 따라 운기를 시작해라. 자, 모두 먹어!"

마효의 재촉이 있자 어린 산적들이 조금 망설이는 기색을 보이다 누가 먼저랄 것 없이 한순간에 화정을 입에 넣고 침과 함께 꿀꺽 목 안으로 삼켰다.

"운기해!"

마효의 목소리가 다섯 산적의 귀를 때렸다. 그러자 이물질이 통째로 목구멍을 넘어가는 불쾌감에 얼굴을 찡그리고 있던 어린 산적들이 퍼뜩 정신을 차리고 마효에게 전수받은 화수유천의 심결에 따라 운기를 시작했다.

어린 산적들이 마효의 지시에 따라 운기를 시작하자 그들의 얼굴이 금세 선홍색을 띠며 붉어지기 시작했다. 그리고 잠시 후 붉은 기운은 그들의 얼굴을 지나 목으로, 그리고 다시 몸통을 지나 손발까지 이어졌다.

"으으!"

한순간 어린 산적들의 입에서 나직한 신음성이 흘러나왔다. 또한 그들의 얼굴이 고통으로 일그러지기 시작했다. 그러자 마효가 음산한 미소를 지으며 입을 열었다.

"흐흐흐, 요놈들! 잘 들어라. 네놈들은 지금부터 제법 고생을 하게 될 것이다. 사실대로 말하자면 네놈들이 먹은 화정의 기운이 네 녀석들 몸속으로 퍼져 갈 때 뼈가 타는 듯한 고통을 느끼게 된다. 그 고통에서 벗어나는 길은 오직 하나, 화수유천의 심결에 따라 끊임없이 운기하는 것이다. 물론 그렇게 해도 처음에는 무척 괴로울 거야."

"으으으!"

마효의 말을 듣고는 있는지 어린 산적들의 얼굴은 달궈진 쇠처럼 붉게 달아올라 있었고, 입에서는 연신 고통을 참는 신음 소리가 이어졌다.

"입 벌리지 마라. 입을 벌리면 운기가 어려워지고 운기가 중지되면 네놈들의 내장은 시커멓게 타버릴 게다. 이후의 일이야 뻔한 거고. 늙은 나보다 먼저 저승에 갈 놈은 물론 입을 벌려도 돼."

마효의 말에 어린 산적들은 이를 악물고 고통을 참아냈다.

"좋아. 에… 고통은 영원하지 않아. 언젠가는 끝나게 돼 있다. 그러니 견뎌라. 견디지 못하면 죽는 건데, 그것도 고통을 피하는 한 방법이니 뭐 말릴 생각은 없다만, 그래도 이 고통을 참으면 네놈들은 강호 일류고수가 될 것이니 나 같으면 죽을 힘으로 참겠다."

마효가 다섯 산적을 주욱 들러보며 말했다. 다섯 산적은 마효의 말대로 죽을힘으로 고통을 참고 있었다. 죽음이 두려워서인지 아니면 고통 끝에 다가올 달콤한 열매에 대한 욕망 때문인지는 모르지만.

"에… 그리고 한 가지 더 해줄 말이 있다. 네놈들이 운기를 마치는 시간은 스스로 알게 될 것이다. 빠른 놈은 삼 일, 늦는 놈은 열흘이 걸릴 수도 있지. 어느 순간 네놈들은 그 뜨거운 고통에서 해방될 것이다. 그때가 바로 네놈들이 운기를 마칠 때다. 하지만!"

마효가 훌쩍 자리에서 일어났다. 그리고는 천천히 동굴 입구 쪽으로 걸어갔다. 물론 그의 입에선 계속 어린 산적들에게 전하는 당부가 이어지고 있었다.

"하지만 말이야, 비록 고통이 끝나 운기를 끝냈다 해도 매일매일 시간이 날 때마다 화수유천의 심결에 따라 운기를 하도록 해라. 일각이라도 운기를 더한 놈이 더 많은 공력을 얻게 될 테니까. 무공이란 말이야, 결국에 가서는 공력이 모든 걸 좌우하거든. 그리고 이건 아주 중요한 문젠데… 모두 고통스러워도 잘 듣도록 해."

동굴 입구에 다가선 마효가 신형을 돌려 여전히 고통 속에 운기를 하고 있는 다섯 산적에게 한 명 한 명 시선을 주었다.

"내가 미처 네놈들에게 말하지 않은 것이 있다. 사실 네놈들이 비록 화정의 힘을 이용해 내가 막아놓은 혈맥을 푼다 해도 한 가지 문제가 남는다. 그것이 뭐고 하니… 막힌 혈맥은 풀 수 있으되 네놈들 혈맥에 내가 남겨놓은 나만의 독특한 기운, 난 그걸 신기(神氣)라고 말한다만… 물론 빌어먹을 친구 놈들은 그걸 절대마기라고 부르지."

마효가 한 손으로 동굴 입구 쪽으로 내려온 넝쿨 하나를 잡았다.

"그 신기는 결코 화정의 효능으로 풀 수 없다. 물론 당분간은 화정의 힘이 그 신기를 누를 수 있겠지. 하지만 네놈들의 공력이 높아질수록 신기 또한 커질 것이다. 그리고는 급기야 언젠가는 그 기운이 네놈들을 집어삼킬 것이다. 그리되면 잘해야 바보가 되는 것이고 십중팔구는 목숨을 잃을 것이다. 그렇다고 화수유천을 수련하지 않아 그 기운을 키우지 않으면 오래 살 수 있느냐 하면 그것도 아니다. 크크크!"

마효는 뭐가 즐거운지 한 손으로 넝쿨을 잡은 채 키득거렸다.

"에… 화수유천을 수련하지 않으면 그 기운이 다시 네놈들의 혈맥을 막을 거야. 결과야 네놈들도 알다시피 죽음뿐이고. 그러니 네놈들은 죽으나 사나 화수유천을 수련해야 하지. 그렇게 네놈들이 버틸 수 있는 시간이 대략 십오 년쯤 될 게다. 십오 년이 지나면 말한 대로 네놈들은 바보가 되든 죽든 둘 중 하나가 되겠지."

마효의 말에 어린 산적들이 고통 속에서도 부들부들 몸을 떨었다.

"화가 나느냐? 물론 화가 나겠지. 하지만 네놈들이 내가 내린 이 덫에서 벗어날 방법이 없는 것은 아니다. 물론 그 방법은 오직 나만이 알고 있지. 그래서 하는 말인데, 앞으로 십오 년 뒤 팔월 보름에 대곤륜 신마봉으로 날 찾아오너라. 그때 내가 네놈들이 이 저주의 덫에서 벗어날 방법을 알려주마. 혹, 내가 한 말을 믿지 못하는 놈이 있을까 봐 말해두는데, 네놈들은 오늘부터 매월 보름이 되면 단전에 은은한 열기를 느끼며 살기가 강해질 것이다. 그 기운이 바로 신기다. 네놈들에겐 누구의 말처럼 신기가 아니라 죽음의 마기(魔氣)가 되겠지. 그 마기의 저주로부터 벗어나고 싶거든 잊지 말고 십오 년 후 곤륜 신마봉으로 와야 한다. 뭐, 그쯤 살고 말겠다면 안 와도 되고!"

마효가 말을 마치고는 그가 육 개월간 지냈던 동굴을 주욱 둘러봤다. 그리고는 훌쩍 몸을 날려 잡고 있던 넝쿨을 타고 절벽 위로 솟구쳤다.

"십오 년 뒤에 보자, 그때까지 살아 있는 놈이 있다면!"

낮과 밤이 빠르게 교차했다. 다섯 어린 산적이 들어 있는 동굴 속으로 빛이 들어왔다 사라지기를 사흘. 어린 산적들은 고통 속에서도 가부좌를 풀지 않고 사흘을 버텼다.

그러나 세상에 끝나지 않는 고통은 없는 법. 전신에 붉은 물을 들인 것처럼 빨갛던 어린 산적들의 피부가 사흘이 지나면서부터 서서히 제 색을 찾기 시작했다. 그리고 그 즈음 산적들의 입에서 흘러나오던 신음 소리도 차차 잦아들기 시작했다.

그리 사흘 낮이 지나고 어스름한 저녁 그늘이 동굴을 점령해 가기 시작할 때쯤 문득 송추월이 눈을 떴다. 다른 네 명의 산저은 여전히 눈을 감고 운기에 집중하고 있었다. 송추월의 귀에 다른 네 명의 숨소리가 들려왔다.

송추월이 천천히 가부좌를 풀었다. 그리고는 천천히 손으로 무릎을 짚고 자리에서 일어나 동굴 입구 쪽으로 걸어갔다.

푸스스!

송추월이 걸음을 옮기자 그의 몸에서 먼지 같은 검은 부스러기들이 우수수 떨어져 내렸다. 그러나 송추월은 몸에 붙은 먼지를 털 생각도 하지 않았다.

송추월의 발걸음은 동굴 입구에서 멈췄다. 조금은 서늘한 저녁 바람이 송추월의 얼굴을 스치고 지나갔다. 그러자 얼굴을 가리고 있던 헝클어진 머리가 바람에 휘날리며 송추월의 얼굴이 드러났다.

깊은 눈과 각진 턱, 조금은 해쓱해진 송추월의 얼굴에선 지난날의 어린 치기는 사라지고 없었다. 겨우 사흘이 지났을 뿐인데 송추월은 어른이 되어 있었다.

"망할 늙은이!"

송추월이 나직한 목소리로 투덜거렸다. 그리곤 다시 침묵

속에 동굴 앞 끝없이 펼쳐진 장백의 산 준령을 응시했다. 그렇게 송추월은 동굴 입구를 지키는 장승 같은 모습으로 밤을 맞이했다.

달이 어둠과 함께 찾아왔다. 어둠이 사위를 모두 점령해 버리려는 순간 동쪽 산봉우리 위에 떠오른 달이 어둠을 파랗게 물들이며 세상을 밝혔다. 송추월은 여전히 동굴 입구에 선 채 수시로 변해가는 세상의 색깔을 응시하고 있었다. 그러던 한순간,

"에잇, 빌어먹을 노괴!"

탕!

문득 곽풍산의 목소리가 들려오더니 그가 자신의 도끼로 동굴 바닥을 내려치는 소리가 들려왔다.

굳은 듯 서 있던 송추월이 고개를 돌렸다. 곽풍산이 어느새 가부좌를 풀고 자리에서 일어나 평소 노괴 마효가 앉던 바위를 자신의 도끼로 강하게 내려치고 있었다.

콰쾅!

곽풍산의 도끼질에 단단한 바위가 순식간에 가루가 되어 사라졌다.

"그만해! 다른 사람들은 아직 운기 중이야."

송추월이 형체가 무너진 바위를 향해 연신 도끼질을 하고 있는 곽풍산을 말렸다. 그러자 곽풍산이 도끼질을 멈추고 성난 소처럼 씩씩거렸다.

"내 그럴 줄 알았어. 처음부터 마음에 들지 않는 늙은이였다고. 순순히 우리에게 무공을 가르쳐 줄 리 없지."

"십오 년 뒤의 일이야."

송추월이 담담한 목소리로 말했다.

"그런 소리 마. 우린 그 노괴에게 목줄을 잡힌 거라고. 이 나이에 겨우 십오 년만 살라니. 그게 말이 되냐?"

"십오 년이 지난다고 해서 죽는 것은 아니잖아. 곤륜산 신마봉으로 그를 찾아가면 되지."

"흥, 그 늙은이 행색으로 보건대 십오 년 뒤엔 살아 있을 것 같지도 않더라. 그리되면 결국 그 마긴지 신긴지가 우릴 병신으로 만들겠지. 망할 늙은이."

"어쨌든 그래도 앞으로 십오 년 동안 우린 우리가 하고 싶은 것을 할 수 있다. 그 뒤의 일은 그때 가서 생각하자고."

그러자 곽풍산이 천천히 호흡을 가라앉히더니 고개를 끄덕였다.

"그래, 생각해 보니 네 말이 맞다. 그리고 그 노괴의 말처럼 화정의 효과가 제법 괜찮은 것 같아. 겨우 서너 번 도끼질에 이 바위가 박살 난 것을 보면. 더구나 도끼는 날 하나 상하지 않았단 말이야."

곽풍산이 자신이 박살 낸 바위를 가리키며 말했다.

"적어도 무공에 대해선 거짓말을 한 것 같지 않아."

"맞아. 십오 년 동안은 제대로 살아볼 수 있겠어."

곽풍산이 도끼를 들어 올려 눈앞에서 날을 살피며 말했다.

그런 곽풍산의 눈에서 붉은 염광이 흘러나오는 것 같다고 송추월은 생각했다.

그때 다시 한 명이 가부좌를 풀고 자리에서 일어났다.

"너희 둘 때문에 더 이상 운기를 할 수 없군."

부루가 송추월과 곽풍산을 타박하듯 말했다.

"화정의 열기에서 벗어났으면 후딱 일어날 일이지 뭐 하러 죽치고 앉아 있어?"

곽풍산이 퉁명스럽게 말했다.

"운기야 오래하면 할수록 좋은 것이고, 그나저나 노괴는 확실히 갔나?"

부루의 말에 송추월이 고개를 끄덕였다.

"그런 것 같아. 두어 시진 동굴 입구를 지켰는데 어디서도 노괴의 모습이 보이지 않았어."

"정말 갔군."

"서운하냐?"

"조금."

"뭐?"

곁에 있던 곽풍산이 사레 걸린 사람처럼 소리쳤다.

"조용히 해. 저 녀석들은 아직 운기 중이야."

부루가 곽풍산을 타박했다. 그러나 곽풍산은 그런 부루의 주의가 귀에 들어오지 않는 모양이었다.

"너 지금 서운하다고 했냐? 그 노괴가 떠나서?"

"그래."

"햐? 정이 들었다?"

"정이 아니라 그에게서 좀 더 얻어낼 게 있을 것 같아서 하는 말이야."

"지금 정도로 충분하지 않아?"

"지금 생각해 보면 그는 정말 천하제일인이었을지도 몰라. 그렇다면 그에게서 무공 몇 가지를 더 배울 수도 있었을 것 같아서."

"제길, 부루 넌 가끔 보면 욕심이 너무 많아. 난 지금으로도 충분해. 우리 같은 산적 나부랭이들이 이런 고절한 무공을 익힐 거라고 누가 생각이나 했겠냐. 물론 그 노괴가 만든 덫에 빠지긴 했지만 말이야."

"십오 년 뒤의 일을 말하는 것이라면 너무 걱정하지 마."

"왜 걱정이 안 되냐? 마기(魔氣)가 성해 죽을지도 모른다는데……."

"일단은 십오 년 뒤 그를 만나면 되는 것이고, 그 와중에 운이 좋다면 우리 스스로 그가 심어놓은 마기에서 벗어날 방법을 찾을 수도 있을 것이고."

"그럴 수 있을까?"

송추월이 자신없는 말투로 부루에게 물었다.

"쉽지는 않겠지. 그의 말대로 그가 천하제일인이라면 그가 심어놓은 마기를 풀어내기란 쉽지 않을 거야. 하지만 벌써부터 포기할 필요는 없지."

"그렇긴 하지만……."

"일단은 그에게 배운 화수유천과 각자의 무공들을 철저하게 수련할 필요가 있어. 우린 사실 아직 무공에 있어선 초보자들이니까. 그의 마기를 풀기 위해선 우리 스스로 고수가 되는 것이 첫 번째 해야 할 일이지. 그다음에 그의 마기에서 벗어날 방법을 찾도록 하자."

"그게 좋겠군. 그럼 일단 당장은 대호산을 떠나지 않는 게 좋겠군. 무공 수련을 위해서 이곳만큼 좋은 곳은 없으니까."

송추월의 말에 부루가 고개를 끄덕였다.

"네 말이 맞아. 아예 이 화동에 우리의 거처를 새로 마련하자."

"이곳에다? 오가는 게 불편하잖아. 물도 없고."

곽풍산이 의아한 얼굴로 물었다.

"무공을 수련하는 동안은 가급적 산행을 나가지 말자고. 먹을 것을 마련할 때를 빼고는 말이야. 그리고… 난 이 동굴의 화기에 관심이 가."

"무슨 말이야?"

"그 노괴가 애초에 대호산에 온 것은 지기를 살펴 대호산에 화동이 있을 거란 생각에서였어."

"그래서?"

"우리가 처음 노괴를 봤을 때 그의 몰골은 참으로 비참했지."

"맞아. 서너 달 굶은 사람 같았지, 바로 관에 들어가도 이상할 것이 없는."

"그런데 그가 이곳에서 육 개월간 머무는 동안 그는 완전히 다른 사람으로 변했어."

"한 십 년쯤은 젊어졌지."

곽풍산이 고개를 끄덕였다.

"결국 그가 이 화동을 찾은 것은 아마도 자신의 몸을 치료하기 위해서였을 거야."

"네 말은 그가 이곳에 오기 전 부상을 입었다는 거야?"

"내 생각에는 그래."

"제길, 그럼 천하제일인이 아니네. 누군가에게 당했다는 말이잖아."

곽풍산이 빈정거렸다. 그러자 송추월이 고개를 저었다.

"그건 모르는 일이다. 그가 왜 부상을 당했는지 모르니까."

"그런가?"

곽풍산이 고개를 갸웃했다. 그러자 부루가 계속 말을 이었다.

"어찌 됐든, 그는 이 화동의 힘을 이용해 자신의 부상을 치료했지. 그리고 그는 자신의 무공을 화신밀공이라고 했단 말이야. 그중 우리에게 전수한 것이 화수유천이고."

"그게 뭐?"

"모든 무공에 화(火) 자가 들어가. 우리가 복용한 것도 화정이고. 결국 그의 무공은 양기에 바탕을 두고 있는 것 같다. 그러니 화기가 성한 이곳이 그에게 전수받은 무공을 수련하는 데는 안성맞춤이란 거지. 그가 이 화동의 화기를 이용했

듯이."

"정말 그렇구나. 부루… 네놈은 역시 똑똑해. 어느새 그런 사정까지 살피고 있었다니."

"그의 행동을 조금만 살펴보면 누구나 알 수 있는 일이야."

"흐흐흐, 그건 모르는 말씀이다. 나처럼 무식한 놈은 백날 가도 그런 생각은 못하는 법이니까. 좋아, 그럼 이곳으로 거처를 옮길 준비를 해야겠군."

"오늘은 이미 밤이 깊었으니 내일 하자. 저놈들도 아직 운기 중이고."

송추월이 대일과 원무극을 돌아보며 말했다.

어린 산적들은 하루 더 운기를 하며 동굴에서 밤을 보냈다. 대일과 원무극이 운기를 마친 것은 다음날 아침이 밝을 무렵이었다. 다른 사람들과 마찬가지로 두 사람도 운기를 마쳤을 때는 더 이상 소년이 아니었다. 그들은 어느새 장성한 청년이 되어 있었고, 얼굴에는 소년의 치기 대신 청년의 정열이 물씬 풍기고 있었다.

"이곳에서 살자고?"

운기를 마친 대일이 화동을 거처로 삼아 살자는 말에 못마땅한 듯 되물었다.

"그래."

"왜? 불편하잖아?"

"이 화동의 열기가 우리가 무공을 수련하는 데 큰 도움이 될 거라는 것이 똑똑한 우리 부루님의 의견이시다."

"그래? 부루가 그렇다면 그런 것이겠지."

"그런데 무공을 더 수련해야 하는 거야?"

원무극이 물었다.

"그럼 이쯤에서 관두려고?"

"지금으로도 충분하지 않아?"

"무극, 이 귀여운 친구야. 세상은 험한 곳이라네. 우리 무공으론 겨우 산적질이나 할 수 있을 거야."

"그런가?"

"자자, 일단 몇 년 무공에 매달려 보자고."

곽풍산이 호기롭게 말했다.

다섯 명의 산적은 며칠 동안 화동을 손보며 시간을 보냈다. 산적들은 산 중턱 절벽 길 중간에 있던 오두막의 살림살이 중 꼭 필요한 물건들만 화동으로 옮겼다. 또한 화동이 위치한 절벽 위쪽에 몇 개의 밧줄을 엮어 줄사다리를 만들어 내렸다. 그동안은 넝쿨을 타고 화동에 드나들었지만 화동을 거처로 삼자면 오가는 길을 편하게 할 필요가 있기 때문이었다.

화동 안에는 다섯 개의 침상과 작은 아궁이도 만들어졌다. 그런데 가장 문제가 되는 것은 물이었다. 화동은 그 열기 때문인지 보통의 동굴과 달리 물이 존재하지 않았다. 덕분에 산적들은 동굴 한쪽에 깊은 웅덩이를 파고 오두막 근처에 있는 우물에서 며칠 사용할 물을 길어다 부어놓기로 했다.

　화동을 사람 사는 곳으로 손보는 일에 며칠을 허비한 산적들이 얼추 화동의 정리가 끝난 어느 날 오후 동굴에 모여 앉았다. 역시 그들의 거처였던 오두막에서 가져온 나무 탁자를 사이에 두고서.

　"대충 끝난 건가?"

　곽풍산이 괴노 마효가 있을 때와는 확 달라진 화동을 돌아보며 중얼거렸다.

　"이렇게 꾸미고 나니 살 수 있을 것 같아. 처음에는 과연 이곳에서 살 수 있을까 의문이었는데……."

　원무극이 만족한 표정으로 말했다.

　"내일부터는 다시 무공 수련에 전념해야겠지?"

　대일이 청룡도를 들어 휘휘 저으며 말했다.

　"그래야지. 하루라도 빨리 무공을 완성해야 해. 수련이 끝나면 제법 할 일이 많아."

　송추월이 담담한 목소리로 말했다.

　"보자. 오늘은 쉬기로 했으니… 저 안에 한번 들어가 볼까?"

　문득 곽풍산이 동굴 안쪽을 가리키며 말했다.

　"그러고 보니 동굴 안쪽에는 들어가 보지 않았네?"

　원무극도 호기심을 드러냈다.

　"그야 그 망할 놈의 노괴 때문이지. 그 노괴가 동굴 안쪽으로는 발도 들여놓지 못하게 했으니까."

　"한번 가볼까?"

곽풍산이 재차 송추월과 부루를 보며 물었다.

"그러지, 뭐."

송추월이 고개를 끄덕이고는 훌쩍 자리에서 일어났다. 그리고는 망설이지 않고 동굴 안쪽으로 걸어 들어가기 시작했다.

동굴 안은 예상과 달리 어둡지 않았다. 동굴 입구에서 들어오는 빛은 중간에 끊어졌으나 동굴 안으로 들어갈수록 점점 더 붉은색을 띠는 암벽이 동굴을 감싸고 있었고, 그 암벽에서 흘러나오는 적염의 빛들이 동굴을 밝히고 있었다.

"이런 곳이 있다니 정말 놀라운데?"

송추월의 뒤를 바싹 따라붙고 있던 대일이 선홍빛으로 물든 동굴을 돌아보며 감탄사를 흘렸다.

"난 왠지 으스스한데."

원무극은 붉은 기운이 넘실대는 동굴이 두려운 모양이었다.

"저기가 끝인가 보군."

어느새 송추월과 어깨를 나란히 한 부루가 막혀 있는 동굴 안쪽을 가리켰다.

"대단해!"

곽풍산이 감탄사를 흘려냈다. 동굴의 가장 깊은 곳 역시 적암으로 막혀 있었다. 그런데 그 적암은 지금까지 그들이 지나온 동굴 벽면과는 확연히 달랐다.

동굴 안쪽의 적암은 붉은 수정같이 투명했다. 어찌 보면 마치 적암 앞에 유리를 세워놓은 듯싶었다. 또한 화기가 몰려들어 만들어진 동굴이라 그런지 무척 더운 느낌이 들었다.

"겨울에 땔감 걱정은 없겠군."

곽풍산이 퉁명스레 말했다.

"여기서 그 노괴가 몸을 치료했나 보지?"

대일이 동굴 가운데 놓인 역시 투명한 적색의 바위에 올라앉으며 말했다.

"우리도 화수유천을 수련할 때는 이곳에서 수련하는 게 좋겠다."

"왜?"

부루의 말에 원무극이 되물었다.

"이곳이 화동에서도 가장 화기가 왕성한 곳이니까. 그 노괴에게 전수받은 화수유천을 수련하기로는 이곳만큼 좋은 곳이 없을 거야."

"부루 말이 맞는 것 같아. 그럼 기왕에 이리된 것 잠시 운기나 좀 해볼까?"

송추월이 재빨리 대일을 밀어내고 투명한 적암 위에 냉큼 올라앉아 가부좌를 틀었다.

"야!"

대일이 그런 송추월을 보며 빽 소리를 질렀다.

"시끄럽다. 먼저 차지하는 사람이 임자지. 네놈들도 적당한 곳에 자리를 잡고 운기를 해봐. 벌써부터 느낌이 달라. 역시 영험한 곳인가 보다."

송추월이 눈을 감고 짐짓 근엄한 목소리로 말했다. 그러자 나머지 네 명의 산적이 서로 눈치를 보다가 이내 각자 편한 곳에 자리를 잡고 운기를 하기 시작했다.

그렇게 다섯 산적의 화동 생활이 시작됐다.

第八章
유수(流水)

화마경

대호산에 겨울이 다섯 번 지나갔다. 봄은 언제나처럼 느리게 대호산을 찾아들었다. 한겨울 혹한을 이겨낸 생명들이 여기저기서 태동을 시작하며 움을 틔웠다.

봄빛이 무성한 산길, 대호산에서 무악산으로 이어지는 산도를 따라 제법 커다란 규모의 상단이 부지런히 이동하고 있었다. 마차의 대 수만도 십여 대, 상단을 호위하는 표사들의 숫자도 이십여 명에 달하는 대상단이었다.

표사들은 북쪽에서 나는 질 좋은 말 위에 올라 매서운 눈초리로 상단 주변을 살피고 있었다. 상단의 가장 앞쪽에는 화려한 금포를 입은 초로의 노인 한 명과 청색 무의에 장검을 찬 중년 사내 한 명이 나란히 말에 올라 상단을 이끌고 있었다.

"잘 결정한 일인지 모르겠군."

"너무 걱정 마십시오. 아무리 대단한 자들이라 해도 산적은 산적일 뿐이지요. 무악산 용호채가 근자에 흉명을 떨치고 있다 해도 감히 천리표국이 호송하는 상단에 손을 대지는 못할 겁니다."

"물론 우 표두와 천리표국의 표사들 실력을 믿지 못하는 것은 아닐세. 하지만 괜한 분란에 휩쓸리느니 길을 돌아가는 편이 낫지 않았을까 해서… 자네들에게 미안하기도 하고."

"그런 말씀 마십시오. 표사란 결국 이런 위험을 감당하라고 뽑힌 사람들입니다. 또한 청심장과 본 표국의 관계가 하루 이틀도 아니고, 더군다나 시급을 요하는 화물이 아닙니까?"

"그렇게 말씀해 주시니 고맙네. 나중에 국주께 따로 감사의 인사를 드리지. 그나저나 최근 들어 곳곳에서 산적들의 발호가 심상치 않으니 걱정일세."

"최근 들어 각지의 토호들과 상인들이 무림 문파들과 손을 잡고 경쟁적으로 세력을 넓히는 통에 민초들의 삶이 더 어려워졌지요. 민가에선 오 년 전 대기근이 왔을 때보다도 더 살기 힘들다고 합니다. 그 탓에 얼굴을 가리고 산에 들어오는 자들이 많아졌지요."

"음, 걱정일세. 최근 들어 강호의 움직임도 심상치 않다고 하고."

"결국 모든 일은 혁가장에서 시작된 것이지요."

우 표두라 불린 중년 사내가 못마땅한 기색으로 말했다. 그러자 화려한 금포 주인이 고개를 끄덕였다.

"맞네. 그들이 수년 전부터 세력을 확장하는 통에 이 서압록의 정세가 아주 불안해졌지. 우리 같은 장사치들에겐 결코 좋은 일이 아니야."

그러자 우 표두라 불린 사내가 굳었던 표정을 풀고 미소를 지으며 말했다.

"저희 표국에겐 한편으로 좋은 일이지요."

"하하, 그렇군. 길이 위험할수록 표사들을 찾는 사람이 많아질 테니까. 값은 올라가고. 특히나 천리표국처럼 전통있는 표국을 찾는 사람은 더더욱 많겠지."

"덕분에 요즘 저희는 일 년 중 표국에 머무는 시간이 채 두 달이 안 되지요."

"그거 안된 일이군."

"어쩔 수 없지요, 표사가 된 이상은."

"어쨌든 강호가 빨리 안정돼야 할 터인데……."

"아마도 쉽지는 않을 겁니다. 서압록의 패권을 놓고 겨루는 혁가장과 고월산장의 대립은 쉽게 끝날 것 같지 않습니다. 더군다나 양쪽은 제법 발이 넓어 외부에서 그들을 돕기 위해 서압록으로 들어오는 고수들도 제법 많다고 하더군요."

"허허, 잘못하면 이 장백이 무림인들의 싸움터로 변하겠군."

"사패나 요동삼문 중 하나라도 관여한다면 모를까 쉽게 끝날 싸움은 아니지요."

"사패나 요동삼문이 어디 서압록의 작은 일에 관여하겠는 가?"

"모르지요. 심양의 모용세가가 최근 들어 천추성(千秋城)과 껄끄러운 관계에 있으니 그들이 이 기회에 장성을 넘어 요동 으로 사람을 보낼지도."

그러자 금포의 노인이 고개를 저었다.

"쉽지는 않을 걸세. 자네도 알다시피 이 장백에는 세상에 드 러나지 않은 은문(隱門)과 고수들이 깨알처럼 많지 않은가? 천 추성이 요동에 발을 들이려면 결국 그들을 상대해야 하는데 그게 어디 쉽겠나? 더군다나 그들은 중원에 강력한 경쟁자들 을 가지고 있는데."

"하긴 그렇군요. 사패가 쟁패한 것이 이미 수십 년, 그 끝이 보이지 않는 싸움에 천추성의 세력도 많이 약해졌지요. 그런 그들에게 장성을 넘을 여력이 없겠지요."

"아마 장성을 넘는다면 그들이 아니라 모용세가를 위시한 요동의 문파들일 걸세."

금포노인의 말에 우 표두란 불린 중년 사내가 놀란 얼굴로 금포노인을 바라봤다.

"장주께선 그리 보십니까?"

"난 그렇게 보고 있네."

"하지만 요동의 문파들은 아직 하나로 뭉치지 못하지 않았 습니까?"

"물론 그렇지. 하지만 최근 들어 요동 명문들의 움직임이 심상치 않네. 아마도 조만간 요동에도 사패에 버금가는 세력이 형성될 거야. 수년간 이어진 혁가장과 고월산장의 싸움 역시 그 연장선상에 있을 걸세. 그 싸움에서 이기는 곳이 서압록을 대표해 요동무림에서 큰 소리를 내게 될 테니까."

"그런 의미가 있는 싸움이었던가요?"

"혁가장이나 고월산장은 모용세가나 장백파, 그리고 금문에 견주기에는 어려운 문파지. 하지만 둘 중 한 문파가 압록강 서변의 세력을 일통한다면 요동삼문에 버금가는 힘을 지니게 될 걸세. 혁가장과 고월산장의 싸움은 결국 향후 요동무림이 하나의 세력으로 모였을 때 자신들의 입지를 요동삼문과 견줄 수 있는 위치에 올리기 위한 싸움이라고 할 수 있을 것이네."

"음… 그렇군요. 하지만 비록 그들 중 한쪽이 승리를 거둔다고 해도 과연 요동삼문에 비견될 수 있겠습니까? 모용세가와 장백파, 그리고 북쪽의 금문은 전통적인 요동의 강자들인데… 또한 모두 과거 왕업을 일으켰던 자들의 후손들이고."

"물론 나도 혁가장이나 고월산장이 모용세가 등과 동등해질 거라고는 생각지 않네. 하지만 적어도 서압록을 제패한다면 어느 정도 존중은 받을 수 있을 것이네."

금포노인의 말에 중년 사내가 얼굴빛을 바꾸며 말했다.

"기왕 서압록의 패자가 정해질 거라면 전 고월산장이 이 싸움의 승자가 되었으면 좋겠군요."

"이유가 뭔가?"

"혁가장은 비록 스스로 서압록의 판관을 자처하며 사마외도의 무리를 척살한다고 하지만 기실 그들 안에서 활동하는 자들 중 사마외도로 불릴 인물이 더 많지요. 그들의 악행은 서압록 인근에선 공공연한 비밀입니다."

"음, 나도 그 소문은 들었네. 상단들 사이에서도 혁가장에 대한 원망이 제법 많지."

"그들이 크고 작은 서압록의 상단들에게서 뜯어내는 금자가 한 해에 수천 냥에 이른다고 하더군요. 아마 그들이 서압록의 패권을 차지하면 서압록의 상단들은 무척 곤란해질 겁니다."

"그렇겠지. 혁가장주는 욕심이 많은 사람이니까. 하지만 싸움의 양상은 최근 들어 혁가장에 유리한 쪽으로 흐른다고 하더군."

"아무래도 세력 면에선 확실히 혁가장이 낫지요. 혁가장에 모여든 자들은 이득을 보고 온 자들이고, 고월산장 쪽을 돕는 사람들은 의리로 모인 사람들이지요. 그러나 세상사 결국은 자신의 이득에 따라 움직이게 되는 것 아니겠습니까? 당연히 혁가장의 세가 강하겠지요."

"그렇겠지. 그럼 결국 혁가장이 승리할까?"

"꼭 그렇지는 않을 겁니다. 세력이 불리한 와중에도 고월산장이 혁가장의 압력을 견뎌내는 것은 결국 고월산장의 고수들이 혁가장의 고수들보다 적어도 무공에 있어서는 뛰어나기 때문일 테니까요. 특히 고월산장의 소장주 고무룡의 무공은 실로 대단하다고 하더군요."

"고무룡? 그 유명한 해동 구산선문 중 하나인 수미산문(須彌山門)에서 수련을 했다는 그 말인가?"

"맞습니다. 들리는 말에 의하면 그가 나선 싸움에서 고월산장이 패한 적이 한 번도 없다고 하더군요. 아마도 요동무림의 후기지수 중 그와 명성을 나란히 할 인물은 거의 없을 겁니다. 요동삼문의 후예들을 제외하곤 말이지요."

"음, 그 정도였던가? 역시 구산선문의 저력이 무섭군."

"아마 고월산장에서 수미산문의 힘을 약간이라도 빌려올 수 있다면 이 싸움은 싱겁게 끝날 겁니다."

"하지만 그게 어디 쉬운가? 구산선문은 강호에 나오는 경우가 거의 없어. 지난 십 년간 구산선문의 고수가 강호에 나왔다는 이야기를 들어보았는가?"

"없지요. 십 년이 아니라 수십 년래에도 손에 꼽을 정도니까. 더군다나 패권을 다투는 싸움에 선문의 고수가 끼어들 리 없지요."

"아무튼 고월산장에 그런 신진고수가 등장했다는 것은 반가운 일이군. 적어도 미래에 있어선 고월산장이 혁가장을 앞설 테니 말이네."

금포노인의 말에 중년 사내가 가볍게 미소를 지었다.

"혁가장의 소장주 혁지광을 두고 하시는 말씀이군요."

"그래, 그 녀석은 제 아비의 반도 따라가지 못할 테지."

"무공은 쓸 만하다고 하더군요."

"무공만 뛰어나면 뭘 하는가? 인덕이 없어 사람을 끌어모으지 못하는데. 물론 현 혁가장주도 인덕이 있는 사람은 아니지만 적어도 자신에게 필요한 사람을 대접할 줄은 알지. 그런데 그 혁가 애송이는 제 잘난 것만 알았지, 통 사람을 다룰 줄 모른단 말이야."

"소문은 들었습니다. 그에게 곤욕을 치른 사람이 여럿 있다는……."

"말도 말게. 상인들 사이에서도 그놈에 대한 소문은 자자하다네."

"그래도 몇 년 전에는 제법 호평을 받았는데요."

"그랬지. 하지만 사람의 본성이란 결국 시간이 지나면 숨길 수 없이 드러나는 법이니까. 가만, 그러고 보니 그 녀석이 처음 강호에 이름을 알린 곳이 바로 이 대호산이었지?"

금포노인의 말에 중년 사내가 고개를 끄덕였다.

"그렇군요. 바로 이 대호산에 똬리를 틀고 있던 대호채를 토벌하는 것으로 무림에 출도했으니까요. 그때만 해도 혁가장에서 일대협사를 배출했다며 사람들의 칭송을 한 몸에 받았었지요."

"흐흠, 그랬었지. 하지만 결국 그 일도 협의심에서 나온 행동이 아니라 다분히 자신의 이름을 강호에 알리기 위해 한 일이었던 거지."

"그렇지요."

"스스로도 자신에 대한 강호의 평가를 알고 있을까?"

"그의 곁에 제대로 된 사람이 있다면 알고 있겠지요."

"그럼 자존심이 무척 상해 있겠군. 고월산장의 소장주와 비교되고 있다는 것을 알고 있을 테니. 어쩌면 다시 한 번 산적토벌에 나설지도 모르겠군. 과거의 영광을 재현하려고 말이야. 하하하!"

금포노인이 호탕한 웃음을 터뜨렸다. 그러자 중년 사내 역시 빙그레 미소를 지었다.

"만약 그가 그런 결정을 한다면 그야말로 스스로 소인배임을 자인하는 것이지요. 겨우 산적이나 토벌해 강호에서 명성을 얻겠다는 사람의 그릇이야 뻔한 것 아니겠습니까?"

"그러게 말일세. 하하하!"

금포노인이 연실 너털웃음을 터뜨렸다. 그러는 사이 상단은 어느새 대호산의 정상에 가까워지고 있었다. 봄기운에 물든 대호산 정상은 짙은 녹음으로 우거져 있었다.

"정상에서 잠시 쉬어가세."

"그럴까요?"

"무악산 용호채의 산적들이 무척 광포하다 하니 이곳에서 충분히 쉬어가는 것이 좋을 걸세."

"그러지요. 그런데 산적하면 무악산에만 있는 것이 아닙니다. 이 대호산에도 산적이 있지요."

"그런가? 듣지 못했는데?"

"용호채에 비하면 보잘것없기 때문에 소문이 나지 않았지요. 듣자 하니 젊은 놈들 대여섯이 간혹 작은 상인들에게 통행세를 뜯어낸다고 하더군요."

"그런가? 겨우 대여섯이라면 걱정할 필요는 없겠군."

"아마 상단의 규모를 보면 지레 겁을 집어먹고 나설 생각을 하지 못할 겁니다."

"후후, 좀도둑들이구만."

"한번 봤으면 하는 생각도 있습니다. 젊은 놈들이 부지런히 일할 생각은 않고 산적질을 하고 있으니 만나면 따끔하게 훈계라도 하게 말입니다."

"훈계를 듣고 바른 길로 간다면 그 또한 좋은 일이지."

금포노인이 고개를 끄덕였다. 그런데 그때 문득 중년 사내가 고삐를 잡아당겨 말을 세웠다.

히힝!

갑작스레 당겨진 고삐에 중년 사내를 태운 말이 놀라 큰 울음을 터뜨렸다.

"무슨 일인가?"

중년 사내의 행동에 놀라기는 금포노인 역시 마찬가지였다. 노인 역시 말을 세우고 의아한 눈으로 중년 사내를 바라봤다.

"말이 씨가 된 모양입니다."

중년 사내가 한줄기 미소를 지으며 말했다.

"무슨 말인가? 말이 씨가 되다니?"

"저 녀석들이 바로 이 대호산에 똬리를 틀고 산적질을 하는 놈들인 모양입니다."

중년 사내의 턱짓에 금포노인이 시선을 돌렸다. 그러자 초록 우거진 산길 중간, 제법 널따란 공터에 제각기 편안한 자세로 서 있는 다섯 명의 젊은이가 눈에 들어왔다.

"제법 거칠어 보이는데?"

금포노인이 경계심을 드러냈다.

"산에 사는 놈들이라 거칠어 보이는 것이지요. 또한 상인들에게 겁을 주기 위해 일부러 험한 표정을 짓고 있기도 하지요. 그러나 자세히 보십시오. 이제 겨우 스무 살을 갓 넘긴 녀석들 아닙니까?"

"음, 젊어 보이기는 하는군."

"후후, 공교롭게도 일이 이리 되었으니 생각대로 따끔한 훈계를 해줘야겠습니다."

중년 사내가 한줄기 웃음을 흘러내고는 말을 몰아 다섯 명의 젊은 산적이 진을 치고 있는 공터로 다가갔다.

"형제! 아침밥은 자셨수?"

장사를 시작하는 곽풍산의 첫 말은 오 년 전이나 오 년 후나 변한 것이 없었다. 어느새 소년에서 건장한 청년으로 성장한 곽풍산이 어깨에 도끼를 올리고 말을 타고 다가오는 중년 사내를 맞이했다.

중년 사내는 곽풍산의 말에 대꾸를 하는 대신 말 위에서 주욱 다섯 명의 젊은 산적을 둘러봤다. 그리고는 잠깐 놀란 표정을 지었다. 비록 그 차림새는 영락없는 산적이었으나 예상외로 범상치 않은 기운이 느껴졌기 때문이다.

"아침밥은 자셨냐고!"

곽풍산이 자신의 물음에 답이 없는 중년 사내를 지그시 노려보며 소리쳤다. 호통을 치는 곽풍산의 기세가 호랑이 같았다.

"네놈들이 대호산의 산적들이냐?"

중년 사내가 차가운 목소리로 물었다.

"묻기는 내가 먼저 물었어!"

곽풍산이 여전히 중년 사내를 노려보며 말했다.

"흠… 몇몇 젊은 놈들이 애써 일할 생각은 않고 대호산에 들어 산적질을 한다는 말은 듣고 있었다. 네놈들이 바로 그놈들이냐?"

"이 양반… 귀는 막히고 입만 뚫렸나? 도통 사람 말을 못 알아듣네?"

곽풍산이 고개를 돌려 그와 이 장쯤 떨어진 곳에 서 있는 대일에게 말을 건넸다. 그러자 대일이 청룡도로 땅을 짚은 채 말했다.

"귀가 막혔으면 뚫어줘. 물론 귀 뚫어준 값은 따로 받고!"

"어, 이것 참, 산적질 오래하다 보니 이제 의원 노릇까지 해야 하는 건가?"

곽풍산이 넉살 좋게 변죽을 울리며 다시 중년 사내를 바라봤다. 그러자 중년 사내가 엄한 눈으로 곽풍산을 바라보며 말했다.

"난 천리표국의 표두 우정산이라고 한다. 혹 내 이름을 들어봤느냐?"

중년 사내의 말에 곽풍산의 표정이 변했다. 그리곤 다시 고개를 돌려 이번에는 작은 바위 위에 서 있는 송추월에게 물었다.

"천리표국이라는데?"

"좋군."

송추월이 무심한 목소리로 대답했다. 그러자 곽풍산이 빙긋 미소를 지었다.

"그렇지? 역시 좋지?"

"제 값을 받아내."

"후후, 물론 그래야지."

곽풍산이 어느새 다시 능글거리는 웃음을 되찾은 표정으로 고개를 돌려 중년 사내를 응시했다.

"천리표국에서 나오셨다고?"

"그렇다."

"오호, 어젯밤 꿈에 오 년 전 죽은 채주가 나타나 금덩이를 건네주더니 오늘 정말 큰 손님을 만났군. 채주의 보살핌이 저승에서도 이어지나 봐. 영험한 노인네 같으니라구. 후후후! 어쨌든, 아침은 자셨나, 천리표국의 표두 나리?"

재차 곽풍산의 질문이 흘러나왔다. 자신이 천리표국의 표두임을 밝혔음에도 전혀 겁을 먹거나 위축되지 않은 곽풍산의 태도에 요동 최고의 표국이라는 천리표국의 표두 우정산의 표정이 차갑게 변했다. 한편으로는 이 젊은 산적들에 대해 은근한 경계심이 생기기도 했다.

"오냐. 아침은 먹고 왔다."

우정산이 여전히 차가운 목소리로 대답했다.

"아, 역시 천리표국이군. 요즘같이 어려운 때에 아침까지 챙겨 먹고 다니다니. 이보시우, 표두 나리! 우리 다섯은 산속에 살다 보니 끼니 챙겨 먹기가 무척 버겁소. 해서 오늘도 아침을 굶었다오. 그러니… 넉넉한 천리표국에서 가난한 우리의 살림을 좀 도와주셔야겠소."

탁!

곽풍산의 도끼가 어깨에서 내려와 땅에 머리를 박았다.

"감히 천리표국의 이름을 듣고도 산적질을 하려 하는 게냐?"

"아아, 산적질이라니. 말 좀 곱게 합시다. 우린 그저 약간의 도움을 바랄 뿐이라오."

"도와주지 못하겠다면?"

"뭐, 그거야 그쪽 사정이니 어쩔 수 없는 일이지만, 우리도 밥을 굶은 터라 한 발 움직이기가 천근같아 당신들의 도움 없이는 이곳에서 한 걸음도 벗어날 수 없을 것 같소."

다시 말해 길을 열어줄 수 없다는 말. 한순간 그런 곽풍산을 노려보고 있던 천리표국의 표두 우정산 입에서 피식 실소가 흘러나왔다.

"훗, 네 녀석들이 정말 세상 무서운 줄 모르는구나. 오늘 대호산에 오르면서 네놈들을 만나면 따끔하게 혼을 내어 정신을 차리게 해줄 요량이었다. 사지육신 멀쩡한 젊은 놈들이 할 짓이 없어 산적질을 하고 있느냐! 사냥을 하든 농사를 짓든 얼마든지 먹고살 수 있음인데……. 길을 비킬 수 없다? 좋아, 게으른 돼지들에겐 매가 약인 법이지."

팟!

말을 마친 우정산의 신형이 훌쩍 말 위에서 떠올랐다. 그리고는 가랑잎처럼 가볍게 땅 위에 내려섰다. 그러자 어느새 그의 뒤에 다가와 있던 다섯 명의 표사가 우정산을 따라 말에서 뛰어내렸다.

"그러니까, 순순히 통행세를 낼 생각은 없다 이 말씀이군."

곽풍산의 표정도 변했다. 그의 눈에서 서늘한 기운이 흘러나왔다. 그건 지금까지 그가 보였던 능청스러움과는 전혀 다른 모습이었다. 그런 곽풍산을 보며 우정산이 살짝 고개를 틀었다. 그리고는 잠시 후 진지한 얼굴로 물었다.

"혹, 누군가에게 무공을 배웠느냐?"

"그건 왜 묻소?"

"산적이라기엔 기도가 뛰어나 묻는 말이다."

"후후후, 거 눈 좀 밝네? 역시 표두라 그런가?"

"무공을 배웠다는 말이냐?"

"예전에 괴팍한 노인 하나를 만나 도끼 쓰는 법을 배운 적이 있소."

"역시 무공을 배웠구나."

"그 노인네 말이 자칭 천하제일인이라고 합디다. 그러니 난 천하제일인에게 무공을 배운 셈이오. 어떻소? 이만하면 당신

에게 통행세를 받을 만한 자격이 있는 것 아니오?'

곽풍산의 말에 우정산이 어이없다는 표정을 지었다. 그리고는 허탈한 웃음을 흘리며 말했다.

"허허, 천하제일인이라……. 내 평생 표물을 호송해 천하를 떠돌았지만 천하제일인을 자처하는 자를 만나지는 못했다. 아마 천하사패의 패주들조차도 스스로 천하제일인임을 자처하지는 못할 것이다. 그런데 네가 천하제일인의 가르침을 받았다고? 하하하! 아마도 네게 도끼 쓰는 법을 전수했다는 노인은 둘 중 하나일 것이다."

"……?"

"미친 자거나 혹은 철없는 어린놈들 등치는 사기꾼!"

우정산의 말에 곽풍산이 고개를 갸웃하다 이내 다시 고개를 끄덕였다.

"당신 말이 맞소. 내가 생각해도 그 노인네가 다분히 사기꾼 기질을 가지고 있었던 것 같소. 당시에는 어려서 몰랐는데 지나고 보니까 그런 생각이 들더구려."

"이제 그 정도 사리 판단을 할 줄 아는 나이가 되었다면 당연히 산적질일랑 그만두고 산을 내려가 양민으로 살아야 하거늘 어째서 아직도 산에 머무는가?"

우정산이 준엄하게 꾸짖었다.

"후후, 배운 게 도둑질이라고, 어려서부터 산에서 살다 보니 산을 떠나 살기가 쉽지 않구려. 또 이렇게 가끔 지나가는 부호들이 살림을 도와주니 굳이 산을 떠나 저자에 나가 고생할 필요도 없고. 그러니 좀 도와주시오."

곽풍산이 은근한 어조로 말했다. 그러자 우정산이 차가운 안광을 흘리며 고개를 저었다.

"도저히 말로 훈계할 놈들이 아니군. 따끔한 맛을 봐야 정신을 차리고 산을 내려가겠구나."

우정산의 호통에 곽풍산의 표정도 싸늘하게 굳었다. 곽풍산의 눈에서 한줄기 염광이 흘러나왔다. 그러자 곽풍산의 나이가 순식간에 십여 살은 더 많아 보이고 그의 체구는 산처럼 거대하게 느껴지기 시작했다. 변모하는 곽풍산의 산 같은 기도에 우정산의 얼굴이 긴장으로 굳어지기 시작했다.

"사람이 어찌 살든 그야 그 자신의 팔자에 달린 문제, 당신이 감히 내 팔자에 관여할 이유는 없다. 당신은 그저 통행세를 내고 가던 길을 가면 그뿐. 그것이 싫다면 통행세를 내지 않을 실력이 있다는 것을 증명하면 되고."

곽풍산이 천천히 도끼를 가슴 앞으로 들어 올렸다. 한눈에 보아도 수십 근은 족히 나갈 것 같은 도끼를 곽풍산은 한 손으로 아주 가볍게 들고 있었다.

"놈! 사기꾼에게 얻어 배운 무공으로 기고만장하는구나. 내 무림이 그렇게 호락호락하지 않다는 걸 가르쳐 주마. 감히 천리표국의 표행을 막아선 대가를 치르게 될 것이다."

"천리표국! 어려서 한때 무공을 배워 천리표국의 표사가 되기를 꿈꿨지. 그런데 그 천리표국의 표물을 털어야 하게 생겼으니 이게 무슨 운명의 장난이란 말인가? 대일, 우리가 천리표국의 표사가 될 일은 없겠다."

그러자 곽풍산의 뒤쪽에서 대일의 목소리가 들려왔다.

"아니야. 혹시 몰라. 오늘 네가 가진 재주를 보이면 거기 계신 표두께서 우릴 천리표국의 표사로 쓸지 누가 알겠어?"

"아, 그런가? 그렇다면 이거 최선을 다해야겠군. 이것도 기회이니 말이야."

곽풍산과 대일이 김칫국을 마시고 있는 사이 우정산도 천천히 검을 빼 들었다. 검치고는 장검에 속하는 우정산의 검이 햇빛을 받아 눈부시게 번쩍였다. 한눈에 보아도 명검의 반열에 오를 만한 검. 곽풍산의 눈에 탐욕의 빛이 흘렀다.

"검 참 탐나네. 이 이빨 빠진 도끼와는 차원이 다른데?"

"날 이기면 이 검을 주지."

우정산이 한줄기 냉소를 흘리며 말했다.

"허? 정말이오? 이것 참, 오늘 횡재하게 생겼네."

"건방진 놈, 요동에서 이 우정산을 무시할 인물은 없다. 그런데 한낱 산적 나부랭이가?"

"흐흐, 산속에 살아 저자의 사정을 모르는 내가 당신이 얼마나 대단한 인물인지 알 턱이 없으니 어쩌겠소. 일단 한번 싸워봅시다. 그럼 서로의 실력이 드러나지 않겠소?"

"오너라!"

"사양치 않으리다."

곽풍산이 성큼 우정산을 향해 다가갔다. 그리고는 우정산이 전혀 예상치 못하는 순간 도끼를 앞으로 쭉 내밀었다, 마치 검을 뻗어내듯이.

웅!

순간 강력한 파공음을 일으키며 곽풍산의 도끼가 우정산의 심장을 쳤다.

"웃!"

우정산은 포환처럼 날아온 곽풍산의 도끼에 놀라 훌쩍 뒤로 물러났다.

웅!

곽풍산의 도끼가 아슬아슬하게 우정산의 가슴을 스치고 지나갔다. 보통의 경우 부법은 도끼가 가지는 특성대로 찌르기보다는 휘둘러서 상대를 공격한다. 그런 면에서 곽풍산의 이 갑작스런 공격은 도끼가 가지고 있는 본래의 특성을 거스르는 것이었다. 하지만 또한 그래서 더욱더 상대에게 위험한 초식이기도 했다.

"괴이하구나!"

한순간의 위험에서 벗어난 우정산이 감탄인지 경계인지 모를 음성을 흘려냈다. 그리고는 재빨리 신형을 회전시키더니 장검을 휘둘러 곽풍산을 베어갔다.

파르릉!

우정산의 장검이 공기의 저항에 떨며 맑은 파공음을 일으켰다. 파공음과 함께 우정산의 장검이 물결처럼 도도하게 곽풍산을 베어왔다. 곽풍산은 자신을 향해 밀려드는 우정산의 검을 가만히 지켜보고 있다가 한순간 벼락같은 기합성을 토해내며 도끼를 휘둘렀다.

"핫!"

곽풍산의 입에서 터져 나온 기합성이 봄에 물들어가던 숲을 뒤흔들었다. 동시에 그의 도끼에서 찢어지는 듯한 파공음이 터져 나왔다.

부왕!

곽풍산의 도끼는 번개처럼 빨랐다. 허공에서 한 바퀴 회전한 곽풍산의 도끼가 그대로 자신을 향해 밀려드는 우정산의 검을 쳐갔다. 순간 우정산의 검이 방향을 틀어 검을 향해 떨어지는 도끼의 목을 향해 파고들었다. 그러자 단번에 나무로 된 곽풍산의 도끼 자루가 우정산의 검에 잘려질 위기에 처했다. 순간 곽풍산이 살짝 도끼를 틀었다. 그러자 곽풍산의 도끼가 그의 손에서 한 바퀴 빙그르르 돌더니 번개처럼 도끼 목을 향해 달려드는 우정산의 검을 쳤다.

쩡!

도끼와 장검이 허공에서 격돌했다. 순간 우정산의 얼굴이 하얗게 변하면서 그의 신형이 다섯 걸음 뒤로 물러났다. 곽풍산 역시 도끼와 검이 충돌하는 순간 훌쩍 신형을 날려 오 장여 뒤로 물러났다.

"대단하구나!"

뒤로 물러난 우정산이 변한 눈빛으로 곽풍산을 보며 감탄사를 흘려냈다.

"그러게 말이오. 그 늙은이가 영 사기꾼만은 아니었던 모양이오."

곽풍산이 능글거리며 대답했다.

"그런 재주로 산적이라니… 재주가 아깝구나."

우정산의 표정에 진심이 묻어났다.

"팔자인 걸 어쩌겠소."

곽풍산의 대답에 우정산이 고개를 끄덕였다. 그리고는 검을
들어 곽풍산을 가리키며 말했다.

"네 실력을 업수이 여긴 것 사과하지. 이제 제대로 된 검을
보여주마!"

"후후, 기대하고 있었소."

곽풍산 역시 도끼를 들어 우정산을 가리키며 말했다. 그리
고 한순간 두 사람의 신형이 서로를 향해 폭주했다.

차차창!

어지러운 격돌음이 대호산을 가득 메웠다. 곽풍산과 천리표
국의 표두 우정산의 대결은 어느새 백여 초를 넘어서고 있었
다. 우정산의 검법은 노련한 검객답게 강물처럼 도도하고 바
다처럼 풍부했다. 반면 곽풍산의 부법은 그의 젊음을 대변하
듯 우레와 같이 강력하고 태풍처럼 광포했다. 상반된 두 사람
의 무공은 교묘하게 균형을 유지하며 싸움을 길게 끌고 가고
있었다.

두 사람의 싸움을 지켜보고 있는 양측 사람들의 반응도 상
반됐다. 금포노인을 비롯한 상인들과 표사들은 새파란 산적을

맞아 승기를 잡지 못하는 우정산을 우려 섞인 얼굴로 바라보고 있었다. 반면 곽풍산의 동료들은 불구경이라도 하는 듯 호기심 가득한 눈으로 두 사람의 싸움을 지켜보고 있었다. 그들의 얼굴에선 곽풍산이 패하리란 걱정은 어디서도 찾아볼 수 없었다. 그리고 곽풍산은 그런 동료들의 믿음을 실망시키지 않았다.

"에잇!"

두 사람의 겨룸이 백여 초가 넘어가는 순간, 곽풍산의 입에서 나직한 기합성이 터져 나왔다. 그러자 순식간에 곽풍산의 부법이 변하기 시작했다. 지금까지는 일 초 일 초 우정산의 검법을 막아내고 또한 반격하는 단순한 부법을 사용하던 곽풍산이 한순간 허공에 여러 개의 부영을 만들어내기 시작했다.

"음!"

곽풍산의 부법이 급격하게 변하기 시작하자 우정산의 입에서 나직한 신음성이 흘러나왔다. 강력한 힘을 바탕으로 하는 무거운 공격에 익숙해져 있던 우정산에게 사방에서 날아드는 곽풍산의 도끼는 낯선 초식이었다.

곽풍산의 낯선 초식에 익숙해지지 않은 우정산이 뒤로 밀리기 시작했다. 곽풍산은 일단 승기를 잡자 쉬지 않고 도끼를 휘둘러댔다. 바람을 타고 움직이는 곽풍산의 부법은 빠르면서도 강력해서 도저히 젊은 산적이 보여줄 수 있는 무공이라고는 생각하기 어려웠다.

차차창!

우정산이 뒤로 물러나면서도 교묘하게 검을 휘둘러 연달아 닥쳐드는 곽풍산의 도끼를 막아냈다. 곽풍산은 이번 기회에 싸움을 끝내겠다고 작심한 듯 들소처럼 씩씩거리며 우정산을 몰아쳤으나 우정산은 위기에 몰리는 듯하면서도 급박한 순간 오랜 경험에서 우러나는 신묘한 움직임으로 곽풍산의 공격을 막아내곤 했다. 그런데 그렇게 이십여 초의 교환이 지나자 싸움은 다시 균형을 이루기 시작했다. 우정산이 변한 곽풍산의 부법에 적응하기 시작했던 것이다.

"지루해."

문득 두 사람의 싸움을 지켜보고 있던 송추월이 하품을 하며 중얼거렸다.

"난 재밌는데?"

대일이 송추월의 말에 대꾸했다.

"산적은 말이야, 속도가 생명이야. 후딱 장사를 마치고 산속으로 숨어야 하는 거라고. 풍산 저 녀석은 산적으로서의 기본이 안 돼 있어."

송추월이 투덜거렸다. 그러자 곁에 있던 부루가 차가운 목소리로 말했다.

"상대는 천리표국의 표두야. 천리표국은 요동 일대에서 가장 큰 표국이지. 듣자 하니 천리표국에는 십이표두라는 고수들이 있다고 하더군. 아마도 저 우가는 그중 하나일 거야. 그런 자를 상대로 승부를 쉽게 낼 수는 없지."

"그럼 좀 거들까?"

원무극이 참견을 했다. 그러자 송추월이 얼른 손을 저었다.

"쓸데없는 짓 마. 만약 네가 싸움에 끼어든다면 풍산 저 녀석이 저 우가 성의 표두가 아니라 네놈을 향해 도끼를 휘두를 테니까. 풍산 녀석 성격 몰라?"

"그, 그렇겠지?"

원무극이 머리를 긁적이며 말했다. 그러자 다시 부루가 입을 열었다.

"이 승부는 그냥 풍산에게 맡겨놓는 게 좋아. 우리가 끼어들면 천리표국의 표사들도 싸움에 뛰어들 거고. 그러면 일이 복잡해져. 오늘의 장사는 풍산과 저 표두의 승부에 맡기는 게 좋아."

"내 말이 그 말이야. 그런데 문제는 저 싸움의 승패가 과연 날 것이냐 이거지."

송추월이 턱을 괴며 중얼거렸다. 이번에는 부루도 송추월의 말에 답을 하지 못했다. 확실히 곽풍산과 우정산의 싸움은 팽팽한 균형을 이뤄 쉽게 끝날 것 같지 않아 보였다.

"그냥 대충 타협하지? 저자들도 우리의 실력을 보았으니 거래에 응할 것 같은데."

대일이 퉁명스레 말했다. 그러자 송추월이 고개를 끄덕였다.

"듣고 보니 그것도 괜찮을 것 같은데? 꼭 승부를 내야 하는 건 아니잖아? 우리가 저 표물 전부를 가져갈 것도 아니고."

그러자 부루도 고개를 끄덕였다.

"그것도 한 방법이지. 문제는 저 들소 같은 녀석이 과연 싸움을 그만둘 것이냐지만."

그러자 송추월이 훌쩍 자리에서 일어났다. 그리고는 천천히 곽풍산과 우정산이 싸우고 있는 공터 중앙을 향해 걸어갔다.

송추월이 나서자 천리표국 표사들의 표정이 급변했다. 혹시라도 송추월이 곽풍산을 상대로 어려운 싸움을 하고 있는 우정산에게 임수라도 쓸까 히는 걱정 때문이었다. 그런 표사들의 마음을 읽었을까. 문득 송추월이 자신을 노려보고 있는 표사들을 바라보더니 심드렁한 목소리로 말했다.

"걱정들 마시오. 싸움을 말리려는 거니까."

송추월의 말에 표사들이 어리둥절한 표정을 지었다. 이 젊은 산적이 무슨 수로 고수들 간의 싸움을 막을 수 있단 말인가.

그런데 천리표국의 표사들이 의문에 싸여 있는 순간 번개처럼 송추월의 신형이 움직였다.

"앗!"

송추월을 주시하고 있던 천리표국 표사들 입에서 다급성이 터져 나왔다. 바람처럼 움직인 송추월이 어느새 검을 빼 들고 격전을 벌이고 있는 곽풍산과 우정산 사이로 뛰어들었기 때문이다.

지잉!

쇠와 쇠의 마찰음이 소름 끼치게 흘러나왔다. 동시에 장내에서 벌어지던 광풍 같은 움직임이 거짓말처럼 정지했다. 천리표국의 표사들 역시 미처 송추월의 움직임을 따라잡지 못하고 멍하니 하나로 뒤엉켜 있는 세 사람을 응시할 뿐이었다.

송추월은 정확하게 곽풍산과 우정산 사이를 자신의 검으로 가르고 있었다. 그의 검에 곽풍산의 도끼와 우정산의 검이 사슬처럼 엉켜 있었다.

"뭐야?"

곽풍산의 입에서 노성이 터져 나왔다. 그가 마치 철천지원수라도 보듯 송추월을 노려봤다.

"그만 끝내."

송추월이 무심하게 말했다.

"추월 이 자식! 감히 내 싸움에 끼어들어?"

곽풍산이 분노를 숨기지 않고 송추월을 노려봤다.

"이게 왜 네 싸움이야? 우리가 지금 싸움하러 나왔냐, 장사하러 나왔지?"

"어쨌든 내가 시작한 싸움이야."

"젠장, 그럼 빨리 끝내든지. 싸움을 시작한 지 이각이 훨씬 지났다. 더군다나 쉽게 승부가 날 것 같지도 않고. 하루 종일 싸움질만 할래? 이쯤에서 서로 흥정을 하는 게 낫잖아? 안 그렇소?"

송추월이 놀란 눈으로 자신을 바라보고 있는 우정산을 돌아보며 물었다.

"도대체 네놈들은……."

"계속하잔 말이오?"

송추월이 눈꼬리를 치켜 올렸다.

"네놈들의 정체가 뭐냐?"

"몰라서 묻소?"

송추월이 퉁명스레 되물었다.

"너희들은 결코 그냥 산적 나부랭이가 아니다!"

"물론 우린 그냥 산적 나부랭이가 아니오. 우린 대호산 대호채의 산적들이란 말이지. 바로 이 대호산의 주인들! 그러니 더 이상 싸움질은 그만하고 흥정을 시작합시다. 도끼 빼!"

송추월이 곽풍산을 보며 소리쳤다. 그러자 곽풍산이 송추월을 노려보다 엉켜 있는 검 사이에서 자신의 도끼를 빼며 말했다.

"이 일은 나중에 이야기하자!"

"그러든지."

"표두 나리, 이 친구 말대로 그만합시다. 우리 둘 다 싸우다 골병 들 일 없잖수? 그리고 당신들은 갈 길도 바쁠 것이고."

곽풍산이 자신과 백오십여 합을 싸운 우정산에게 호감이 생겼는지 부드러운 목소리로 말했다. 그러자 우정산이 잠시 송추월과 곽풍산을 바라보다 고개를 끄덕이며 송추월의 검과 맞닿아 있는 자신의 검을 회수했다.

"좋다. 그만하지."

"그럼 흥정이 되겠구만! 은자 백 냥에 쌀 두 섬 어떻소?"

송추월이 마치 맡겨둔 물건 달라는 듯 우정산을 보며 통행세를 불렀다. 그러나 우정산은 송추월의 조건에는 관심이 없는 듯 고개를 저으며 말했다.

"그것보다 먼저 묻고 싶은 것이 있다!"

"거 산적과 표두 간에 무슨 할 이야기가 있겠소? 거래만 끝내면 그만이지."

"보통 산적이 아닌 것 같으니까."

우정산의 말에 송추월이 가만히 우정산을 바라보다 고개를 끄덕였다.

"좋소. 뭘 알고 싶소?"

"너희들은 정말 산적인가?"

"그럼 뭘 것 같소? 우리가 이 대호산에서 산적질을 한 지도 벌써 수년이오."

"무악산 용호채와 관련이 있나?"

"그자들하곤 관계없소. 아마 가다가 그자들에게 다시 통행세를 내야 할 거요."

"그렇다면 배후가 없다는 말이군."

"배후? 우리 뒤에 누가 있을 거라 생각했소?"

"너희들의 무공은 결코 산적이 익히고 있을 수준의 무공이 아니다."

"그렇소? 난 잘 모르겠소. 어려서부터 산에서 살아와서 우리 무공이 어떤 수준인지 말이오. 하지만 뭐, 오 년 전부터는 한 번도 출행에 실패한 경우가 없기는 하오."

"배후가 없다면… 혹 다른 일을 해볼 생각은 없나?"

"다른 일이라……. 물론 우리도 평생 산적질을 하며 살 생각은 아니오."

"산을 내려갈 생각이 있다는 말이군."

"언젠가는 그럴 거요."

"그럼 어떤가. 우리 천리표국에 들어오는 것이?"

우정산의 말에 송추월은 물론 길을 막고 있던 다른 네 명의 산적 눈빛도 변했다. 그중에서도 특히 대일은 흥분한 듯 앞으로 달려나왔다.

"그 말, 정말이오?"

대일이 믿어지지 않는다는 듯 물었다.

"물론이네. 자네들 정도의 실력이라면 충분히 본 표국의 표사가 될 수 있을 걸세."

"흐흐, 천리표국의 표사라……. 산에 들어오기 전부터 표사가 되는 게 꿈이었는데……."

"그렇다면 잘되었군. 천리표국으로 들어오게."

그때 송추월이 손을 들어 올려 대일의 말을 막았다.

"그 이야기는 일단 거래가 끝난 후에 합시다."

"추월, 지금 무슨 말을 하는 거야? 천리표국으로 들어오라잖아? 표사로!"

"글쎄, 그건 나중 일이라니까. 지금은 서로 깨끗하게 거래를 끝내는 게 좋아. 너는 모르지만 다른 사람들은 표사가 되는 일에 관심이 없을 수도 있으니까."

송추월의 말에 대일이 고개를 돌려 다른 산적들을 돌아보며 물었다.

"너희들, 정말 생각없는 거야?"

그러자 부루가 냉정한 말투로 말했다.

"추월 말이 맞아. 산을 내려가는 일이나 내려가서 무슨 일을 할 것인지는 나중에 생각해도 늦지 않아. 한 가지 더 말하자면 난 표사가 될 생각은 없다. 그러니 일단 거래를 끝내!"

부루의 말이 끝나자 송추월이 다시 우정산을 보며 말했다.

"들었소? 일단 거래를 끝냅시다."

그러자 우정산이 고개를 끄덕였다.

"좋다. 그렇게 하지. 쌀 두 섬을 내려!"

우정산의 말에 천리표국의 표사들이 재빨리 마차 한 대에서 네 가마니의 쌀을 내렸다. 표사들이 쌀가마니를 내려놓자 우정산이 품속에서 두 개의 전낭을 꺼내 송추월에게 건넸다.

"오십 냥씩 백 냥이네. 확인하게."

"후후, 확인할 필요야 있겠소? 대천리표국의 표두께서 사람을 속일 리는 없을 테고. 자, 이제 거래가 끝났으니 갈 길 가보시구려."

송추월이 손에 든 두 개의 전낭을 허공에 던졌다가 받으면서 한쪽 옆으로 물러났다. 그러자 젊은 산적 역시 막고 있던 길을 열었다.

"내가 한 말을 잘 생각해 보게. 자네들 실력으로 산적질이나 하는 것은 아까운 일이야."

길을 열어주는 산적들을 보며 우정산이 재차 말했다.

"알았소. 한번 생각해 보겠소."

송추월이 고개를 끄덕였다. 그러자 우정산이 재차 입을 열었다.

"난 두 달 뒤에 표국으로 돌아갈 걸세. 생각이 있다면 두 달 뒤 천리표국으로 와서 날 찾게."

"알겠소. 어서 가시구려."

송추월이 귀찮다는 듯 손짓을 했다. 그러자 우정산이 뭔가 아쉬운 듯한 표정을 짓다가 이내 천리표국의 표사들에게 명을 내렸다.

"출발한다. 해가 지기 전 대호산을 내려간다. 서둘러라!"

"옛, 표두!"

우정산의 명에 표사들이 일사불란하게 움직이기 시작했다. 곧이어 다시 마차가 움직였다. 우정산은 금포노인을 호위해서 서둘러 대호산을 내려가기 시작했다. 그러면서도 그의 시선은 시야에서 멀어질 때까지 두어 번 대호산의 젊은 산적들에게 머물렀다.

第九章
용호채

화마경

"아니, 도대체 왜들 싫다는 거야?"

대일이 눈에 쌍심지를 켜고 친구들을 돌아보며 소리쳤다. 두 필의 말에 천리표국이 호송하는 상단으로부터 얻어낸 두 섬의 쌀가마니를 실은 산적들은 대호산의 험한 산길을 유유자적 걷고 있었다. 개중 성질이 난 사람은 오직 대일뿐이었다.

"겨우 표사질이나 하자고 죽도록 무공을 익힌 건 아니야. 그럴 바엔 차라리 이곳에서 산채를 키우겠다."

곽풍산이 대일의 말을 받아주었다.

"겨우 표사질? 야, 풍산 너, 많이 컸다. 처음 우리가 대호산에 들어올 때를 생각해 봐. 아니, 그보다도 처음 그 노괴에게서 무공을 배울 때를 생각해 봐. 그때 우리는 무공을 익혀 표사가 되는 게 꿈이었어."

"물론 그랬지. 하지만 이젠 아니야. 표사가 되는 건 이제 오로지 대일 네 꿈일 뿐이야."

송추월이 퉁명스레 말했다.

"나만의 꿈이라고? 야, 정말 뒷간 갈 때와 나올 때 사람 마음이 다르다더니… 언제부터 네놈들의 배포가 그리 커졌는지 모르겠다. 감히 천리표국의 표사 자리에 콧방귀를 뀔 만큼!"

"원하면 너나 가."

문득 침묵을 지키고 있던 부루가 차갑게 말했다.

"하긴 부루 네 녀석은 처음부터 다른 생각이 있었지. 하지만 다른 놈들은 표사 일에 관심이 있었잖아?"

대일이 여전히 미련을 버리지 못하겠는지 나머지 산적들을 추궁했다. 그러자 송추월이 느긋한 목소리로 말했다.

"에… 물론 우리가 아주 관심이 없었다고는 말할 수 없지. 어릴 때야 표사 일이 대단해 보이기도 했고. 하지만 지금은 달라. 설마 우리 무공이 천리표국의 표두를 어렵지 않게 상대할 정도가 될 거라고 누가 생각이나 했겠냐?"

"조금만 더 시간을 주었다면 그 표두 머리를 부숴놓을 수도 있었어!"

곽풍산이 호기로운 목소리로 말했다.

"대일, 사람은 말이다, 상황이 변하면 처신도 변해야 하는 거야. 예전에야 표국의 표사들이 호랑이처럼 무서웠지만 지금은 별 볼일 없는 존재들이거든. 그런데 우리가 왜 표사 일을 하냐? 꿈을 좀 더 크게 가지라고! 사내자식이……."

"그래서 너희들은 뭘 하겠다는 건데?"

대일이 아니꼽다는 듯 물었다. 그러자 송추월이 고개를 갸웃했다. 그리고는 곽풍산과 부루를 보며 물었다.

"정말 이제 앞으로의 일을 고민해야 할 때가 된 것 아닐까?"

"때가 되기는 했지."

부루가 고개를 끄덕였다.

"난 그냥 산적질을 하는 것도 괜찮은 것 같아. 저자에 내려가서 혼잡하게 사는 건 별로야. 산에 살다 보니 산이 좋아졌어. 어, 바람 좋다!"

곽풍산이 크게 숨을 들이쉬며 말했다.

"하지만 결국 나중에는 곤륜으로 가야 하잖아."

원무극이 말했다.

"하긴 그렇군. 어쨌든 일단 산을 내려가긴 해야 하겠군."

곽풍산이 고개를 끄덕였다.

"소문에 의하면 지금 요동무림의 정세가 심상치 않다더군. 그러니 산을 내려가려면 할 일을 찾을 수 있을 거야."

부루가 눈빛을 빛내며 말했다.

"무림 일에 뛰어들게?"

대일이 놀란 표정으로 물었다.

"무공을 익힌 이상 크게 한번 놀아봐야지."

부루의 눈에서 한줄기 열기가 뻗어 나왔다.

"무림이라……. 그것도 좋지."

송추월이 맞장구를 쳤다.

"난 조금 겁이 나는데."

원무극이 어깨를 움츠리며 말했다.

"무극, 넌 네 무공에 자신을 가져도 돼. 지금 강호에 나가도 너의 세우검을 피해낼 사람은 그리 많지 않을 거야."

송추월이 원무극의 어깨에 손을 올리며 말했다.

"정말 그럴까?"

"그건 내가 보증하지. 지난번 네놈과 비무를 할 때 난 하마 터면 심장을 찔릴 뻔했다니까."

"하지만 항상 네가 이겼잖아."

"그거야 네 녀석이 살심을 일으키지 않았기 때문이지. 네 녀석이 살심을 갖고 세우검을 펼치면 누구도 널 쉽게 상대하지 못해."

"그건 추월 말이 맞다. 냉정하게 보자면 우리 다섯 중 무극 네가 가장 위험한 무공을 익히고 있다."

부루가 여전히 차가운 기운이 흐르는 목소리로 말했다.

"헤, 정말?"

"부루가 그렇다면 그런 거야. 저놈은 빈말을 하지 않지."

곽풍산까지 거들자 원무극의 얼굴이 미소로 가득 찼다.

"그런데 무림에 나서려면 어떻게 해야 하는 건데?"

대일은 표사가 아니라 무림에 뜻을 두고 있는 부루가 여전 히 못마땅한지 잔뜩 찌푸린 얼굴로 물었다.

"그야 산을 내려가 봐야 알지. 분명 우리를 필요로 하는 곳이 있을 거야."

"무림 문파에 들어가자는 말이야?"

"시작은 그래야겠지. 경험을 쌓아야 하니."

"그게 표사가 되는 것보다 나을까?"

"당장은 표사 일보다 고되고 험할지 몰라도 나중에는 분명 표사로 늙어가는 것보다 나을 거야."

부투가 단호하게 말했다.

"네가 그렇다면 그런 거지만……."

부루의 확신에도 여전히 대일은 천리표국의 표사 자리가 마음에 남는 모습이었다.

굽이진 산길이 급한 경사를 따라 올라가더니 다섯 산적을 제법 너른 분지로 이끌었다. 그곳에는 깨끗하게 지어진 한 채의 건물이 서 있었다. 건물이 서 있는 자리는 과거 대호산을 근거로 명성을 떨쳤던 대호채가 있던 자리였다. 건물을 둘러 굵은 나무를 이어붙인 방책이 세워져 있었는데 산적들은 방책 중간에 만들어진 문을 통해 안으로 들어갔다.

젊은 산적들이 화동 생활을 접은 것은 육 개월 전이었다. 물론 불에 탄 대호채의 옛 터전에 새로 건물을 짓기 시작한 것은 그 이전이었지만. 산적들은 화동에서의 수련을 통해 무공에 어느 정도 자신감을 갖자 다시금 거처를 대호채가 있던 곳으로 옮겼던 것이다.

"역시 집이 좋군. 쌀도 두 섬이나 얻었으니 한동안 출행을 하지 않아도 되겠지?"

곽풍산이 건물 앞 너른 공터에 놓인 바위에 엉덩이를 붙이며 말했다.

"서너 달은 걱정없을걸?"

대일이 말 위에 실린 쌀가마니를 툭툭 치며 말했다.

"저녁에 보자."

부루가 건물 뒤쪽으로 걸음을 옮기며 말했다. 그러자 곽풍산이 인상을 찡그리며 투덜거렸다.

"징그러운 녀석, 잠시도 쉬지 않으니……. 저러다 천하제일인 되겠다."

그런데 곽풍산의 말이 끝나자마자 송추월도 자리를 떴다.

"나도 간다."

"추월 네 녀석도? 장기 한판 두자!"

"아니, 나중에!"

뒤를 향해 손을 흔들어 보인 송추월이 이내 시야에서 사라졌다.

"헤헤, 그럼 나도……."

송추월이 사라지자 이번에는 원무극이 작은 웃음을 흘리며 재빨리 걸음을 옮겨 장내를 벗어났다.

"저 녀석들이 정말 무공에 미쳤나?"

원무극까지 사라지자 곽풍산이 어안이 벙벙한 표정으로 중얼거렸다.

"나도 수련하러 간다."

"대일 너까지?"

"저놈들에게 뒈질 수는 없지."

"젠장, 알았다, 알았어. 그런데 가더라도 이 쌀가마니는 내려놓고 가라."

"그건 네가 해. 나중에 보자!"

대일이 퉁명스레 말하고는 바람처럼 자리를 떴다.

"요런 망할 녀석들! 하여산 언세나 귀찮은 일은 나한테 넘긴다니까. 젠장! 가자."

곽풍산이 멀어지는 대일을 노려보며 말을 잡아끌었다.

*　　　*　　　*

송추월 등 젊은 산적 다섯이 기거하는 대호산 대호채로 이어지는 산길을 따라 수십 명의 장한이 걸음을 옮기고 있었다. 각기 손에 검과 도, 그리고 흉험한 도끼와 각궁을 든 자들의 얼굴은 험상궂기 이를 데 없었다.

"아직 멀었느냐?"

문득 장한들 가운데서 호방한 음성이 흘러나왔다. 그러자 일행 앞쪽에서 길을 열고 있던 두 명의 사내 중 한 명이 얼른 고개를 돌려 대답했다.

"거의 다 왔습니다, 이채주!"

"서둘러라. 오늘 중으로 일을 마치고 산채로 돌아가야 한다."

"알겠습니다, 이채주!"

앞선 사내가 고개를 숙여 보이고는 걸음을 빨리하기 시작했다.

"이형(二兄), 굳이 이렇게까지 할 필요가 있을까요?"

문득 앞선 사내에게 명을 내린 장한 옆에서 마른 몸매의 사내가 입을 열었다. 그러자 이채주라 불린 사내가 대답했다.

"대형께서 내리신 명이니 어쩌겠는가? 따라야지."

"하지만 이 대호채는 오 년 전 혁가장의 공격으로 완전히 멸절한 곳 아닙니까? 그 때문에 우리 용호채가 무악산에 자리를 잡고 세를 불릴 수 있었고 말입니다. 그런데 그때 살아남은 놈들 겨우 몇이 작은 상인들을 턴다고 해서 우리가 나서는 것은 용호채의 체신에 맞지 않는 일이 아닙니까? 장백의 다른 채주들이 비웃을까 걱정입니다."

그러자 지금까지 말을 하고 있지 않던 작지만 단단한 체구를 가진 자가 입을 열었다.

"그건 삼형(三兄)께서 사태를 너무 가볍게 보고 하시는 말씀인 것 같수."

그러자 마른 사내가 단단한 체구의 사내를 돌아보며 물었다.

"그럼 아우는 놈들이 우릴 위협할 만하다고 보는 건가?"

"물론 그럴 리야 없지요. 그 녀석들이 아무리 재주가 뛰어나다고 해도 감히 용호채를 위협할 수는 없겠지요."

"그럼 내가 왜 놈들을 가볍게 봤다고 하는 건가?"

"이번에 놈들이 천리표국이 호위하는 상단으로부터 통행세를 받아냈다고 하니 하는 말입니다. 비록 본 채에 위협은 될 수는 없어도 천리표국의 표행을 막을 정도면 아무래도 그냥 놓아둘 수는 없지요. 더 크기 전에 싹을 잘라야지요. 아마도 대형께서도 그리 생각하고 우리 세 사람을 보내신 것일 겁니다."

"음, 놈들이 비록 천리표국의 표행으로부디 통행세를 받아 냈다고는 하나 그건 아마도 그 표행을 이끄는 표두 우정산이 마음을 너그럽게 써서 그런 것일 것이네. 천리표국의 십이표두 중 우정산이 가장 유한 성정의 사람인 것은 자네도 알고 있지 않은가? 아마 다른 표두들이었다면 결코 순순히 통행세를 내주지 않았을 걸세. 오히려 대호채 놈들이 죽어나갔겠지."

"물론 그렇게 생각할 수도 있지만 어쨌든 우정산이 통행세를 낸 것은 낸 것이니 그 소문이 장백에 퍼지면 놈들을 따르려는 자들이 모여들 수도 있을 겁니다. 대형께선 그걸 걱정하신 것이고."

"음, 그런가?"

그런데 그때 얼굴이 수염으로 덮인 이채주란 사내가 입을 열었다.

"두 아우의 말이 틀린 것은 아니지만 사실 대형께서 우리에게 대호채를 정리하라고 하신 것에는 다른 이유가 있다."

"다른 이유라니요?"

마른 사내가 수염투성이 사내를 보며 물었다.

"요즘 산 아래에서 들려오는 소문이 썩 좋지가 않아."

"무슨 일이 있습니까?"

"혁가장과 고월산장의 경쟁이 생각보다 치열하다고 하더군. 또한 요동무림의 거파들도 암중에 움직이고 있다 하고."

"혁가장과 고월산장의 싸움이야 어제오늘 일이 아니지 않습니까? 그게 대호채를 정리하는 일과 무슨 상관이 있습니까?"

"혁가장의 소장주가 최근에 서압록 인근의 상인들을 모아 놓고 혁가장을 지원하라고 노골적으로 협박한 모양이야."

"그래서요?"

"물론 상인들이야 무슨 힘이 있어? 모두들 속으로야 이를 갈면서도 혁가장을 위해 피 같은 금자를 내놓았겠지."

"그게 우리와 무슨 상관입니까?"

"아무리 혁가장의 애송이가 안하무인이라 해도 아무 대가 없이 금자를 내놓으라고 협박하기에는 자기도 무안했던지 금자를 요구하면서 한마디 했다더군. 상인들을 보호하기 위해 한 번 더 자신이 검을 들 수 있다고 말이야."

"그게 무슨……?"

"다시 말해, 상행을 방해하는 녹림도를 토벌하겠다는 것이지. 오 년 전 대호채를 토벌한 것처럼."

"저런 죽일 놈! 왜 애꿎은 우릴 가지고 지랄이야!"

"그놈이 대호채 토벌로 재미를 좀 봤지. 그때까지는 그저 혁가장의 버르장머리없는 소장주로 알려졌던 놈이 대호채를 토

벌한 이후 일약 무림의 협객으로 떠올랐단 말이야. 물론 그 명
성도 지난 오 년간 스스로 모두 깎아먹었지만. 아마도 놈은 다
시 한 번 그때의 일을 재현하고 싶어하는 모양이야."

"여우 같은 놈 같으니라구. 제 놈이 상인들에게 뜯어내는 돈
이 장백십삼채에서 상인들에게 받아내는 통행세보다도 많을
것이면서……."

"그러게 말이네. 하지만 일단 놈이 다시 장백외 산채들에게
관심을 보이기 시작했다면 어쨌든 조심할 일이네."

"그렇지요. 놈은 몰라도 혁가장은 무섭지요."

"그런데 만약 놈이 다시 우리 녹림도들을 토벌하겠다고 나
선다면 가장 먼저 어디로 올 것 같은가?"

"글쎄요?"

마른 사내가 고개를 갸웃했다.

"채주께서는 아마도 대호산에 먼저 오를 것이라고 생각하
시는 모양이야."

"대호산에요?"

마른 사내가 의아한 표정으로 되물었다.

"그래. 대호산 대호채가 놈의 첫 번째 사냥감이 될 거란 거
지."

"에이, 그건 대형께서 잘못 생각하신 것 같은데요? 놈이라
면 자신의 명성에 도움이 될 만한 사냥감을 찾을 텐데 대호산
의 어린놈들 몇을 사냥하러 오겠습니까?"

"문제는 그 어린놈들이 자신이 토벌했던 대호채의 후예를

자처하고 있다는 것이지. 다시 말해, 오 년 전 혁가 놈의 대호
채 토벌이 완벽하지 못했다는 말이 되는 거란 말이야. 더군다
나 그놈들이 대범하게 천리표국의 표행까지 가로막았으니 아
마도 스스로의 명성을 위해 다시 한 번 대호채에 오를 수도 있
다는 것이 채주 대형의 생각이시네."

"듣고 보니 그럴 수도 있겠군요."

마른 사내가 고개를 끄덕였다.

"그런데 놈이 대호채의 어린놈들을 제압하면 과연 그냥 산
을 내려가겠는가?"

"아니지요. 그 정도로 만족할 놈이 아니지요."

"맞네. 대호채의 어린놈들을 쓸어버리는 거야 무림에서 검
을 쓴다는 자는 누구나 할 수 있는 일. 놈은 아마 다시 한 번 제
이름을 강호에 알리기 위해 좀 더 큰 사냥감을 원할 걸세. 그
렇다면 대호채 이후의 사냥감이 어디가 되겠는가?"

사내의 말에 마른 사내의 표정이 어두워졌다.

"당연히 우리 용호채가 되겠지요. 대호산과 무악산은 지척
이니……."

"채주 대형께서 걱정하시는 것이 바로 그것일세. 놈은 대호
산에 오르면 그 기세를 살려 분명 무악산까지 올 거야. 그러니
놈이 대호산에 오르기 전에 대호채의 어린 녀석들을 정리해야
하는 걸세. 이후 우리가 한 몇 달 산행을 나서지 않으면 아마
도 놈은 장백의 다른 산채로 눈을 돌릴 걸세."

"그렇겠군요. 이형님의 말씀을 듣고 보니 오늘 일이 생각보

다 무척 중요하군요."

"그래서 채주 대형께서 우리 세 명을 직접 보내신 걸세. 일에 실수가 있어서는 안 되니까."

"그렇군요. 그런데 그 어린 산적 놈들은 어찌 처리할 생각이십니까?"

"채주 대형께서 산채로 데려오라시더군."

"산채로요?"

"그래."

"놈들을 거둬들일 생각이신 모양이군요?"

"천리표국의 표행을 가로막을 만한 대범함을 지녔다면 쓸모가 있는 놈들이라는 거지."

"놈들에겐 오히려 행운이겠군요. 우리 용호채에 들게 되었으니."

"그런 셈이지."

수염투성이 사내가 고개를 끄덕였다.

"웬 놈들이지?"

곽풍산과 대일은 거처로 쓰는 통나무집 지붕 위에 올라 있었다. 간밤에 대호산에는 봄비가 내렸는데 지붕이 잘못되었는지 집 안으로 비가 샜기 때문이다.

송추월과 부루, 그리고 원무극은 집 아래서 나무들을 잘라 지붕 위의 두 사람에게 올려 보내고 있었다.

"무슨 일이야?"

갑자기 일손을 멈춘 곽풍산과 대일을 보며 송추월이 물었다.

"웬 놈들이 몰려오고 있어."

"뭐?"

"아마도… 산채 쪽으로 오는 것 같은데?"

"토벌댄가?"

"그런 것 같지는 않아."

곽풍산이 눈을 가늘게 뜨고 산채로 다가오는 수십 명의 사내를 살피며 말했다.

"그럼?"

"행색을 보면 꼭 산적들 같은데……."

"산적?"

"그래."

"떠돌이 화적 놈들이 우리 대호채를 노리는 게 아닐까?"

원무극이 걱정스런 표정으로 물었다. 한곳에 정착하지 못한 화적들이 주인이 있는 산채를 공격하는 경우가 종종 있었다.

"그럴지도 모르지. 최근 들어 산에 드는 자들이 다시 늘어나고 있으니까."

부루가 고개를 끄덕였다.

"흐흐흐, 이 기회에 산채의 살림 좀 늘려볼까?"

지붕 위에서 곽풍산이 능글거리는 얼굴로 중얼거렸다. 그의 얼굴에선 산채로 다가오는 자들에 대한 두려움 같은 것은 찾아볼 수 없었다. 오히려 재밌는 일이 벌어질 거란 기대감에 들

뜬 표정이었다.

"무림인들일지도 몰라."

대일이 경계심이 묻어나는 목소리로 말했다.

"까짓, 우리가 지금 무서울 게 뭐 있냐? 붙어보는 거지."

곽풍산이 호기로운 목소리를 흘려내고는 훌쩍 신형을 날려 땅 위로 내려섰다. 거구의 곽풍산이 움직이는 모습이 제비처럼 날렵해 그동안의 수련이 만만치 않음을 느끼게 했다. 대일 역시 곽풍산을 따라 땅으로 내려섰다.

"가볼까? 그래도 손님인데 문밖에서 맞아야지."

송추월이 무덤덤한 목소리를 내뱉고는 천천히 방책 중간에 만들어진 출입구를 향해 걸어나갔다.

"어디서 오시는 분들이오?"

산채 출입구의 중앙을 지키고 섰던 곽풍산이 무악산 용호채의 산적들이 산채 앞으로 다가서자 제법 위협적인 목소리로 물었다. 그러자 용호채 산적들이 걸음을 멈추더니 그중 수염 투성이 사내와 마른 체구의 사내, 그리고 단단한 체구의 키 작은 사내가 앞으로 나섰다.

"너희들이 대호채를 다시 세운 놈들이냐?"

수염투성이 사내가 위압적인 목소리로 물었다.

"거참, 말 한번 걸게 하네. 초면부터 욕지거리라니."

"어린놈이 말이 많구나. 묻는 말에 대답이나 하거라."

"맞소. 우리가 대호채의 주인들이오. 그런데 어디서 왔소?"

곽풍산이 재차 물었다.

"우린 무악산 용호채 사람들이다."

수염사내의 말에 곽풍산의 눈이 살짝 커졌다.

"무악산 용호채? 이제 보니 같은 녹림의 형제들이었구려. 그런데 용호채의 영웅들께서 대호산까진 어쩐 일이오?"

곽풍산이 심드렁하게 물었다. 그러자 수염사내의 표정이 살짝 변했다. 대호산과 무악산은 어깨를 나란히 하고 연해 있다. 그러니 이 젊은 산적들이 무악산 용호채의 명성을 듣지 못했을 리 없다. 용호채는 수년 전부터 근방 산채들 중 우두머리 자리를 지키고 있는 산채였다. 그런데 겨우 다섯에 지나지 않는 대호채의 어린 산적 녀석은 용호채란 이름에도 전혀 주눅이 들지 않는 것이 아닌가.

"난 용호채의 일곱 채주 중 이채주 구다라고 한다."

수염사내가 자신의 이름을 밝혔다. 용호채는 처음 일곱 명의 두령으로 시작한 산채다. 용호채 칠두령의 명성은 장백의 녹림도들 사이에선 무척 유명했다. 보통 크나 작나 산채의 채주들은 능숙하게 도검을 다루는 자들이 많았다. 정식으로 무공을 수련하진 않았더라도 오랜 화적 생활에 자연스레 도검 쓰는 법을 터득한 자들이 무리를 모아 산채를 운영하는 것이 대부분이었기 때문이다.

그런데 그중에서도 용호채의 일곱 두령은 제대로 된 무공을 익힌 것으로 소문이 나 있었다. 용호채의 일곱 두령은 자칭 광풍도라 불리는 도법을 함께 익힌 것으로 알려졌는데, 그들의 무공 수준은 강호에 나가도 대접받을 만한 실력으로 알려져 있었다. 그중에서도 특히 일채주 관묵과 이채주 구다의 도법은 강호 일류 수준에 이르렀다는 소문이 파다했다.

그런데 그 유명한 용호채 이채주 구다의 등장에도 곽풍산의 표정은 전혀 변함이 없었다.

"그렇소? 반갑소이다. 난 대호채 곽풍산이라 하오."

겁은커녕 귀찮은 기색이 역력한 표정으로 곽풍산이 대꾸했다. 그러자 용호채 이채주 구다의 얼굴이 붉어졌다. 장백에서 산적질을 해먹고 사는 자 중 자신의 이름을 듣고도 이렇게 태연한 이는 지금껏 존재하지 않았다. 하지만 구다는 잠시 분노를 삭일 줄 아는 사람이었다.

"용호채 대채주님의 전갈을 가져왔다."

구다가 싸늘한 목소리로 말했다.

"용호채의 대채주께서 무슨 말씀을?"

곽풍산이 고개를 갸웃했다.

"대채주께서 너희 다섯 놈의 담력을 기특히 여겨 특별히 용호채로 불러 오라 하셨으니 날 따라나서거라."

"응? 우릴 초청하신 것이오? 잔치라도 베푸시려나?"

"그런 것이 아니라 대호채의 문을 닫고 우리 용호채로 거처를 옮기라는 말이다."

순간 곽풍산의 눈이 크게 떠졌다.

"대호채의 문을 닫으라고 하셨소?"

"그렇다. 대호산과 무악산은 한 산이나 마찬가지이니 두 산에 산채가 있을 필요가 있느냐?"

용호채 이채주 구다가 위협적인 말투로 말했다. 반발을 한다면 곧이라도 도를 뽑아 들 것 같은 기세였다.

"어쩌지? 용호채의 그 유명한 대채주께서 우리 산채를 접으라고 하신다는데?"

곽풍산이 동료 산적들을 돌아보며 물었다. 그러자 송추월이 퉁명스런 목소리로 말했다.

"우리에게 채주 자리 하나씩 내줄 건지 물어봐."

송추월의 말에 곽풍산이 고개를 끄덕인 후 다시 구다를 보며 말을 꺼냈다.

"대저 강호에서는 인재를 초청할 때 그에 걸맞은 대접을 해주는 법이라 들었소. 용호채의 대채주께선 우리를 위해 어떤 자리를 마련해 주신다 하시오?"

"자리?"

구다가 볼을 씰룩였다.

"그렇소. 두 개였던 산채가 하나로 합치려면 서로 걸맞은 거래가 이뤄져야 하는 것이 아니겠소?"

"네놈들의 배포가 큰 줄은 알았지만 감히 용호채와 거래를 할 생각까지 할 줄은 몰랐구나. 이제 보니 배포가 큰 것이 아니라 앞뒤 분간을 못하는 놈들 아닌가? 자리는 무슨 자리! 용호채의 식구로 받아주는 것도 감사한 줄 알아야지!"

"그러니까… 그냥 일개 산적으로 들어오라는 말이오?"

"그도 고맙게 생각해야 한다. 최근 들어 산 아래 무림 문파들이 장백의 산채들을 토벌할 것이란 소문이 자자해. 그러니 용호채에 몸을 의탁하는 것이 네놈들에겐 큰 행운이라 할 수 있을 것이다. 그러니 군소리 말고 짐을 싸거라."

"들었지?"

곽풍산이 구다의 말에는 대꾸도 하지 않고 다시 고개를 돌려 동료 산적들을 바라봤다. 그러자 대일이 심드렁한 목소리로 말했다.

"아니, 두령 노릇을 하지 못할 바에야 뭐 하러 무악산엘 가? 그냥 이곳에서 팔자 편하게 지내지."

"맞아. 우리가 굳이 대호산을 떠날 필욘 없어."

원무극도 고개를 끄덕였다. 송추월과 부루는 말할 필요도 없다는 듯 딴전을 피우고 있었다. 그러자 곽풍산이 다시 고개를 돌려 구다를 보며 말했다.

"안 되겠소. 친구들이 싫다고 하는구려."

"네놈들이 감히 대채주님의 명을 거역하겠단 말이냐?"

"제길, 다른 산채의 채주가 왜 남의 산채에 이래라저래라 명을 내린단 말이오? 주제넘게!"

"네놈들이 정녕 따끔한 맛을 봐야 정신을 차리겠구나."

구다가 곽풍산을 노려보며 노성을 흘렸다. 그러자 곽풍산이 크게 떴던 눈을 가늘게 만들며 되물었다.

"지금… 싸우자는 말이오?"

순간 구다의 입가에 실소가 흘렀다.

"싸움? 큭, 네놈들이 정말 하늘 높은 줄 모르는구나. 겨우 네놈들 주제에 우리의 싸움 상대가 될 거라 생각하느냐?"

"안 될 건 뭐 있소?"

"정녕 매를 버는구나."

"한번 때려보시오. 그 매가 맵다면 군소리없이 당신들을 따라가겠소."

곽풍산이 앞으로 움츠렸던 어깨를 펴며 말했다. 그러자 한순간 곽풍산의 신형이 지금보다 배는 더 커져 보였다.

"네놈이 타고난 신력을 믿고 기고만장하는구나. 하지만 오늘 네놈은 다른 세상이 있다는 것을 알게 될 것이다."

"세상 구경이야 많이 하면 좋은 것이고."

곽풍산이 들고 있던 도끼를 휙휙 휘두르며 말했다. 그러자 구다가 그런 곽풍산을 노려보다 고개를 돌려 마른 사내를 보며 말했다.

"아우, 자네가 저 어린 녀석의 버릇을 고쳐 주시게."

"알겠습니다, 형님! 맵게 회초리를 치지요."

마른 체구의 사내가 용호채 이채주 구다에게 고개를 숙여 보이고는 훌쩍 신형을 날려 곽풍산 앞에 내려섰다.

"난 용호채 삼채주 곡사정이라 한다. 세상 넓은 줄 모르는 네놈에게 한 수 가르침을 내릴 터이니 매가 아프다고 엄살 떨지 말거라."

"젠장, 내 나이가 누구에게 매 맞을 나이는 아니고, 야, 오늘도 내가 해야 하나?"

곽풍산이 귀찮은 기색으로 동료 산적들을 돌아보며 물었다.

그러나 그의 네 친구들 중 누구도 앞으로 나서지 않았다. 귀찮기는 그들도 마찬가지인 모양이었다.

"대일, 네가 나서!"

아무도 스스로 싸움을 맡고 나서지 않자 곽풍산이 대일을 지목했다.

"나보고 상대하라고?"

"그래."

"아니, 내가 왜?"

"저쪽이 도를 쓰고 너도 도를 쓰니 어울리잖아. 네가 해!"

"아, 참, 귀찮은데……."

"이 망할 놈아! 산행 나갈 때마다 내가 앞장선 거 잊었어? 오늘은 네가 맡아."

"쩝! 알았다, 알았어. 젠장할, 왜 도는 쓰고 지랄이야."

대일이 느리게 앞으로 걸어나오며 어느새 제법 무거워 보이는 도를 꼬나들고 있는 용호채 삼채주 곡사정을 노려보며 중얼거렸다.

"제법 괜찮은 도를 주워 들었구나."

곡사정이 대일의 청룡도를 보며 말했다.

"이거 말이오? 별로 좋은 게 아닌데… 오 년 전에 혁가장 놈들에게 죽은 두왕 아저씨가 쓰던 건데 날이 다 빠졌소."

"하지만 상인들 겁주기엔 제격이구나."

"아, 그건 맞소. 가만 그러고 보니 갑자기 두왕 아저씨가 한 말이 생각나네. 두왕 아저씨께서 말씀하시길, 화적질에도

도(道)가 있는데 그중 하나가 이긴 놈이 모든 걸 차지한다는 거였지. 그래서 말인데… 내가 당신을 이기면 어찌 되는 것이오? 당신이 내 수하가 되는 건가?"

대일이 곡사정의 심기를 긁으려는 듯 빙글거리며 물었다. 그러자 곡사정이 피식 실소를 흘렸다.

"설마 그런 일을 기대하는 건 아니겠지?"

"만약이라지 않았소? 사람이 싸움을 하려면 목적이 있어야지."

"후후, 좋다. 나 또한 산에 든 사람의 도리를 아니 내가 지면 네 수하가 돼지."

순간 대일이 정색을 하며 말했다.

"약속하는 거요?"

"그래, 약속한다."

그러자 대일이 곡사정의 뒤쪽에 늘어선 용호채 산적들을 죽 둘러보며 큰 소리로 소리쳤다.

"모두들 들었을 것이오! 여기 용호채의 삼채주께서 나와 한 약속을 말이오! 비록 산에서 화적질을 해먹고 살고는 있지만 사내의 약속이니 모두가 증인이 되어주시오!"

그러자 용호채 산적들 사이에서 웃음이 터져 나왔다.

"꼬마야, 살아 있기나 해라. 그럼 내가 네 기저귀를 갈아주마."

"하하하!"

여기저기서 터져 나오는 용호채 산적들의 비웃음에도 대일은 빙그레 미소를 지었다. 그리고는 곡사정을 보며 말했다.

"이렇게 증인이 많으니 당신은 이제 큰일 났소."

"무슨 큰일이 났다는 거냐?"

"이 싸움에서 당신이 질 테니까."

쩌렁!

한순간 대일의 손에 들려 있던 청룡도가 벼락 떨어지는 소리를 울려내더니 광풍처럼 곡사정을 쓸어갔다.

"헛!"

순간 곡사정의 입에서 헛바람이 새어 나왔다. 어리다고 얕보고 있던 대일이 이렇게 강렬한 도초를 뻗어낼 줄은 상상도 하지 못했던 것이다.

차앙!

곡사정이 다급하게 도를 들어 올려 자신의 이마 바로 앞에서 대일의 청룡도를 막아냈다.

"흥, 제법!"

비웃음을 흘린 대일이 청룡도에 힘을 가해 곡사정의 도를 내리눌렀다. 순간 곡사정의 얼굴이 붉게 상기됐다. 도를 통해 느껴지는 상대의 기운이 마치 산악처럼 느껴졌다.

"으음!"

곡사정의 입에서 나직한 신음성이 흘러나왔다.

"뭐가 이렇게 약해?"

대일이 도 아래로 내려다보이는 당혹한 곡사정의 얼굴을 보며 빙글거렸다.

"잇!"

한순간 곡사정의 입에서 짓눌린 듯한 기합성이 흘러나왔다. 동시에 그의 신형이 아래로 푹 꺼지는가 싶더니 번개처럼 땅을 굴러 대일의 청룡도 아래에서 벗어났다.

"하하, 아주 고명하신 신법이오."

대일이 한바탕 웃음을 터뜨리고는 삼 장 밖으로 피해 겨우 몸을 일으켜 세우는 곡사정을 향해 바람처럼 날아갔다.

우우웅!

대일의 청룡도가 광풍 같은 파공음을 만들어내며 곡사정을 휘몰아쳤다.

차차창!

곡사정이 서둘러 도를 들어 올려 날아드는 대일의 청룡도를 막아냈다. 그러나 대일의 도법은 기이막측하기 이를 데 없어서 곡사정이 필사의 힘으로 도를 휘둘렀지만 순식간에 그의 옷 곳곳이 대일의 도에 의해 찢겨져 나갔다.

"이건 뭐, 용호채 일곱 두령이 장백 녹림도 중 최고의 고수라더니 다 허풍이었구만! 에이, 그만 끝내자. 재미도 없고."

대일이 심드렁한 목소리를 흘려내며 번개처럼 도를 옆으로 그었다.

"헉!"

순간 곡사정의 입에서 다급성이 터져 나왔다. 동시에 곡사정의 몸이 거의 직각으로 뒤로 눕혀졌다.

팟!

그런 곡사정의 가슴 깃을 대일의 도가 번개처럼 베고 지나
갔다. 천만다행으로 곡사정의 가슴은 무사했으나 가슴 앞쪽의
옷은 대일의 도에 베어져 맨살이 그대로 드러났다.

"그만 물러나쇼!"

팡!

신형을 뒤로 젖힌 곡사정이 미처 몸을 바로 세우기도 전에
대일의 발이 번개처럼 곡사정의 옆구리를 가격했다.

"컥!"

급소를 맞은 곡사정의 입에서 토하는 듯한 신음 소리가 흘
러나왔다. 더불어 그의 신형이 허공으로 붕 떠오르더니 이 장
을 날아가 땅 위에 고꾸라졌다.

"커억!"

땅 위에 내리꽂힌 곡사정의 입에서 피를 토하는 신음 소리
가 흘러나왔다. 그런 곡사정을 흘깃 바라본 대일이 예상치 못
한 결과에 혼이 빠져나간 용호채 이채주 구다를 보며 물었다.

"당신도 내 밑에 들어올 생각 있어?"

第十章
하산(下山)

화마경

"네… 네놈들은 누구냐?"

용호채 이채주 구다가 떨리는 목소리로 물었다. 그의 앞에 대일에게 단번에 제압당한 삼채주 곡사정이 나뒹굴고 있었다.

"몰라서 묻는 거요?"

대일이 퉁명스레 대꾸했다.

"무공을… 무공을 익혔느냐?"

"그렇소. 그런데 그게 중요한 게 아니고, 어쩌겠소? 당신도 나서보겠소?"

"너희들 뒤에 누가 있느냐?"

"젠장, 있기는 누가 있어? 아무도 없소. 이 대호채는 우리 다 섯이 전부요."

"그럼 도대체 무공을 누구에게 배웠단 말이냐?"

구다가 잔뜩 겁을 먹은 표정으로 계속해서 물었다. 그러자 대일이 곽풍산을 돌아보며 말했다.

"야, 계속 대꾸를 해줘야 하는 거냐?"

대일의 말에 곽풍산이 고개를 저었다.

"아니, 이젠 내가 맡지."

"그래그래, 애초부터 이런 일은 네가 나서는 게 맞아. 괜히 날 불러내 가지고. 이보시오, 대용호채 이채주 나리, 궁금한 게 있으면 이제 이 친구에게 물어보시오. 하지만 말을 가려서 해야 할 거요. 이 친구는 성정이 급해서 수틀리면 저 커다란 도끼로 단번에 당신 머리를 쪼개 버릴지 모르니까."

대일이 가뜩이나 겁을 먹고 있는 구다에게 은근한 어조로 협박을 하고는 뒤로 물러났다. 그러자 곽풍산이 대일을 대신해 앞으로 나서면서 중얼거렸다.

"생각을 해보니 말이오, 당신 말대로 용호채와 우리 대호채는 너무 가까이 있는 것 같소. 대호산과 무악산이 한 능선으로 이어져 있는데 양쪽 모두에 산채를 둘 필요는 없는 것 같소. 그래서 말인데… 나도 용호채주의 의견에 동의하는 바이오. 에… 대호채와 용호채를 하나로 합치는 게 좋을 것 같구려."

곽풍산의 말에 구다를 비롯한 용호채 산적들이 어리둥절한 표정으로 대답을 하지 못하고 있는데 반해 대호채 네 명의 젊은 산적은 놀란 표정을 지으며 곽풍산에게 물었다.

"풍산, 그게 무슨 말이야?"

뒤에서 대일이 큰 소리로 물었다.

"무슨 소리긴 말한 대로지. 우리 대호채도 이젠 좀 세를 키울 필요가 있잖아?"

그러자 부루가 차가운 목소리로 말했다.

"쓸데없는 짓 말아. 우린 곧 산을 내려갈 거잖아. 그냥 돌려보내."

"아니, 아니, 그건 네 생각이고, 난 생각이 좀 달라졌어."

"생각이 달라졌다고?"

부루가 눈을 가늘게 뜨며 되물었다.

"그래."

"어떻게 달라졌는데?"

"에, 생각해 보니까 우리 다섯이 모두 한길로 갈 수는 없을 것 같아."

"무슨 말이냐?"

"비록 우리가 이 대호산에서 만나 지금껏 같이 살아왔지만 평생 같이 살 수는 없는 일 아니냐?"

"그게 무슨 말이야? 당연히 강호에 나가서도 우리 다섯이 힘을 합쳐야 해. 우리가 함께하면 큰일을 이룰 수 있어. 너희들은 나만 따라와. 내가 너희들을 무림의 강자로 만들어줄 테니까. 내게 다 계획이 있어."

"아니, 그건 네 생각일 뿐이야. 부루, 솔직히 말해 우린 서로 원하는 삶이 달라. 대일 녀석은 표사가 되고 싶어하고, 넌 무림의 강자가 되길 원하지. 추월이 녀석과 무극 저 녀석은 무슨 생각을 하고 있는지 모르겠고. 나도 너와는 생각이 다르고……."

순간 부루의 눈에 한기가 감돌았다.

"그래서 넌 뭘 하고 싶다는 거냐?"

"에, 솔직히 말해 오늘 아침까지만 해도 별생각없었지. 일단 산을 내려가면 예전에 우리 아버지를 부려먹다 허리를 다치자 무일푼으로 내쳐 죽게 만든 그 노랭이 늙은이를 손봐줄 생각밖에는 없었지. 그 이후에야 네 말대로 강호를 종횡할까 했는데 오늘 생각이 변했다.

"어떻게?"

"난 산에 남아야겠다."

"산에 남겠다고?"

"그래."

"산적으로 살겠단 말이냐?"

"나쁠 것 없잖아? 용호채까지 손에 넣고 아주 큰 산채를 만들어볼 생각이다."

"풍산, 그건 어리석은 생각이야. 우린 충분히 강호에서 이름을 얻을 힘이 있어. 날 믿어!"

"흐흐, 부루 네 녀석이 똑똑하다고 해서 우리 다섯의 미래를 네가 결정할 수는 없는 거야. 각자 원하는 대로 살아가는 거지. 난 산에 남겠다. 그래서 말인데, 오늘 제대로 된 수하 좀 거둬들여야겠다. 대일, 넌 산에 남을 생각 없냐?"

곽풍산의 물음에 대일이 고개를 저었다.

"아니. 말했지만 난 표사가 될 생각이야."

"흠, 그럼 저 사람은 어떡할 거냐? 너에게 패해 네 수하가 되었잖아?"

곽풍산이 곡사정을 가리켰다.

"그야 뭐, 농으로 한 내긴데……."

"그래? 그럼 내가 거둬도 되겠네?"

"좋을 대로. 나야 산을 내려갈 거니까."

대일의 대답에 곽풍산이 고개를 끄덕이고는 잔뜩 경계심을 품고 자신을 지켜보고 있는 구다를 보며 말했다.

"한판 붙겠소, 그냥 돌아가겠소?"

"대호채와 용호채를 하나로 합치겠다는 말은 무슨 뜻이냐?"

"당연히 내가 용호채를 접수하겠다는 말이오."

"그게 가능할 것 같으냐?"

"못할 것 같소?"

곽풍산이 어깨에 걸쳐 멘 도끼를 살짝 들어 올렸다. 순간 구다가 재빨리 두어 걸음 뒤로 물러났다.

"용호채의 장정이 모두 오십이다. 겨우 너희 다섯에게 용호채가 무릎을 꿇을 것 같으냐?"

"다섯이 아니라 나 하나요."

"뭐라고?"

"이 친구들은 산에 남아 산적질을 할 생각이 없다는 말이오. 오직 나만이 산에 남아 제대로 된 산채 하나 만들어볼 생각이니 용호채를 상대하는 것은 나 하나가 될 거요. 오늘은 그만 돌아가시오. 돌아가서 용호채의 채주에게 전하시오. 조만간 대호채의 곽풍산이 방문하겠다고. 아아, 그렇다고 서로 죽일 듯 살 듯 싸우자는 말은 아니오. 모든 일은 대화로 풀어야지. 비록 우리가 산적이라고 해도 말이오. 물론 말이 통하지 않으면 결국 피를 봐야겠지만."

웅!

한순간 곽풍산의 도끼가 허공을 갈랐다.

쩌릉!

순간 곽풍산의 도끼가 마치 살아 있는 생물처럼 수배 늘어나는 것 같더니 강렬한 파열음과 함께 구다가 서 있는 곳 바로 앞에 지진이 난 듯 서너 자 깊이의 균열을 만들었다. 그 빠름과 땅을 가르는 힘은 결코 용호채의 산적들이 경험해 보지 못한 것이었다.

자신의 바로 코앞에서 드러난 곽풍산의 무위에 용호채 이채주 구다의 얼굴이 파랗게 질렸다. 오랜 산적 생활에 가끔 무림 고수를 만나 곤욕을 치르기도 했지만 곽풍산이 보인 것과 같이 엄청난 무공은 처음 겪는 일이었던 것이다.

"그만 돌아가시구려."

재차 곽풍산의 말이 흘러나왔다. 그러자 구다가 혼미했던 정신을 차리며 곽풍산을 바라봤다.

"정말… 용호채로 올 생각이냐?"

"난 한 입으로 두말 안 하오. 서로 좋자는 일이니 너무 겁을 먹진 마시구려."

그러자 구다가 잠시 곽풍산을 노려보다 고개를 끄덕였다.

"좋다. 채주 대형께 네 말을 전하고 기다리마."

"그렇게 하시구려. 어… 조만간 갈 테니 좋은 술이나 준비해 두시구려, 형제! 하하하!"

곽풍산의 호탕한 웃음소리가 대호산을 뒤흔들었다.

"돌아간다."

구다가 용호채의 산적들을 돌아보며 명을 내렸다. 그러자 용호채의 산적들 얼굴에 안도의 기운이 감돌았다. 그들은 곽풍산이나 대일의 무공에 잔뜩 겁을 집어먹고 있었기에 돌아간 다는 구다의 명이 생명수나 다름없이 느껴졌다.

구다의 명이 떨어지자 구다와 곡사정 등 용호채 산적들을 이끌고 왔던 두령들이 앞서서 대호채에서 멀어졌다. 두령들의 뒤를 따라 용호채의 산적들이 마치 패잔병처럼 우르르 몰려서 산을 내려가기 시작했다.

"풍산, 네가 한 말 진심이냐?"

용호채 산적들이 물러나자 부루가 정색을 한 표정으로 곽풍 산에게 말을 건넸다.

"내가 두말하는 것 봤어?"

"다시 한 번 생각해 봐. 세상은 넓어. 지난 오 년간 수련한 무공으로 이 산속에 틀어박혀 산적질을 하며 살겠다는 건 너 무 어리석은 생각이야."

"부루, 네 녀석이 똑똑하다는 건 알아. 하지만 말이야, 나도 한 가지 아는 사실이 있어."

"뭘 알고 있다는 거냐?"

"사람은 말이야, 결국 자기에게 어울리는 옷을 입어야 한다는 거야. 내게 어울리는 건 산이다. 네게 어울리는 것이 산 아래 세상이듯이. 두말하지 마라."

"그럼 십 년 뒤에는 어쩔 거냐?"

"십 년 뒤?"

"그래. 그 노괴의 저주는 어쩔 거냔 말이다. 네 몸이 매월 보름이면 증명하는 그 노괴의 저주 말이다."

"그땐… 곤륜으로 가야겠지."

"그러니까 우리가 함께 있어야 하는 거야. 산에서 사는 것은 곤륜에 다녀와서도 늦지 않아."

"젠장, 십 년 뒤 일을 왜 벌써 걱정해! 그건 그때 가서 걱정하면 되지."

"곤륜에 가는 일은 결코 만만한 일이 아니야. 그 노괴가 또 어떤 장난을 칠지도 모르는 거고."

"그럼 부루, 넌 지금 당장 곤륜으로 가자는 거냐?"

"그건 아니지만……."

"그것 봐. 어차피 몇 년은 자기 편한 대로 사는 거야. 그리고 곤륜으로 가기 한 이삼 년 전에 다시 만나면 되는 거고."

"어디서?"

원무극이 불쑥 물었다. 그러자 곽풍산이 퉁명스럽게 대답했다.

"그거야 나중에 헤어질 때 정하면 되지. 모두들 오늘 당장

산을 내려갈 건 아니잖아?"

"그, 그야 그렇지."

"자자, 그러니 쓸데없는 말 말고 들어가서 밥이나 먹자! 아, 배고파!"

곽풍산이 한 손으로 배를 쓸며 산채로 걸어 들어갔다.

                    *   *   *

송추월은 천천히 송림 사이를 걷고 있었다. 멀리 소나무 숲 너머로 보이는 산채의 지붕 위로 하얀 연기가 솟아나고 있었다. 아마도 오늘 밥 당번인 대일이 밥을 짓고 있을 것이다.

용호채의 산적들이 다녀간 이후 대호채의 분위기는 차갑게 가라앉았다. 지난 오 년간 괴노인 마효가 전수해 주고 간 무공을 익히는 것에 모든 것을 쏟아부었던 대호채의 젊은 산적들에게 새로운 결정을 내려야 할 시간이 다가와 있었다.

어린 시절을 함께 보낸 사람들은 대부분 그들이 평생 한길을 함께 걸어갈 것이란 착각에 빠져 산다. 그러나 어느 순간 그들은 결코 모두가 같은 길을 갈 수 없다는 것을 깨닫게 되고, 결국은 한 뿌리에서 시작돼 여러 갈래로 뻗어나가는 가지처럼 서로 각자의 길을 걷게 된다는 것을 알게 된다. 그리고 바로 그 갈림의 순간 그들은 진정한 어른이 된다.

휘이잉!

시원한 바람이 소나무 가지를 흔들어 맑은 울음을 만들어냈다. 송추월은 곧 이 시원한 소나무 숲을 떠날 걸 생각하고는 아쉬운 마음에 고개를 들어 파도처럼 물결치는 소나무 숲을 응시했다.

"시원하군."

송추월이 가라앉은 목소리로 중얼거렸다. 그러나 숲은 아무 대답도 없었다. 오직 바람에 흔들리는 소나무들만이 그 청명한 울음으로 송추월의 말에 반응할 뿐이었다. 한순간 송추월이 뜬금없이 검을 뽑아 들었다.

스르릉!

솔잎 우는 소리 사이로 이질적인 검의 마찰음이 번져 나갔다. 검을 뽑아 든 송추월은 마치 자기 자신도 송림의 나무 중 하나가 된 듯 바람에 흔들리며 조용히 서 있었다. 그러던 어느 순간 그의 검이 움직였다.

파파팟!

송추월의 검이 사방의 공간을 누볐다. 그때마다 송추월의 검에 잘린 소나무 잎들이 사방으로 흩어져 나갔다. 송추월의 움직임은 바람처럼 가벼웠다. 그는 마치 바람을 밟듯이 허공을 격하고 날아다녔다. 그의 검은 그의 손끝에서 새가 날갯짓을 하듯 우아하게 움직였다. 그렇게 송추월은 검과 함께 송림 사이를 치달았다.

그렇게 얼마의 시간이 흘렀을까. 문득 송추월의 움직임이 변하기 시작했다.

우두둑!

송추월의 검이 매서운 파공음을 일으키며 소나무 가지들을 베어내기 시작했다. 한결 거칠어진 그의 검은 망나니가 휘두르는 칼처럼 소나무 가지들을 베어냈다. 그의 눈에선 순간순간 붉은 염기마저 느껴졌다. 처음 그가 검을 들었을 때가 고고한 선비의 모습이었다면 지금의 그는 광기에 빠진 마인 같았다.

구우웅!

송추월의 검이 거칠어질수록 강렬한 파공음이 일어났다. 검은 송추월이 주입하는 힘을 견디지 못하고 부르르 몸을 떨며 소나무 가지들을 베어냈다.

송추월은 천리마에 올라 적진을 휩쓰는 장수처럼 소나무 숲을 휩쓸어갔다. 그렇게 또 일각여의 시간이 흘렀을 때 송추월의 눈이 염기를 넘어 하얀 백안으로 변했다. 그리고 한순간 그의 검이 무서운 속도로 앞으로 뻗어나갔다.

퍽!

한순간 둔탁한 소음이 송추월의 검끝에서 일어났다. 동시에 송추월의 검이 아름드리 소나무 기둥을 뚫고 들어갔다. 검은 마치 종잇장을 찌른 듯 소나무를 뚫고 들어가 반대편으로 머리를 내밀었다.

삭!

다시 미세한 소음이 일어났다. 그러자 소나무를 관통한 송추월의 검이 검의 손잡이까지 깊숙이 나무 속으로 파고들었다. 그리고 그 상태로 송추월의 몸이 움직임을 멈췄다.

"후욱!"

송추월이 탁해진 숨을 내쉬었다. 그러자 그의 얼굴에서 홍조가 사라지고 그의 눈빛도 서서히 본래의 모습으로 돌아왔다. 그때 송추월의 등 뒤에서 한줄기 목소리가 들려왔다.

"애꿎은 나무는 왜 죽이냐?"

부루였다.

"어쩐 일이야?"

송추월이 부루를 보고는 의아한 얼굴로 물었다. 보통의 경우 부루는 홀로 시간을 보내는 편이었다. 다른 산적들은 어울려 수련을 하기도 하고 비무도 하였으나 부루는 언제나 혼자였다. 그런 그가 이렇게 다른 사람이 수련하는 곳을 찾아오는 경우는 극히 드물었다.

"그냥 구경 좀 하려고."

부루가 별일 아니라는 듯 말했다.

"싱겁기는……."

송추월이 코웃음을 흘리면서 소나무 깊이 박혀 있던 검을 뽑아냈다.

"무혼검이라고 했던가?"

"그랬지."

"잘 지은 이름 같아."

"그래?"

송추월이 갸웃하며 되물었다.

"지난 오 년간 무공을 수련하면서 난 모든 무공에는 일정한 흐름이 있다는 것을 알게 되었지. 그것이 어떤 무공이라 해도 말이야. 그런데 너의 그 무혼검은 그런 흐름이 없어. 너무 뜬금없는 초식들이 불쑥불쑥 튀어나오지. 마치 혼이 없는 사람의 움직임처럼 말이야."

"칭찬이냐, 악담이냐?"

"칭찬이야. 그만큼 난해하고 위험한 검법이란 뜻이니까. 다른 놈들의 무공도 살펴보았지만 그중 네 무공이 가장 위험한 것 같더라."

"어느새 다른 놈들 무공을 살피고 있었냐?"

"한 가지만 수련해선 고수가 될 수 없으니까."

"그런가? 난 내 것 수련하기도 바쁘던데……."

"많이 알수록 힘이 커진다."

"흐흐, 결국 똑똑한 놈이 강하다는 말이군."

"세상은 힘보다는 머리에 의해 움직이니까."

"아아, 난 그런 일에는 별로 관심없어. 세상이야 어찌 돌아가든 나 하나 편하면 그뿐이야."

"야망은 없어?"

"야망? 무슨 야망?"

"천하를 손에 넣겠다는 야망 같은 것!"

순간 송추월의 눈빛이 번쩍였다. 송추월이 날카로운 눈빛으로 부루를 한 번 바라본 후 아무 말 없이 검을 자신의 검집에 집어넣었다. 그리고는 한숨을 쉬며 물었다.

"너, 그런 꿈을 꾸고 있는 거냐?"

"그래. 난 강자가 되고 싶다. 무림의 운명을 좌우하는 사람이 되고 싶어. 그래서 너희들의 도움이 필요한 거고."

"넌 우리에게 그럴 능력이 있다고 생각하는 거냐?"

"그래."

부루가 망설이지 않고 대답했다.

"부루, 우리가 비록 제법 괜찮은 무공을 얻어 익히기는 했지만 우린 결국 산적 나부랭이야. 물론 꿈을 꾸는 거야 나쁜 것은 아니지만 현실을 살펴. 무림을 손에 넣겠다니……."

"나도 처음에는 우리에게 그럴 능력이 있다고는 생각하지 않았어. 하지만 지난번 천리표국의 표행을 만난 이후 생각이 바뀌었지."

"그 일이 왜?"

"그때 풍산은 천리표국의 표두 우정산을 상대로 유리한 싸움을 벌였지."

"그래서?"

"너 그 우정산이란 사람이 어떤 자인 줄 알아?"

"천리표국의 표두라고 했잖아. 뭐, 요동에선 제법 이름있는 자겠지."

송추월의 말에 부루가 고개를 저었다.

"추월, 그는 네가 생각하는 것보다 훨씬 대단한 사람이야. 그는 장성 이북 동북무림에서 적어도 일백 인 안에 꼽힐 고수야."

부루의 말에 송추월이 놀란 표정을 지었다.

"정말? 그가 그렇게 강한 자라고? 그런 자가 왜? 아무리 천리표국이 요동제일의 표국이라 해도 요동무림 일백 인 안에 드는 자가 표두 노릇을 한다는 건 어울리지 않는걸."

"그가 왜 천리표국의 표두를 하고 있냐고? 그건 그가 천리표국주 황부인에게 과거 목숨의 은혜를 입었기 때문이라고 하더군. 황부인이 표행 중 죽음의 위험에 처한 그를 구해줬다고 해. 해서 이후 황부인의 수족이 되어 천리표국에 머물게 되었고. 그의 무공은 표국주 황부인에 근접한다고 알려져 있어. 천리표국 십이표두 중 가장 뛰어난 무공을 가지고 있고."

부루의 말이 이어지는 동안 송추월이 의아한 시선으로 부루를 바라봤다. 그리곤 부루의 말이 끝나자 의심스런 얼굴로 물었다.

"부루, 네가 똑똑하단 건 알고 있지만 산 위에서 산 아래 소식을 아는 것은 똑똑한 것과는 상관이 없는 일 같은데… 넌 어떻게 그에 대해 그렇게 소상히 알고 있는 거냐?"

"가끔 산 아래 내려갈 때 무림의 소식을 알아봤지. 요동무림의 소식은 이 머릿속에 모두 들어 있어."

부루가 손가락으로 자신의 머리를 가리켰다.

"부루… 네 녀석은 정말 무서운 놈이야. 이미 은밀하게 강호로 나갈 준비를 하고 있었군."

"그래. 난 무모하게 강호로 뛰어들지는 않아. 내가 내린 결론은 이거야. 우린 충분히 요동무림에서 자리 잡을 수 있어."

"겨우 우리 다섯이?"

"그래. 지금 요동무림은 하나의 세력으로 힘을 모으려고 해. 하지만 그게 쉽지 않지. 모용세가와 금문, 그리고 장백파가 서로 주도권을 쥐려고 암투 중이거든. 그들의 암투를 잘 이용하면 우린 좋은 기회를 얻게 될 거야."

"글쎄, 난 잘 모르겠다. 강호의 권력 싸움 따위는 별로 관심도 없고. 어쨌든 이미 우리 다섯이 함께하는 것은 어렵게 됐잖아? 풍산 녀석은 산에 남겠다고 했고… 대일이도 천리표국으로 갈 것 같고."

송추월의 말에 부루가 살짝 아미를 찡그렸다.

"네가 설득해 줘."

"뭐?"

"추월 네가 풍산과 대일을 설득해 달라고."

"내가 왜?"

"녀석들이 네 말은 잘 듣는 편이잖아."

그러자 송추월이 정색을 한 표정으로 말했다.

"강호로 나가 큰 세력을 만들겠다는 건 네 꿈이다. 그러니 다른 사람들을 설득하는 것은 네 몫이야. 그리고… 솔직히 나도 무림의 분란에 끼어드는 것은 원치 않는다."

"추월 너까지도 날 돕지 않겠다는 거냐?"

"부루 너도 알다시피 내가 누굴 돕고 살 놈은 아니잖아. 난 귀찮은 건 질색이야. 더더욱 남의 밑에 있는 것은 더 싫고."

"내 밑에 있으라는 말이 아니잖아?"

"아니, 넌 지금 그렇게 말하고 있는 거야. 다른 사람이 널 돕길 원한다고 말해왔잖아. 그건 곧 다른 친구들이 널 따르길 원한다는 거지. 하지만 부루, 나뿐만 아니라 다른 녀석들도 결코 누군가의 밑에 있을 녀석들이 아니야. 겁쟁이 무극 녀석만 해도 내심에는 강한 자존심을 가지고 있으니까. 너도 알 거 아니야."

"우리 다섯이 하나로 움직이면 돼. 상하없이!"

"나라면 미련을 버리겠다. 그리고 내 생각에 부루 니라면 혼자의 힘만으로도 충분히 무림에서 한자리 차지하게 될 거야."

"추월, 정말 이러기냐?"

"아아, 이 이야기는 그만하자. 가자. 밥이 다 됐을 거야."

송추월이 손을 내젓고는 서둘러서 송림을 떠나기 시작했다. 그러자 부루가 송추월의 등을 노려보며 차갑게 읊조렸다.

"물론 난 나 혼자 힘으로 강호에 설 수 있다. 그러나 네 녀석들이 날 따라준다면 좀 더 쉽게, 좀 더 높은 곳에 올라갈 수 있지. 하지만 네 녀석들이 싫다면 어쩔 수 없지. 나중에… 아마도 내가 서 있는 곳을 보게 된다면 네 녀석들은 단단히 후회할 거다."

떨그럭거리는 수저 소리만이 오두막의 정적을 깨고 있었다. 대호채의 다섯 산적은 오직 먹는 일에만 집중하고 있었다. 산채에서 살자면 배를 채우는 일이 가장 중요한 일이었는지라 본래 산적들은 밥을 먹을 땐 말이 없는 법이다.

"꺼억!"

곽풍산이 밥을 그릇째 입에 털어 넣고는 시원하게 트림을 했다. 연이어 다른 산적들도 손에서 나무로 만든 숟가락을 내려놓았다.

"잘 먹었다. 대일 네 음식 솜씨는 점점 좋아지는 것 같아. 표사 일 말고 대처에 나가 숙수를 하는 것은 어때?"

"이 칼로 무나 썰라고?"

곽풍산의 말에 대일이 청룡도를 집어 올리며 대꾸했다.

"하하, 역시 어울리지 않는군. 무를 썰기엔 네 청룡도는 지나치게 크지."

곽풍산이 시원하게 웃음을 터뜨렸다.

"차라도 한잔할까?"

원무극이 다른 사람들을 돌아보며 말했다.

"무극 네가 달여준다면 당연히 마셔야지!"

곽풍산이 고개를 끄덕였다.

"알았어. 기다려!"

원무극이 얼른 일어나서 주방 쪽으로 움직였다.

잠시 후 허름한 나무 건물 안이 어울리지 않는 차향으로 가득 찼다. 원무극은 투박한 찻잔에 찻물을 가득 부어 다른 산적들에게 돌렸다.

"역시 차는 무극이가 달여야 해. 향이 다르잖아?"

곽풍산이 차를 한 모금 입에 물더니 원무극을 칭찬했다.

"그러게 말이야. 어딜 가더라도 이 차 맛이 그리울 거야."

대일이 곽풍산의 말에 맞장구를 쳤다. 그런데 대일의 그 말이 장내의 분위기를 무겁게 가라앉혔다.

"말이 나왔으니 말인데, 얘기들 좀 해보자."

대일의 말에 가라앉은 분위기를 깨며 곽풍산이 입을 열었다.

"무슨 얘기?"

원무극이 조심스레 물었다.

"몰라서 묻는 거야? 자자, 이젠 깨놓고 말해도 될 때잖아? 다들 언제 떠날 거야?"

곽풍산이 다른 산적들을 돌아보며 물었다. 하지만 대답하는 사람은 없었다. 그들은 서로 눈치만 볼 뿐 누구도 먼저 입을 열지 않았다. 그러자 곽풍산이 장난스런 표정을 지으며 다시 입을 열었다.

"여… 이제 보니 다들 나처럼 산에 남을 생각인가 보군. 그 것도 좋지. 우리가 힘을 합친다면 장백은 물론 요동의 산채들을 모두 평정할 수 있을 테니까."

"난… 떠날 거야."

곽풍산의 말이 끝나자마자 대일이 입을 열었다.

"알아. 너희들이 산채를 떠날 거란걸. 내가 한 말은 농담이 야. 그래, 대일 언제쯤 떠날 생각이냐?"

"그야 모두 떠날 때."

"젠장, 한 놈이 떠나야 다른 놈도 떠날 거 아냐?"

그러자 원무극이 불쑥 입을 열었다.

"한날한시에 떠나자."

"에휴, 마음은 약해가지고."

곽풍산이 혀를 차다가 송추월을 보며 물었다.

"언제 떠날래? 아무래도 이런 일은 네 녀석이 결정해야 할 것 같은데……."

곽풍산의 질문에 송추월이 고개를 돌려 창을 내다봤다. 어느새 어스름한 어둠이 산채를 물들이고 있었다.

"보름이 언제지?"

"삼 일 후."

부루가 냉정한 목소리로 말했다.

"보름은 지나고 떠나자."

"그래야겠지."

곽풍산이 고개를 끄덕였다.

"망할 늙은이!"

대일의 입에서 욕지거리가 흘러나왔다.

"없는 사람 욕해서 뭘 하냐? 그럼 이번 보름이 지나면 떠나는 걸로 하는 거야?"

대일이 확인하듯 송추월에게 물었다.

"그래. 난 그다음 날 산을 내려가겠다."

"좋아, 그럼 나도 그때 떠나지."

대일이 송추월의 말에 맞장구를 쳤다.

"나도 그때 떠날게."

원무극이 뒤이어 말을 이었다. 그러나 부루는 여전히 침묵을 지키고 있었다.

"부루 너는?"

"신경 꺼. 어느 날 일어나 보면 없을 테니까."

"망할 녀석, 인사도 안 하고 떠난다고?"

곽풍산의 핀잔에 부루는 입을 다물었다. 그러자 장내에 다시 침묵이 깃들었다. 산적들은 이제 건물 안까지 파고드는 어둠 속에서 석상처럼 앉아 있었다. 그러던 중 누군가의 입이 다시 열렸다.

"언제 다시 만나지?"

"요동에 있으면 오고 가며 만나게 되겠지."

"아니, 그런 거 말고. 결국 곤륜에 갈 때는 함께 가야 하잖아? 그 노괴가 곤륜에서 어떻게 우릴 골탕 먹일지 알 수 없으니."

"곤륜으로 가는 일은 준비를 제법 해야 할 거야."

"그러니까 언제 다시 만나냐고?"

"칠 년 후에 다시 모이자."

"칠 년 후?"

"삼 년 정도 시간을 두고 천천히 유람하며 곤륜으로 가보지, 뭐."

"그것도 좋겠군."

"장소는?"

"이곳!"

"좋아, 그럼 칠 년 후 다시 이곳에서 모이기로 하자!"

어둠 속에서 그렇게 칠 년 후의 약속은 정해졌다.

송추월의 온몸은 땀으로 젖어 있었다. 가부좌를 틀고 있는 송추월의 얼굴에 달빛이 와 닿았다. 보름달이었다. 달빛이 강해질수록 송추월의 전신에선 더욱 많은 땀이 흘렀다. 가부좌를 틀고 앉은 송추월의 얼굴은 시간이 갈수록 일그러져 갔다.

"후욱! 후욱!"

어느 순간부터 송추월이 소리를 내어 규칙적으로 호흡을 하기 시작했다. 그의 얼굴은 여전히 일그러져 있었다. 숲을 뚫고 내려오는 달빛은 어느새 서쪽으로 이동해 있었다. 서쪽으로 자리를 옮긴 보름달이 최후의 광채를 쏟아냈다. 그럴수록 송추월의 호흡은 가빠지고 그의 몸에서 흐르는 땀은 더더욱 많아졌다.

그러기를 얼마나 지났을까. 서쪽으로 기울어진 달빛이 서서히 약해지기 시작했다. 그러자 급격하게 움직이던 송추월의 가슴이 서서히 진정되어 갔다. 그의 입을 통해 토해지던 거친 호흡도 잦아들었다.

한번 기울어진 달은 순식간에 그 힘을 잃고 이름 모를 산 뒤로 숨어들었다. 그러자 달빛에 힘을 잃었던 찬란한 별빛들이 새싹 돋아나듯 돋아났다. 송추월의 호흡이 잠든 사람처럼 부드러워졌다.

번쩍!

한순간 송추월의 눈이 활짝 떠졌다. 그의 눈에선 붉은 기운이 도는 금강석 같은 빛이 흘렀다. 그러나 그도 잠시, 그 빛은 순식간에 사라지고 깊고 검은 눈동자가 그 자리를 대신했다.

"망할 노괴!"

송추월의 입에서 욕지거리가 흘러나왔다. 흠뻑 젖은 옷자락이 울퉁불퉁 솟아 있는 그의 근육을 고스란히 드러냈다.

"정말 익숙해지지가 않는군."

송추월이 곁에 놓아두었던 마른 천을 들어 얼굴을 뒤으며 중얼거렸다. 괴노 마효의 저주는 사실이었다. 매월 보름 대호채의 젊은 산적들에겐 어김없이 고통의 시간이 찾아왔다. 고통을 없앨 수 있는 방법은 없었다. 오로지 이렇게 가부좌를 틀고 앉아 운기를 하며 보름달이 지기를 기다리는 수밖에.

"산을 내려가도 걱정이군. 이 살기를 잡아둘 수 있을까?"

송추월이 걱정스런 표정으로 중얼거렸다. 마효의 저주는 고통만이 아니었다. 보름이 되면 단전과 심장에서 느껴지는 격렬한 고통과 함께 참을 수 없는 살기가 산적들을 찾아왔다. 아니, 그것은 살기라기보다는 이유를 알 수 없는 분노였다.

보름날, 마음속에 한번 분노가 일어나면 까마득히 잊었던 어린 시절의 작은 원한조차도 어제 일처럼 생생하게 떠올랐다. 눈앞에 그 분노의 대상이 서 있다면 단칼에 목을 베어버릴 것 같은 살의를 동반한 분노. 그 분노를 부여잡고 산적들은 이렇게 매월 보름밤을 견뎌냈다. 그러기를 오 년. 보통의 경우라면 능히 익숙해졌어야 할 고통과 분기였지만 아직도 산적들은 괴노 마효가 남긴 이 저주의 고통에 익숙해지지 못하고 있었다.

"끙!"

송추월이 검을 지팡이 삼아 신형을 일으켰다.

"피곤하군. 푹 자야겠어. 내일은 떠나야 할 테니까. 그러고
보면 이 송림도 오늘이 마지막이군."

송추월이 감개무량한 눈으로 별빛 교교히 내려앉은 송림을
둘러봤다. 그리고는 천천히 소나무 사이를 걸어 산채로 향했
다.

"망할 녀석, 인사도 없이 떠나다니!"

곽풍산이 문을 벌컥 열어젖히며 안으로 들어왔다.

"없어?"

짐을 꾸리고 있던 대일이 고개를 돌리며 물었다.

"없어. 떠났어."

곽풍산이 들고 있던 도끼를 탁자 위에 올려놓으며 말했다.

"녀석, 우리가 자신의 말을 따르지 않는다고 단단히 화가 난
모양이군."

대일이 퉁명스럽게 말했다.

"그래도 부루가 그럴 사람은 아니지."

원무극이 참견을 했다.

"아니면 뭐야. 오늘 모두 떠난다는 걸 아는 놈이 밤중에 몰
래 사라져?"

"아마 헤어지는 게 아쉬워서였을 거야."

"야, 무극! 넌 부루 녀석을 그렇게 모르냐? 그 녀석은 조금

심하게 말하면 감정이 없는 녀석이야. 그런 녀석이 우리와 헤어지는 게 서운해서 말도 없이 떠났다고? 말도 안 되는 소리."

"부루의 속마음은 아무도 모르는 거야."

원무극이 물러서지 않고 응수했다.

"무극, 네가 언제부터 부루와 그렇게 친했는지 모르겠다? 아예 녀석을 따라가지 그랬어?"

"나도 내 갈 길은 있어. 단지 부루가 그렇게 징이 없는 사람은 아니라는 거지."

"알았다, 알았어. 헤어지는 마당에 떠난 놈을 두고 너랑 싸울 필요는 없지. 자, 난 짐 다 꾸렸는데?"

대일이 송추월을 돌아보며 말했다. 그러자 송추월이 작은 걸망을 어깨에 짊어지며 말했다.

"나도 끝났다."

"나도!"

원무극도 재빨리 대답했다.

"그럼 이제 떠날 일만 남은 건가?"

"그래. 떠날 시간이다."

송추월이 자리에서 일어나 문을 열고 밖으로 나왔다. 그러자 산적들이 주르르 일어나 송추월의 뒤를 따랐다.

날은 화창했다. 기분 좋게 길을 떠날 수 있으므로 이별하기에는 좋은 날이었다.

"어! 날 좋다!"

대일이 천지를 눈부시게 만드는 태양을 올려다보며 말했다.

"길 가기엔 좋은 날이다."

곽풍산은 조금 우울한 표정을 지었다.

"풍산, 정말 혼자서 용호채로 갈 생각이냐?"

송추월이 걱정스런 표정으로 물었다.

"왜 다시 물어?"

"비록 용호채의 두령들 무공이 너보다 약하다 해도 숫자가 적지 않아. 너 혼자서 가능하겠어?"

"흐흐, 걱정 마. 말을 듣지 않으면 한두 놈 머리를 부숴 버릴 테니까. 그럼 얘기가 통하게 될 거야. 설마 산적질을 하는 놈들이 죽은 두령에게 목숨 바쳐 충성할 것도 아니고. 에, 혹 도움이 필요하면 용호채로 와라. 그럼 날 볼 수 있을 거야."

"같이 가면 좋을 텐데……."

원무극이 아쉬운 표정으로 말했다.

"같이 가면 뭐 해. 어차피 산 아래 내려가면 각자 제 길로 갈 텐데. 자, 어서들 가. 죽는 놈하고 떠나는 놈은 빨리 가는 게 좋다더라."

"누가 그러든?"

"죽은 채주가."

"그런 말도 했어?"

"알잖아. 제법 머리에 든 게 많은 채주였다는걸. 가라!"

곽풍산이 손짓을 했다. 그러자 송추월이 손을 들어 곽풍산의 손을 잡으며 말했다.

"간다. 나중에 보자."

"그래. 잘 가라."

송추월과 곽풍산이 서로의 눈을 바라본 후 잡았던 손을 놓았다. 송추월은 그 즉시 신형을 돌려 대호채를 떠나기 시작했다.

"조심해. 산 아래는 위험한 동네야."

곽풍산이 원무극과 대일의 어깨에 손을 올리며 밀했다.

"너야말로 조심해. 산속은 더 위험해!"

"맞아, 산속이 더 위험해."

대일의 말에 원무극이 맞장구를 쳤다.

"흐흐흐, 그건 다른 사람들 얘기고 난 산속이 좋아. 내 집처럼 편해. 자, 어서 가라. 이러다 추월이 녀석 혼자 가겠다."

곽풍산이 대일과 원무극의 어깨를 밀었다. 그러자 대일과 원무극이 한차례 곽풍산을 바라본 후 재빨리 멀어진 송추월을 향해 달리기 시작했다. 잠시 후 한 덩어리가 된 세 사람이 곽풍산의 시야에서 사라졌다.

『화마경(火魔經)』 1권 끝

저작권 보호!!

장르문학의 성장에 힘이 되어주십시오.

저작물의 무단 전재와 복제, 불법 다운로드!
이것은 관심이 아니라 무관심입니다!

작가님들은 창의적 열정과 시간을 투자해 자신의 꿈과 생계를 유지합니다.
한 권의 책을 만들어 많은 사람들은 자신의 인생과 미래를 설계합니다.

저작물 속에는 여러 사람의 노력과 희망이
담겨 있습니다!

저작물의 무단 전재와 복제, 불법 다운로드는 여러 사람들의 꿈과 생계를
위협함으로써 장르문학을 심각한 상황에 빠뜨리고 있습니다.

이제는 무관심이 아니라 관심으로 장르문학의
성장에 힘이 되어주세요.

[도서출판 **청어람**은 항시적인 저작권 보호를 통해 장르문학과
여러분의 희망을 지키겠습니다.]

도서출판 **청어람**

기적
Miracle

홀로선별 퓨전 판타지 소설

무공을 익힐 수 없는 비운의 천재 제갈수.
공작가의 망나니 공자 슈.

운명을 벗어나려는 제갈수의 노력은 망나니 공자의 죽음과 만나 비상한다.

제갈수의 영혼과 슈의 신체를 이어받은 새로운 슈 부르셀라 폰 레비안또 가누비엔
그것은 하나의 위대한 기적!

홀로선별 퓨전 판타지의 신기원!
『기적!』

따뜻한 그의 이야기가 지금 시작된다.

유행이 아닌 자유추구 -
WWW.chungeoram.com
Book Publishing CHUNGEORAM

KARMA MASTER 카르마 마스터

이상혁 게임 판타지 소설

살아 있다는 것이 무엇인가?

살아 있는 것과 살아 있지 않은 것. 자극을 받는 것과 받지 않는 것.
자극을 받는 그 무엇. 즉, 자아(自我).

형이 개발한 게임, 샹그릴라에서 만난 소녀. 사고로 깊은 잠에 빠진 형을 알고 있는 그녀로
인해 한규의 게임 인생이 180도 뒤바뀐다!

"한규, 티아메트 만나."

**이상혁 작가의 새로운 도전! 〈카르마 마스터〉
샹그릴라를 둘러싼 비밀까지 한큐로 날려 버린다!**

Book Publishing CHUNGEORAM

유행이 아닌 자유추구─
WWW. chungeoram.com

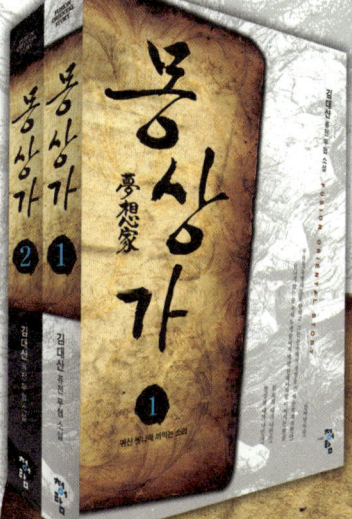

婚事行
혼사행

항상 新무협 판타지 소설

용감한 영웅은 싸우다 전장에서 죽었고,
의리를 아는 영웅은 모함을 받아 죽었고,
진짜 영웅다운 영웅은 환멸을 느끼고 강호를 떠났다.

영웅다운 영웅, 무적신검 황조령.
백전백승의 신화를 창조한 무림지존.

그러나…
배필을 찾는 일에는 백선백퇴짜의 불명예를 달성하다!!!